황제 2권

황제 2

초판1쇄 인쇄 | 2021년 11월 5일
초판1쇄 발행 | 2021년 11월 10일

지은이 | 이원호
펴낸이 | 박연
펴낸곳 | 한결미디어

등록 | 2006년 7월 24일(제313-2006-000152호)
주소 | 서울시 마포구 모래내로 83 한올빌딩 6층
전화 | 02-704-3331
팩스 | 02-704-3360
이메일 | okpk@hanmail.net

ISBN 979-11-5916-155-1 979-11-5916-153-7(set) 04810ⓒ한결미디어

황제 2권
정복자

이원호 지음

한결미디어
HANGYEOL
MEDIA

차례

1장 계엄령

"그놈들을 시베이(西北) 지방으로 보내는 것이 어때?"

고개를 든 장평국이 묻자 왕홍만이 바로 대답했다.

"그쪽으로 가면 더 제멋대로 뛰놀 것입니다. 위구르나 티벳 저항군을 풀어줄 지도 모릅니다."

"허."

기가 찬다는 듯 장평국이 코웃음을 쳤다.

오후 7시 반.

주석의 별장인 이화원 근처의 대저택은 휘황한 불을 밝혀 놓았다.

넓은 정원 복판의 분수대에서는 물줄기가 오색으로 뿜어 나온다.

그때 장평국이 고개를 돌려 천중수를 보았다.

"이봐, 천."

"예, 주석 동지."

"후진명 측에서도 알고 있겠지?"

"알고 있을 것입니다."

"그런데 그걸 방해한 놈들이 누구야?"

"그것은."

천중수가 힐끗 왕홍만을 보고 나서 말을 이었다.

"삼합회 놈들을 뒤에서 조종한 것으로 알았는데, 그놈들 배후가 있는 것 같습니다."

"무슨 말이야?"

장평국이 짜증을 냈다.

68세지만 장평국은 검은 머리에 피부는 윤기가 난다.

장평국의 시선을 받은 천중수의 얼굴이 굳어졌다.

"정보력이 대단합니다. 저희들 요원의 동태를 파악하고 있었습니다."

국토보안국 작전과장 전춘이 당한 이야기를 꺼내 놓을 수는 없다.

천중수가 거들어 달라는 듯이 다시 왕홍만을 보았다. 그러나 왕홍만은 외면한 채 입을 열지 않는다.

왕홍만이 지시한 베이징관구의 특공대가 황비자오를 기습했다가 1개 팀이 전멸했다는 것을 천중수는 알고 있는 것이다.

천중수는 왕홍만이 그 사건을 장평국에게 보고하지 않았다는 것을 이 자리에서 확인할 수 있었다.

어깨를 편 천중수가 장평국을 보았다.

"후진명이 삼합회를 조종하고 공안 고위층에 세력을 침투시킨 것은 확실합니다, 주석 동지. 그러나 아직 대세를 움직일 정도는 아닙니다."

천중수가 말을 이었다.

"이 사건을 이청산 동지한테 맡기면 정보국장 국병우를 시켜 바로 내막을 파악할 수 있겠지만……"

"이청산은 안 돼."

장평국이 눈까지 흘기면서 말했다.

그것 보라는 듯이 왕홍만이 가볍게 헛기침을 했다.

장평국이 둘을 번갈아 보았다.

"나한테는 자네들 둘이 오른팔, 왼팔이나 같다."

둘은 숨을 죽였고 장평국의 말이 이어졌다.

"이번 대사(大事)는 중국을 한 단계 더 발전시키는 위대한 계기가 될 것이다. 그것을 자네들 둘이 나와 함께 이룩하는 것이다."

"목숨을 바치겠습니다."

왕홍만이 고개를 숙여 충성 맹세를 했다.

"충성을 바치겠습니다."

천중수가 대답했을 때 장평국이 고개를 끄덕였다.

"내가 따로 이청산을 불러 이야기하겠지만, 상임위원 4명을 충원할 때까지는 이청산에게 말하지 않는 것이 낫다."

"예, 주석 동지."

"이청산은 후계자에서 밀려나는 것이 아닌가 하고 불안한 상태일 테니까."

"그렇습니다, 주석 동지."

왕홍만이 말을 받았다.

"만일 이 사건을 알려주면 그것을 기회로 잡고 군(軍)을 동원할 수도 있습니다. 위험합니다."

그 말에 장평국은 물론이고 천중수도 고개를 끄덕였다.

팔은 안으로 굽는다.

그래서 위험 요소는 피해야 하는 것이다.

옌지에서 창춘으로 간 다음에 국내선 비행기로 베이징에 도착했다. 그러고는 베이징에서 '한국항공'을 타고 이륙했을 때는 비자를 받은 지 24시간이 지났을 때다. 가장 빨리 한국으로 가는 스케줄을 찾다 보니 그렇게 되었다.

비행기가 '불끈' 땅에서 떠올랐을 때 조애선이 마침내 고개를 돌려 이동욱을 보았다.

"가네요."

이동욱의 시선을 받은 조애선이 얼굴을 펴고 웃었다.

"내 가방에 할아버지, 할머니, 아버지, 어머니의 머리카락과 옷이 따로 넣어져 있어요."

"……."

"할아버지는 아버지한테, 아버지는 나한테 유언을 했거든요."

조애선이 번들거리는 눈으로 이동욱을 보았다.

"한국으로 가는 길이 뚫리면 그것들을 고향에다 묻어달라고 하셨어요. 그곳 약도까지 그려 놓았어요. 마치 보물지도처럼 말이에요."

이제 비행기는 순항고도에 올랐다. 좌석 벨트 사인이 꺼지고 승무원들이 오가고 있다.

이곳은 비즈니스석이어서 벌써부터 마실 것을 나눠준다.

그때 조애선이 말을 이었다.

"난 애국가도 부를 줄 알아요. 한국 국가 말이에요."

"……."

"아버지가 가르쳐 주셨어요. 4절까지 부를 수 있어요."

마침내 이동욱이 참았던 숨을 소리 죽여 뱉었다.

지금까지 조선족에 대한 선입견을 다 버려야겠다.

한국인보다 더 애국하는 조선족이 있는 것이다. 애국가 4절까지는 이동욱도 못 부른다. 1절만 알 뿐이다.

그때 승무원이 다가와 이동욱을 보았다.

말끔한 얼굴, 몸에서 향수 냄새가 맡아졌다.

"술 드시겠어요? 포도주, 맥주가 있는데요."

"아, 포도주."

이동욱이 옆쪽 조애선을 눈으로 가리키며 말했다.

"내 아내한테도 포도주 주세요."

"네, 선생님."

승무원이 사근사근 대답하고 돌아갔을 때 조애선이 이동욱을 보았다.

표정 없는 얼굴이다.

그러나 이동욱은 심호흡을 했다.

이제 본래의 자신으로 돌아온 것 같다.

물론 황연의 영상은 머리와 가슴에 묻혀 있지.

베이징.

고대형이 삼합회장 오훈삼과 앉아 있다.

이곳은 삼합회의 안가인 지단공원 근처의 저택 안.

고대형이 입을 열었다.

"우리가 중국을 바꾸려는 거야.

찻잔을 든 고대형이 지그시 오훈삼을 보았다.

오훈삼은 이제 삼합회 총회장으로 자리 잡았다.

홍콩 지부장 출신이었다가 한직으로 밀려났던 오훈삼이다.

절치부심하던 중에 '중국 작전반'의 지원으로 삼합회 회장이 된 것이다.

"등소평 군사위 주석의 유훈대로 일인 독재가 아닌 민주적 통치 체제로, 그리고 정부와 경제는 분리하는 것이라고."

"말이 어렵군."

오훈삼이 이맛살을 찌푸렸다.

"넌 설득력이 부족한 사람은 아닌데 지금 말하는 것을 보면 뭘 숨기고 있는 거다.”

한 모금 차를 삼킨 오훈삼이 말을 이었다.

“그냥 솔직하게 말해, 아우님.”

“이번 전인민대회, 당중앙위원회 개최, 그리고 당중앙상임위원 4명 증원은 다 독재를 위한 절차야.”

“그걸 모르는 인민이 있나? 이젠 소문이 10분 만에 베이징에서 우루무치까지 퍼지는 세상이야.”

“우린 장평국 독재를 막아야 돼.”

“대안이 있어?”

“후진명, 목정대.”

“음, 그들이 지금까지 우리들의 배후였나? 맞지?”

“그래.”

그때 고개를 든 오훈삼이 고대형을 보았다.

어느덧 얼굴에 웃음이 떠올라 있다.

“좋아. 동참하겠어.”

오훈삼이 말을 이었다.

“언제부터인가 눈치는 채고 있었어. 내 배후에서 거대한 음모가 꿈틀거리고 있다는 것을.”

“…….”

“이번 작전이 실패하면 나도 망하는 셈이니까.”

상반신을 세운 오훈삼이 고대형을 보았다.

“내가 할 일이 뭐야?”

정원에 어둠이 덮이고 있다.

오후 6시 반이다.

이곳은 베이징 한복판이지만 조용하다. 딴 세상 같다.

지금 베이징에서 격렬한 음모가 진행되고 있는 것이 실감되지 않는다.

후진명 측 상임위원 4인 중 2명은 서열 5위의 양강수와 6위의 조천이다.

그런데 둘은 당의 원로로 각각 나이가 82세, 83세. 정책위 고문과 국방위 고문직을 맡고 있지만 현역에서 절반은 은퇴한 상태다.

후진명이 조천을 찾아 갔을 때는 오후 8시 반 경이다.

베이징 북동쪽에 있는 조천의 저택 안.

한때 조천은 등소평의 부관, 군사위의원, 인민군 총정치국장을 지낸 상장 출신이다.

지금도 정신이 또렷해서 상임위원회 법규도 싹 외운다.

조천이 당중앙상임위원회 부의장이다. 물론 의장은 주석 장평국이고.

"웬일이야?"

조천이 눈을 가늘게 뜨고 물었다.

응접실에서 둘은 정원을 향해 나란히 앉아 있었기 때문에 조천이 고개를 돌려 후진명을 쳐다보고 있다.

"예, 전인대가 딱 한 달 남았습니다."

후진명이 웃음 띤 얼굴로 조천을 보았다.

"상임위원회의 준비에 이상 없으시겠지요?"

"없어."

등나무 의자에 등을 붙인 조천이 다시 후진명을 보았다.

"이번 회의 때 9·11테러에 대한 규탄도 넣어야 될 것 같은데, 상임위원회에서 말야."

"부의장님이 제안하시지요."

13

"자네가 경제위원으로 제의하는 게 낫지 않을까?"

"미국이 이번 회의를 주시하고 있을 테니까, 제가 제의해보겠습니다."

"그럼 내가 주석실에 미리 말해 놓지."

"알겠습니다. 미국이 테러 때문에 굉장히 민감해져 있어서요. 수출품도 60퍼센트가량이 미국으로의 선적이 보류되고 있습니다."

"미국 놈들 심기를 건드리면 안 돼."

조천이 번들거리는 눈으로 후진명을 보았다.

둘 다 이 대화가 도청되고 있다는 것을 의식하고 있는 것이다.

도청 장치를 수색한다면 더 의심받을 테니 아예 지금 TV에 찍힌다는 생각으로 지내는 게 낫다. 그리고 이제는 이 생활에 익숙해졌다.

그때 조천이 말했다.

"급박한 때야. 장 주석이 잘하시겠지."

외면하고 말했기 때문에 후진명은 조천의 옆모습만 보았다.

공항에서 서울 시내로 들어온 이동욱과 조애선은 시청 앞 조선호텔에 투숙했다.

예약을 해놓아서 1401, 1402호실로 나란히 붙은 방이다.

오후 4시경에 도착했기 때문에 세 시간쯤 쉬고 나서 둘은 아래층 한식당으로 내려갔다.

한식당의 방으로 들어섰을 때 기다리고 있던 두 사내가 일어섰다.

그중 한 사내를 본 조애선의 얼굴에 웃음이 떠올랐다.

조애선과 옌지에서 자주 만났던 국정원 직원 김판규다.

"반갑습니다. 내가 4차장 임형수요."

먼저 50대쯤의 사내가 손을 내밀면서 조애선에게 인사를 했다.

"잘 오셨습니다."

임형수가 환하게 웃는 얼굴로 말했는데 진심이 느껴졌다.

이동욱과도 인사를 나눈 넷이 자리에 앉았을 때 임형수가 말했다.

"그동안 고생 많으셨습니다. 앞으로는 저희들이 적극 도와드리지요. 당분간 쉬시면서 부모님 고향도 찾아가 보시지요."

"감사합니다."

조애선이 웃음 띤 얼굴로 힐끗 옆에 앉은 이동욱을 보았다.

"이 사장님이 많이 도와주셨어요."

"알고 있습니다."

임형수가 고개를 끄덕였다.

"조 사장님이 이렇게 살아서 오신 것도 이 사장님 덕분이죠."

"아이구, 무슨 말씀을……."

정색한 이동욱이 눈을 크게 떴지만 임형수가 말을 이었다.

"물론 조 사장님이 우리 이야기를 꺼냈기 때문이기도 했지만 말입니다."

조애선은 임형수를 만나기 전까지 머릿속이 좀 복잡했다.

이동욱과 박철과의 긴밀한 관계를 알고 있는 조애선이다.

둘은 한패다. 백두산파를 멸망시킨 것도 둘의 연합 작전이었다.

그것을 임형수한테 말해야 될지 어쩔지 결정을 못 한 상태였다.

그때 임형수가 정색하고 조애선을 보았다.

"이 사장이 지금 한국을 위해서 큰일을 하고 계십니다. 물론 극비사업이지요. 그래서 어쩔 수 없이 북한과 연계되어 있었던 것이지요."

조애선이 힐끗 이동욱을 보았는데 눈빛이 조금 가라앉아 있다.

절반쯤은 납득이 간다는 표정이다.

임형수가 이번에는 이동욱에게 말했다.

"지미 우들턴을 만나서 이야기 다 들었습니다."

이동욱이 커다랗게 고개만 끄덕였다.

지미 우들턴 이야기는 고대형한테서 많이 들었다.

한정식으로 저녁을 마치고 헤어졌을 때는 오후 9시 반이 되었다.

내일은 조애선이 김판규와 함께 대전으로 내려갔다가 오기로 계획이 잡혔지만 이동욱의 스케줄은 비었다.

샤워를 하고 방에 돌아왔을 때 방의 전화벨이 울렸다.

전화기를 들었더니 임형수다.

"지하 1층 '립튼바'에 있습니다. 한잔하십시다."

임형수가 대뜸 말했다.

곧 연락이 오리라고 예상하고 있던 참이다.

이동욱은 바로 옷을 갈아입었다.

바 안쪽의 소파에 앉아 있던 임형수가 이동욱을 보더니 얼굴을 펴고 웃었다.

아까는 이런 웃음을 띠지 않았다. 지금은 환한 웃음이다.

탁자 위에는 이미 위스키와 안주까지 놓여 있었고 주위 테이블은 비었다.

조금 어둑한 분위기, 바 안은 조용하다.

이동욱의 잔에 위스키를 따른 임형수가 말했다.

"조애선을 이번 작전에 투입하자는 것이 작전 본부의 계획입니다."

이동욱이 멀거니 임형수를 보았다. 금방 이해가 안 갔기 때문이다.

조애선을 투입하라니? 그리고 임형수, 얘는 뭔가?

그때 임형수가 말을 이었다.

"저도 팀원입니다. 물론 비공식이지만 말입니다."

16

그때서야 이동욱의 얼굴에 웃음이 떠올랐다.

임형수도 '중국 작전 본부' 요원인 것이다.

"반갑습니다."

"천만에요. 황연 씨가 그렇게 된 것, 안타깝습니다."

임형수가 부드러운 시선으로 이동욱을 보았다.

"지미가 말해주더군요."

"감사합니다."

다가온 종업원에게 위스키를 주문한 임형수가 말을 이었다.

"이번에 북한에 들르시려다가 이곳에 먼저 오신 거죠?"

"그렇습니다."

"박철 중좌하고 말이지요?"

"예, 여단장 조한태 중장을 만나기로 했어요."

"조한태가 실세지요."

임형수의 눈에 생기가 띠어졌다.

"군(軍)의 실력자입니다. 내가 그 일 때문에 만나자고 한 건데요."

상반신을 앞쪽으로 기울인 임형수가 말을 이었다.

"이번에 북한으로 가시면 조한태에게 '중국 작전'에 참여하도록 설득해주시지요. 내가 자료를 드리겠습니다."

"알겠습니다."

이동욱이 고개를 끄덕였다.

"해야지요."

"결국 남북한이 함께 작전을 해야 되니까요. 비밀리에 말입니다."

그러나 언젠가는 지도층도 알게 될 것이다.

그때 술과 안주가 나왔기 때문에 임형수가 웃음 띤 얼굴로 이동욱을 보았다.

"조애선에게 다시 중국으로 돌아가자고 말해 보겠습니다. 가능하면 이 사장이 조애선과 같이 돌아갔으면 좋겠는데요."

"……."

"조애선은 중국에서 자란 데다 애국심이 강하고 특히 마약 사업에 뛰어납니다."

"……."

"본부에서는 조애선을 산둥성으로 파견하는 계획을 세웠습니다. 산둥성의 칭다오에 기반을 잡고 마약 사업을 시작하는 것이지요."

"……."

"지금 산둥성이 비어 있어서 혼란 상태거든요."

"알겠습니다."

이동욱이 고개를 끄덕였다.

조애선의 이용 가치를 높게 평가한 것이다.

작전은 의리나 정(情)으로 수립할 수가 없다. 이용 가치가 절대적이다.

조애선은 꿈에도 그리던 고향에 왔지만 며칠 지나면 타향이라는 것을 깨닫게 될 테니까.

여기서 눌러 살 생각은 없어지겠지.

다음 날 오전, 전화벨 소리를 들은 조애선이 서둘러 전화기를 집어 들었다.

"여보세요."

"납니다."

이동욱이다.

조애선은 가만있었고 이동욱이 말을 이었다.

"나하고 같이 갑시다."

"어딜요?"

"대전이라고 했죠?"

"왜요?"

"왜요라니? 내가 가는 게 예의일 것 같아서. 이왕 서울에 같이 왔는데."

"아, 됐어요."

"국정원 직원하고 셋이 같이 갑시다."

"넷이에요, 운전사까지."

"몇 시에 출발입니까?"

"9시 반."

"30분 남았네. 그럼 9시 반에 로비에서 기다리죠."

그러고는 이동욱이 통화를 끝냈다.

"조애선과 이동욱을 한 팀으로 묶으면 시너지를 받을 것입니다."

이곳은 서울 '중국 작전 본부' 회의실 안.

기획부장 김병선이 말했을 때 지미가 먼저 혀 차는 소리를 냈다.

지금 김병선은 임형수, 지미 우들턴까지 셋이 둘러앉아 있다.

지미가 김병선을 노려보았다.

김병선은 리스타 본부 기조실 소속 '중작본'에 파견 나온 요원이다.

"이봐, 김 부장, 지금 돼지 교배시키나?"

"예?"

김병선의 얼굴이 붉어졌다.

38세, 뛰어난 기획통. 비서실장 안학태가 추천한 인물이다.

지미가 말을 이었다.

"둘이 지금 어떤 관계인 줄 알고 있지? 조애선 조직을 깬 건 이동욱이야. 조애선도 대충 짐작하고 있을 것이고. 그런데 둘을 돼지 접붙이듯이 우리 안에 몰아넣는단 말인가?"

"좀 분위기가 부드러워졌지 않을까요?"

"자다가 목이 베어지거나 물에 청산가리를 넣을 수도 있지."

"그럴 리가요."

그때 임형수가 말했다.

"조금 전에 같이 대전으로 출발했어."

지미의 시선을 받은 임형수가 쓴웃음을 지었다.

"이동욱도 노력하고 있으니까 결과를 봐야 돼."

"갓댐."

지미가 흐려진 눈으로 둘을 보았다.

"인정도 없는 놈들 같으니라구."

임형수가 쓴웃음을 지었고 김병선은 외면했다.

그렇다. 기획자 눈에는 환상의 조합으로 보일 수도 있다.

그러나 지미의 말대로 돼지 교배시키는 작업이다. 당사자의 의사는 무시하고 틀에만 넣으려는 것이다.

그때 김병선이 심호흡을 하고 말했다.

"대전에서 돌아온 후에 다시 상의하죠."

공안의 인사이동이 전격적으로 시행되었다.

공안총부장에 조철홍, 베이징 공안부장에 양광서가 임명되었고 상하이 공안부장 하상옥은 장시(江西)성 난징(南京) 공안부장으로 수사국장 황비자오는 윈난(云南)성 쿤밍의 공안부장으로 전출되었다. 기반을 굳히기 시작한 요지(要地)에서 배제된 것이다.

공안 인사는 당중앙상임위가 공안과 군을 통합한 군사위원회에서 결정한 사항을 다수결로 정한다.

군사위의 주석, 부주석인 장평국과 왕홍만이 결정한 사항을 상임위가 그대로 추인한 것이다.

"상하이 공안을 장악했어."

베이징 일단공원 근처의 대저택 안.

고대형이 오훈삼에게 말했다.

"하상옥은 황비자오의 손아귀에서 벗어났다고 생각하겠지만 어림없지."

"상하이도 이미 기반이 굳혀졌어."

오훈삼이 웃음 띤 얼굴로 말을 이었다.

"지금 공안 인사로 정국을 바꾸기는 힘들 거야. 공안은 또 매수하면 돼."

그때 고대형이 목소리를 낮췄다.

"곧 계엄령 수준의 경계 비상이 걸릴 거야."

"무슨 말야?"

놀란 오훈삼이 고대형을 보았다.

오후 2시 반.

고대형이 갑자기 방문한 것이다.

"대형 사건이 터질 거라고."

"어떤 사건인데?"

"9·11테러 수준."

"이런. 누가?"

"지도자."

"주석이?"

눈을 치켜뜬 오훈삼이 다시 물었다.

"어떻게?"

"도청한 것인데."

고대형이 상반신을 오훈삼 앞으로 기울였다.

"베이징과 상하이, 홍콩에서 하루 간격으로 테러가 일어날 거야."

"하루 간격으로?"

"그래야 충격이 더 커질 테니까."

"어떤 테러인데?"

"폭발물이겠지."

"어디에?"

"그것까지는 몰라."

"누구를 시키는 건데?"

"베이징관구군 직속 특공대."

이제는 오훈삼이 숨만 들이켰고 고대형이 말을 이었다.

"수백 명의 사상자가 발생하면 주석은 비상계엄을 선포하면서 전인민대의원회를 개최하는 거야. 그때는 군의 통제하에 '전인대'나 '상임위'가 개최되는 거지."

"강압적인 분위기에서 주석이 요구하는 대로 의사 결정이 되겠군."

"중앙상임위원 선출에 이어서 당헌까지 바뀔 거야."

"그렇군."

고개를 든 오훈삼이 고대형을 보았다.

"그럼 우리는 어떻게 해야 하지?"

"테러가 일어나면 일단 피신해야 돼, 테러범으로 잡힐 가능성이 크니까."

"그렇겠지."

"지금부터 피신 준비를 해라. 최소한 한 달은 공백 기간이 있을 거야."

"그렇겠지. 전인대, 중앙위대의원회, 중앙의원회까지 열리려면 일주일은 걸릴 테니까. 그동안 계엄통치를 하겠군."

"지금 체포 리스트를 작성하고 있어. 각 관구의 사령부가 지휘부가 되어서 테러 용의자, 동조자, 반국가세력의 소탕 작전을 실시하는 거지."

고대형의 얼굴에 쓴웃음이 떠올랐다.

"만일 그들 뜻대로 일이 진행되면 앞으로 한 달 반 후에는 중국에 황제가 즉위할 거야."

"황제?"

되물은 오훈삼이 숨을 들이켰다.

청(淸)의 마지막 황제는 푸이(溥儀)다.

서울, 리스타랜드에서 머물고 있던 해밀턴이 날아왔다.

이광과 CIA 부장 윌슨 셋이 모여 며칠간 회의를 하고 온 것이다.

소공동의 사무실 안.

원탁에는 해밀턴, 지미 우들턴, 국정원 4차장 임형수, 지미와 사이가 나쁜 김병선까지 넷이 둘러앉아 있다.

그때 해밀턴이 말했다.

"전인대(전국인민대의원회의)가 3월 15일에 열리니까 3월 9일에서 14일 사이에 테러가 일어날 거야."

모두 긴장했고 해밀턴의 말이 이어졌다.

"베이징관구 사령관 손시창이 총괄 지휘를 하고 특공대장 원부가 행동대장이야. 팀은 12개 팀. 각각 4개로 나뉘어서 베이징, 상하이, 홍콩에 테러를 일으키는 것이지."

길게 숨을 뱉은 해밀턴의 얼굴에 쓴웃음이 떠올랐다.

"제 국민에게 테러를 일으키는 거야. 정권을 완전히 장악하기 위해서는 수단 방법을 가리지 않아."

"갓댐."

지미가 투덜거리다가 물었다.

"9·11처럼 비행기로 박는 것일까요?"

"중국은 그렇게 비싸게 작업하지 않을 것 같다."

정색한 해밀턴이 말을 이었다.

"폭탄이야. 그게 그들한테는 안전하고 성공률이 높지."

"시장에다 설치해놓으면 수천 명이 되겠는데요."

그때 듣고만 있던 임형수가 해밀턴에게 물었다.

"앞으로 10일 남았습니다. 여기서도 비상 대기 합니까?"

"중국에서는 3개 팀을 운용하기로 했어."

해밀턴이 길게 숨을 뱉었다.

"중국군 특공대와 비율을 맞추기로 했다."

"갓댐."

다시 지미가 투덜거렸다.

"우리도 그렇게까지 해야 합니까?"

해밀턴은 외면했고 아무도 대답하지 않았기 때문에 지미가 불쑥 물었다.

"이동욱이는 어디 있는 거요?"

"그걸 태우지 말고 들어요."

이동욱이 조애선한테 말했다.

오후 2시 반.

이동욱과 조애선, 김판규는 야산 중턱에 서 있다.

앞쪽에 마른강이 보이는 야산이다.

조애선이 손에 들고 있던 가방을 땅바닥에 내려놓았다.

중국에서부터 가져온 가방이다.

"왜요?"

조애선이 묻자 이동욱이 손으로 앞쪽 강과 그 옆쪽 산을 가리켰다.

"저 강은 말라 있지만 여름에는 꽤 물이 찰 겁니다. 그리고 옆쪽 산을 봐요. 바로 좌청룡 우백호라는 명당자리요, 이곳이."

"명당요?"

"묻히기 좋은 땅이라는 말이지, 이곳이. 그러니까 옷과 머리카락은 이곳에 묻읍시다."

"태우면 안 돼요?"

"왜 이렇게 태우는 걸 좋아하지? 산불 나요, 산불. 명당에다는 묻어야 돼."

그때 김판규가 거들었다.

"그럼 제가 아래쪽에 가서 삽을 얻어오겠습니다."

"두 개 가져와요."

김판규가 서둘러 내려갔을 때 조애선이 이동욱에게 물었다.

"한국에서는 묻어요?"

"머리카락하고 옷을 태우는 건 처음 봤어."

이동욱이 이맛살을 찌푸렸다.

"묻고 나서 두고두고 성묘를 오는 거요. 태워서 날리면 찾아와서 절할 곳도 없어지지 않겠어?"

"그건 그렇네."

"조부모와 부모는 따로 묻고 두 군데에 절을 합시다."

"두 군데요?"

"그리고 오늘은 표시만 해놓고 다음에 비석을 만들어 세웁시다. 작게 봉분도

25

만들면 괜찮겠네."

"봉분이라뇨?"

"무덤처럼 둥글게 쌓는 것."

"아!"

"아래쪽에 사는 영감님한테 묘소 돌봐달라고 1년에 20만 원쯤 주면 이곳을 깨끗하게 지켜줄 거요."

"아!"

"오늘은 그렇게만 해두고 나중에 다시 옵시다."

"그래야겠네요."

허리를 편 조애선이 고개를 끄덕이더니 아래쪽을 내려다보았다.

이곳은 대전에서 한참 떨어진 충청북도 영동이다.

아버지가 적어준 주소에 그렇게 적혀 있었기 때문이다.

영동군 양산면 가곡리, 이곳이 조부가 어렸을 때 떠났던 고향이다.

작전 팀은 셋, 작전 지휘자는 고대형이다.

이곳은 베이징의 북동쪽 교외의 안가.

응접실에 셋이 둘러앉았다.

고대형, 박정호, 윤기상이다.

오후 4시 반.

응접실에서 보이는 정원 나무에 그림자가 덮였다.

고대형이 찻잔을 들고 말했다.

"3월 9일에서 14일 사이에 테러가 일어나. 장소는 베이징, 상하이, 홍콩이야."

둘은 잠자코 시선만 준다.

둘 다 30대 중반, 단단한 체격. 잘나지도 못나지도 않은 얼굴, 얼핏 보면 금방 잊어버릴 만한 얼굴이다.

고대형이 말을 이었다.

"지금 한국에 있는 이동욱이 돌아오면 우리 팀에 끼게 될 거다. 그러면 넷이 되겠지."

고대형이 탁자 위에 펼쳐놓은 지도로 시선을 돌렸다.

중국 지도다.

고대형이 지도의 한 곳을 짚었다.

난징(南京)이다.

"여기 청사가 있어. 정부 3청사인데, 항상 비어 있는 곳이야. 인민위원회가 개최되는 곳인데 5천 평이 넘는 건물이다."

고개를 든 고대형이 박정호를 보았다.

"네가 난징의 정부 3청사를 폭파해."

"그러지요."

둥근 얼굴의 박정호가 선선히 대답했다.

"사람이 없더라도 더 안전하게 깊은 밤에 폭파하겠습니다."

"좋겠지. 그럼 저쪽이 첫 테러를 일으킨 다음 날에 폭파해."

"알겠습니다."

"다음은 이곳이야."

고대형이 짚은 곳은 푸저우(福州)다.

"이곳의 국립박물관을 폭파해."

고개를 든 고대형이 윤기상을 보았다.

"5층 건물이야. 밤에는 빌 테니까 폭삭 무너뜨려버려."

"예, 사장님."

"두 번째 정부 테러가 발생한 다음 날에."

정부 측 테러 지역은 베이징, 상하이, 홍콩. 그러나 테러 순서는 모른다.

그때 박정호가 물었다.

"오늘이 2월 28일이니까, 9일 남았습니다."

"그러니까 내일 각자 출발하도록."

고대형이 말을 이었다.

"내가 마지막 폭파를 한다."

"어딥니까?"

박정호가 묻자 고대형이 빙그레 웃고 나서 탁자 밑에 놓았던 서류 봉투를 둘에게 하나씩 나눠주었다.

"폭파할 건물에 장치된 보안장치, CCTV 위치, 경비초소, 경비원 일정표와 행동반경, 전력 관계, 평면도까지 들어있다."

고대형이 말을 이었다.

"조원들한테는 다른 지역 이야기는 하지 말 것. 자네들 둘은 서로의 지역을 알 필요가 있을 것 같아서 이렇게 셋이 모인 거야."

"알겠습니다."

윤기상이 웃음 띤 얼굴로 고대형을 보았다.

"잘하셨습니다. 아마 우리 둘은 나중에 만나서 이야기했을 겁니다."

고개를 끄덕인 고대형이 손으로 벽 쪽에 놓인 가방 2개를 가리켰다.

검정색의 커다란 헝겊 가방이다.

"가방 1개씩 가져가. 안에 폭약이 들어 있다."

박정호와 윤기상은 폭파 전문가다.

리스타자원 소속으로 리비아에서 근무하다가 이번에 차출되어 온 것이다.

자리에서 일어선 고대형이 둘에게 손을 내밀면서 말했다.

"둘의 계좌에 2백만 불씩 넣었으니까 조원들한테 50만 불씩, 너희들이 1백만 불쑥 나눠가져. 일 끝내고 중국 밖에서 말야."

그때 윤기상이 숨 들이켜는 소리를 내더니 고대형의 손을 쥐었다.

박정호는 내색하지 않는다.

사람마다 표현 방법이 다르지.

저녁을 먹던 이동욱이 고개를 들고 조애선을 보았다.

"이제 중국 안 갈래요?"

조애선이 놀란 듯 수저를 쥔 채 움직임을 멈췄다.

이곳은 대전 유성의 한식당 안.

김판규와 운전사는 서울로 돌아갔고 둘이 남았다.

오늘은 속리산 관광을 하고 둘이 저녁을 먹는 참이다.

"중국은 왜요?"

"그럼 여기서 살 거요?"

"그러려고 온 거 아녜요?"

"뭐 하고 살 건데요."

"장사나 하든지."

"약장사 하려고?"

그때 조애선이 수저를 내려놓았다.

유성 관광호텔 지하층의 한식당에는 중국 관광객도 서너 팀이 있다.

식당이 넓은데도 알 수 있는 것은 목소리가 크기 때문이다.

정색한 조애선이 이동욱을 보았다.

"왜 날 따라다니죠?"

"오더를 받아서."

"무슨 오더?"

"당신을 꼬셔서 다시 중국으로 가라고."

"왜?"

"거기서 다시 마약 사업과 정보원 노릇을 하라는 것이겠지."

"옌지에서?"

"옌지는 이미 북한군이 점령했고 중국 본토에서."

"어디?"

"대도시가 좋겠지."

그때 심호흡을 한 조애선이 다시 이동욱을 보았다.

"당신 생각은 어때?"

"뭐가?"

"나하고 같이 일하는 거."

"좋고 싫고 할 입장이 아니지."

"당신은 어디 소속이야?"

"리스타."

"그렇구나."

조애선이 고개를 대여섯 번이나 끄덕이더니 물었다.

"직급은 뭐야?"

"계열사 전무."

"그 나이에 꽤 높네."

"그건 위장 명칭이고 실제로는 암살자야, 저격수. 주로 움직이는 일을 했지."

"오더를 준 건 리스타야?"

"뭐, 그렇다고 봐야지."

"한 팀으로 일하라고?"

"그래."

"사업 조건은?"

그때 이동욱이 상반신을 세웠다.

"마음은 있는 거야?"

오후 9시.

숙소에 있던 고대형이 지미 우들턴의 전화를 받는다.

"나야."

지미가 술기운이 밴 목소리로 말했다.

서울에서 베이징으로 전화를 한 것이다.

"조금 전에 이동욱이 전화를 했어."

"이동욱이?"

"그래. 조애선과 함께 있다는구만."

"알아."

"조애선이 중국으로 같이 가겠다고 했다는 거야."

"옳지."

이제는 고대형이 서둘렀다.

"그럼 이동욱이만 먼저 보내."

"이동욱이만?"

"조애선이는 한국 구경을 조금 더 시키고. 이동욱이가 여기서 할 일이 있으니까."

무슨 말인지 알아들은 지미가 술이 깬 목소리로 대답했다.

"오케. 둘이 만리장성을 쌓는지 모르는데 떼어야겠군."

3월 1일.

이화원 근처의 주석 안가는 경호원들에게 주석궁으로 불린다.

주석궁의 밀실 안, 오후 10시 반.

늦은 시간이어서 넓은 궁 안은 대부분 불이 꺼졌고 조용하다.

후원의 별채에 만들어진 밀실은 장평국이 은밀한 회합 장소로 사용하는 곳이다.

소파에 둘러앉은 인물은 여섯.

상석에 앉은 장평국을 중심으로 왼쪽부터 왕홍만, 동이양, 석종문, 연자성, 손시창이 앉았다.

장평국은 담담한 표정이지만 모두 엄숙하고 굳어진 얼굴.

오늘, 장평국은 당중앙위상임위원으로 영입할 넷을 불러 모은 것이다.

아주 극비리에 늦은 시간에 모았기 때문에 넷은 제각기 장평국이 보낸 주석궁 경호원의 안내를 받아 들어왔다.

그때 장평국이 입을 열었다.

"눈치를 챘겠지만 동무들 넷이 이번에 상임위원으로 선출될 것이네."

모두가 숨을 죽였고 장평국의 말이 이어졌다.

"전인대나 당중앙위 등은 문제 될 것 없어. 4명을 충원한다는 안건은 이틀이면 통과될 거야."

"……"

"상임위 예비후보 35명과 상임위원 10명이 모두 참석할 테니 45명 중 동무들 넷은 모두 30표 이상씩을 받을 거네."

4명을 선출하려면 10배수인 40명의 후보를 당중앙위에서 선출하는 것이다. 그것도 장평국이 다 손을 써놓았다.

장평국이 넷을 하나씩 둘러보았다.

"동무들 넷은 상임위원이 되네. 그러면 상임위원 14명이 첫 회의를 하게 되는 것이지.”

모두 숨을 죽였고 장평국의 목소리가 더 굵어졌다.

“동무들이 할 일이 있어.”

그러고는 장평국이 옆에 앉은 왕홍만을 보았다.

대신 말하라는 표시다.

닭꼬치 집으로 들어선 이동욱이 구석 자리에 앉아 있는 조애선에게 다가갔다.

조애선이 꼬치를 먹다가 고개만 들었다.

5평쯤 되는 꼬치집 안에는 손님이 가득 차 있다. 주로 대학생, 20대 남녀다.

자리에 앉은 이동욱이 소주잔을 들면서 물었다.

“맛있어요? 그새 다 먹었네.”

“맛있어요.”

휴지로 입가를 닦은 조애선이 웃었다.

“처음 먹어요.”

“중국에 그런 거 많던데.”

“맛이 달라.”

“고추장 맛인가?”

“웬 전화를 그렇게 자주 해요?”

이동욱이 전화한다고 나갔다가 온 것이다.

그때 한 모금에 술을 삼킨 이동욱이 조애선을 보았다.

“내가 먼저 중국에 들어가서 알아보고 올 테니까 당신은 여기서 좀 기다려.”

“닭꼬치 먹으면서?”

“다른 거, 맛있는 음식도 많으니까. 특히 전라도 음식.”

“언제 돌아올 건데?”

"열흘 정도."

조애선이 고개를 끄덕였다.

"그쯤은 적당할 것 같아."

"그것 봐."

잔에 술을 채우면서 이동욱이 웃었다.

"왔다 갔다 하면서 익숙해진 후에 주저앉는 것이 정상이야."

"아무도 없어서 그래."

입술을 티슈로 닦으면서 조애선이 흐려진 눈으로 이동욱을 보았다.

"누가 옆에 있으면 지금이라도 견디겠어."

"나 내일 아침에 떠날게."

이동욱이 정색하고 조애선을 보았다.

"안내역으로 김판규 씨를 다시 부르는 게 낫겠지?"

조애선은 대답하지 않았다.

밤, 술기운도 있었기 때문에 씻고 침대에 들어갔던 이동욱이 금방 잠이 들었다.

유성의 호텔방 안.

이동욱이 잠에서 깨었을 때는 벨 소리 때문이다. 문의 벨 소리다.

일어나면서 벽시계를 보았더니 12시 반이다.

1시간쯤 잔 것 같다.

팬티 차림이어서 가운을 걸친 이동욱이 문으로 다가가 물었다.

"누구요?"

대답이 없다.

문을 연 이동욱이 앞에 서 있는 조애선을 보았다.

이동욱이 눈을 크게 떴지만 조애선은 시선을 받지 않았다.

그러고는 이동욱을 밀치더니 방으로 들어섰다.

숨을 들이켠 이동욱이 문을 닫고는 몸을 돌렸다.

그때 조애선이 침대로 가더니 옷을 입은 채로 시트를 들치고 침대에 누웠다.

몸을 웅크리고 누운 것이다. 돌아누운 자세로.

이동욱은 천천히 침대로 다가갔다.

술이 번쩍 깨는 바람에 머리가 아팠고 입 안이 바짝 말라왔다.

방의 불은 다 꺼져 있지만 사물의 윤곽이 선명하다.

침대 앞에 선 이동욱이 심호흡을 하고는 시트를 들치고 들어갔다.

그러고는 조애선 옆에 누우면서 허리를 당겨 안았다.

조애선은 움직이지 않는다.

그래서 조애선의 얇은 면 스웨터를 먼저 벗겼다.

조애선이 팔을 들어 벗기는 것을 돕는다.

그다음은 바지를, 훅을 풀고 벗겼더니 시트가 내려갔다.

조애선은 시트만 끌어 올렸다.

이곳은 밤 10시 반.

이광, 해밀턴, 윌슨, 안학태의 4자 회동.

리스타랜드의 바닷가 별장.

넷이 베란다에 둘러앉아 있다.

파도 끝이 흰 거품을 물고 다가왔다가 사라진다.

바람이 피부를 스치고 지나면서 물 냄새가 맡아졌다.

그때 윌슨이 입을 열었다.

"3월 15일에 전인대가 열리는데 그때부터 일사천리로 진행될 겁니다. 중국의 조직력은 엄청 납니다."

세 쌍의 시선을 받은 윌슨이 쓴웃음을 지었다.

"지금도 후버 씨는 중국을 너무 키웠다고 후회하고 계시지요."

"하긴, 소련을 견제하려고 중국을 너무 키웠지."

해밀턴이 맞장구를 쳤다.

해밀턴의 '중작본'은 정보 대부분을 CIA로부터 받고 있는 중이다.

정보뿐만이 아니다. 작전에 필요한 폭탄, 무기까지 다 지급받는다. 경비도 청구만 하면 보내준다.

그때 이광이 말했다.

"앞으로 혼란 상태가 될 텐데, 적절하게 대처해야 될 거요."

"그렇습니다."

윌슨이 말을 이었다.

"인력이 더 필요합니다."

"오늘이 3월 2일인데 일주일밖에 남지 않았는데."

안학태가 말했을 때 해밀턴이 심호흡을 했다.

"이동욱을 중국에서 바로 평양으로 보내야 될 것 같습니다."

해밀턴의 시선이 이광에게로 옮겨졌다.

허락을 받으려는 몸짓이다.

"조한태를 만나 새 사업 이야기로 끌어들이는 것이지요."

모두 영어로 대화를 하는 터라 윌슨이 말을 받는다.

"마약조 응원식으로 대원을 중국으로 파견시키도록 하지요. 우리들의 '중작본' 내막을 아직 알려줄 필요는 없습니다."

이광이 고개를 끄덕였다.

본래 이동욱의 평양행을 허가한 것도 그 때문이다.

언젠가는 알려지게 되겠지만 뒤늦게 북한을 '중작본'에 참여시킬 필요는 없다. 아직 지도층의 반응도 모르기 때문이다.

눈을 뜬 이동욱이 고개를 돌려 옆쪽을 보았다.

아직 눈에 초점이 잡히지 않아서 서너 번 깜빡였더니 곧 시야가 트였다.

조애선의 얼굴이 눈앞에 펼쳐졌다.

조애선이 똑바로 이쪽을 바라보고 있는 것이다.

방 안은 환하다. 아침이다.

둘은 시선을 부딪친 채 5초쯤 그러고 있었다, 눈도 깜빡이지 않고.

먼저 입을 연 사람은 조애선이다.

"7시 반이야."

이제는 자연스럽게 말을 놓는다.

그때서야 이동욱이 팔을 뻗어서 조애선의 허리를 당겨 안았다.

조애선은 가운만 걸쳤는데 끈도 매지 않아서 시트를 덮은 것 같다.

이동욱이 가슴에 안긴 조애선의 머리에 턱을 붙였다.

"좀 더 자자."

"일어나. 배고파."

"어젯밤 운동을 많이 해서 그런가?"

"그런 것 같아."

조애선이 이동욱의 엉덩이를 움켜쥐었다.

"이런 이야기가 좋아?"

"응."

"그래. 우리는 그냥 이런 사이로 지내."

"사는 게 다 똑같지."

"무슨 말인데?"

"이렇게 사나, 저렇게 사나, 시간은 간다는 말이야."

"철학자네."

그때 이동욱이 조애선의 몸 위로 올랐다.

조애선이 잠자코 팔을 뻗어 이동욱의 몸을 감아 안는다.

오후 2시.

옌지공항의 입국장으로 나온 이동욱이 눈을 크게 떴다.

박철의 옆에 고대형이 서 있었기 때문이다.

"아이구, 여긴 웬일이십니까?"

다가간 이동욱이 박철과 고대형을 번갈아 보면서 말했다.

공항에 박철이 나온다는 것을 알고 있었지만 고대형이 옌지까지 와 있을 줄은 몰랐다.

"할 말이 있어서."

건성으로 이동욱의 인사를 받은 고대형이 발을 떼면서 말했다.

"차 안에서 이야기하자."

이동욱은 박철과 함께 바로 북한으로 들어갈 예정이었던 것이다.

그래서 고대형이 공항까지 나온 것 같다.

공항에서 시내로 달리는 차 안.

박철이 승합차를 가져와서 셋은 뒤쪽 자리에 모여 앉았다.

고대형이 입을 열었다.

"내가 박 형하고는 먼저 이야기했는데 이번에 조 중장을 만나거든, 옌지에서 남북 합작 사업에 대한 구체적인 합의를 하고 돌아오도록 해."

고대형이 옆에 놓인 가방을 이동욱에게 건네주었다.

"여기, 내용이 적힌 서류가 있어. 상호 협조하는 내용이야."

"알겠습니다."

"리스타와 북한의 합작 사업이야."

고대형이 힐끗 박철을 보고 나서 말했다.

"북한 측은 아마 긍정적으로 받아들일 거야. 박 중좌하고는 상의를 했어."

"그럼 저는 리스타 측 대리인으로 가서 합의만 하는 것이군요."

"그래. 네가 앞으로 북한 측과 상대할 리스타 측 대표니까."

그때 박철이 웃음 띤 얼굴로 이동욱을 보았다.

"상부에 이미 보고를 했어. 가서 서로 인사만 하면 돼. 합작 사업서에 사인만 받고."

빨리 진행되고 있다.

이곳은 천안문 광장 왼쪽의 '사택빌딩'.

이 빌딩은 12층짜리 낡은 건물이지만 규모가 커서 사거리의 절반쯤을 차지하고 있다.

오후 3시 반.

지하 2층의 주차장으로 들어간 승용차가 엘리베이터 앞에서 멈췄고 50대의 사내가 내렸다. 후줄근한 양복 차림에 마른 체격.

사내는 곧장 엘리베이터로 들어가 버튼을 눌렀다.

"1층에서 멈췄다."

차 안에서 강준이 말했다.

1층은 건물 로비다.

사택빌딩은 정보국 소유의 빌딩으로 이곳은 중국 전역의 통신을 관리하는 본부다.

그래서 이 빌딩에서 버글거리는 사람들은 모두 정보국원인 셈이다.

무전기를 내려놓은 강준이 옆에 앉은 장만운에게 말했다.

"오늘은 국장 출근이 늦네."

장만운이 고개를 끄덕였다.

"젠장, 국장 감시까지 하다니. 찜찜하구먼그래."

강준이 혼잣말로 투덜거렸다.

그들 옆쪽 엘리베이터의 숫자판이 5층에서 멈춰 있었다.

어느새 엘리베이터가 1층에서 5층까지 올라간 것이다.

5층에 국장 집무실이 있다.

정보국장 국병우는 매일 오후 3시에 이곳의 집무실에 출근, 국내외의 정보를 체크하는 것이다.

국병우가 3층 방으로 들어서자 자리에 앉아 있던 이청산이 쓴웃음을 지었다.

"오랜만이군."

"그러니까 말입니다."

비슷한 웃음을 띤 국병우가 앞쪽 자리에 앉았다.

사방이 흰색 벽인 사무실에 테이블과 의자 둘만 놓여 있다.

이청산이 방 안을 둘러보면서 말했다.

"이 방, 잘 관리하고 있나?"

"잘 관리가 되니까 제가 살아 있는 거죠."

"하긴, 내 목숨도 마찬가지야."

"지하 주차장에서부터 로비까지 국가보안국 요원들이 감시하고 있습니다. 요즘은 인원이 배로 늘어났어요."

"우리까지 이런 감시를 받고 있으니, 저쪽은 오죽하겠나?"

"그런데 웬일이십니까?"

정색한 국병우가 물었다.

둘은 30년 가깝게 우정을 쌓아온 터라 형제 이상이다.

그러나 밖으로는 전혀 내색하지 않고 숨겼지만 장평국 등 고위층은 둘 사이를 안다.

이청산이 장평국의 후계자로 비공식 낙점을 받은 후에 국병우의 위상이 높아진 것도 그것 때문이다.

이청산이 지그시 국병우를 보았다.

오늘은 이청산이 만나자고 한 것이다.

"이봐, 아우."

"예, 형님."

긴장한 국병우가 이청산을 보았다.

"말씀하십시오."

"이번 상임위원 4명 증원의 이유를 알고 있지?"

"대충 눈치채고 있습니다."

"민의를 더 넓게 수렴하기 위해서라지만 개소리야. 장평국의 장기 집권을 위해 당헌을 개정할 거네."

"10년입니까?"

"무기한. 아예 기간을 폐지할 거야."

쓴웃음을 지은 이청산이 말을 이었다.

"삼두체제로 가기로 했어."

"무슨 말씀입니까?"

"나하고 후진명, 목정대."

"저쪽하고 이야기하셨습니까?"

"후진명하고 합의했어."

"하지만 우리 숫자가 부족한데요."

"오탁이 올 거야."

"그래도 저쪽은 4명이 추가되어 7명입니다. 더구나 우리 측 양강수, 조천 고문
은 노인들이라 참석할지 알 수 없습니다. 저쪽이 막을 수도 있고요."

"……"

"그러면 7 대 5로 주석 측이 승리할 것입니다."

"두고 봐야지."

이청산이 길게 숨을 뱉었다.

"그리고 저쪽이 사건을 만들 것 같아."

"사건이라뇨?"

"테러."

숨을 멈춘 국병우를 향해 이청산이 얼굴을 일그러뜨리면서 말했다.

"테러로 정국을 긴장 상태로 몰아넣은 다음에 전인대, 중앙위원회를 연달아
개최해서 일사천리로 안건을 통과시킨 후에 추가 상임위원 4명을 뽑고 14명으로
당헌을 개정하려는 거야."

"테러 정보는 어디서 얻으셨습니까?"

"오탁."

"오탁은 누구한테 받았다고 합니까?"

"CIA."

국병우가 고개를 끄덕였다.

"형님, 내가 할 일이 뭡니까?"

강을 건너는 데는 5분도 안 걸렸다.

다만 무릎까지 젖었기 때문에 북한 땅에 도착하고 나서 수건으로 닦고 양말과 신발을 다시 신어야 했다.

밤 11시 반쯤 되었다.

강을 건넌 사람은 다섯.

박철과 이동욱, 그리고 수행원 셋이다.

그때 어둠 속에서 인기척이 났다.

"중좌 동지십니까?"

부르는 소리가 들렸다.

"아, 여기다."

박철이 소리치자 사내들의 모습이 드러났다.

군복을 입은 인민군이다. 그중 장교가 다가와 박철에게 경례를 했다.

"모시러 왔습니다."

"오, 박 대위. 수고가 많다."

고개를 끄덕인 박철이 이동욱을 보았다.

"자, 가지. 이젠 우리 땅이야."

이동욱에게는 그것이 한국 땅이라는 말로 들렸다, 북한 땅이 아니고.

국경을 떠난 벤츠가 평양에 도착했을 때는 오후 1시 반이었다.

도중에 군 기지에 들러서 5시간쯤 수면을 취했기 때문이다.

벤츠가 멈춰 선 곳은 대동강변의 대저택이다.

정문을 지나 숲길을 1백 미터쯤 지나자 강이 내려다보이는 2층 저택이 드러났다.

미리 연락을 받은 종사원들이 현관 앞에 10여 명이나 서 있었는데 차에서 내리는 박철과 이동욱을 향해 허리를 굽혀 인사를 했다.

"여긴, 귀빈 초대소야. 나도 여긴 처음 온다."

현관 안으로 들어서면서 박철이 말했다.

"너를 이곳으로 모시라는 상부의 지시가 내려왔어."

응접실은 넓고 화려했다.

대형 유리창 밖으로 대동강이 내려다보인다. 강 건너편의 평양 시가지도 선명했다. 유경호텔의 거대한 형체는 마치 피라미드 같았다.

그때 중년 사내가 다가와 박철과 이동욱을 향해 인사를 했다.

"제가 지배인 이용구입니다. 잘 모시겠습니다."

"특별 손님이니까 잘 모셔야 될 거요."

박철이 웃음 띤 얼굴로 말을 이었다.

"남조선 손님으로는 처음일 테니까 말이오."

"예, 최선을 다하겠습니다."

지배인이 이동욱을 향해 다시 절을 했다.

지배인이 나가고 응접실에 둘이 남았을 때 박철이 웃음 띤 얼굴로 이동욱을 보았다.

"이곳에서 너는 왕 대접을 받게 돼. 며칠 푹 쉬다가 가자."

"난 평양 시내 구경을 하고 싶었는데."

"원한다면 나하고 같이 나갈 수도 있어."

"그런데 언제 사령관을 만나는 거야?"

"곧 연락이 올 거다."

벽시계를 본 박철이 말을 이었다.

"오늘 저녁에 만날 수도 있지, 귀빈을 기다리게 하지는 않을 테니까."

그날, 오후 6시 반이 되었을 때 초대소로 벤츠 1대가 들어왔다.

현관 앞에서 멈춰 선 벤츠에서 내린 사내는 50대쯤의 양복 차림이다.

현관에서 기다리던 박철이 사내에게 힘차게 경례를 했다.

바로 제4특전단장 조한태 중장이다.

박철의 안내를 받은 조한태가 응접실로 들어섰다.

응접실에 서 있던 이동욱이 조한태를 향해 목례를 했다.

이동욱이 손님이니까 나가서 기다릴 필요는 없는 것이다.

인사를 마치고 자리에 앉았을 때 조한태가 웃음 띤 얼굴로 이동욱을 보았다.

"평양은 처음이지요?"

"예, 사령관님."

"오신 김에 구경 실컷 하시라우, 여기 묵으면서 말입니다."

"아닙니다. 바로 돌아가야 합니다."

이동욱이 탁자 위에 놓인 서류를 집어서 조한태에게 건네주었다.

"여기, 합의서 초안이 있습니다. 보시지요."

리스타와 북한군 제4특전단과의 '작전 합의서'다.

상대가 북한군이니만치 '작전' 합의서라고 썼다.

조한태가 바로 서류를 펼치더니 읽기 시작한다.

검은 피부에 다부진 인상으로 성격이 꼼꼼한 것 같다.

주머니에서 안경을 꺼내더니 서류를 손으로 짚으며 읽는다.

주 내용은 리스타와 '북한 제4특전단'과의 합작 사업이다.

사업 내용은 '물품 판매'. 헤로인을 '물품'으로 표현했다.

양측은 사업에 필요한 정보를 공유하며 시장 확산에 협조한다는 내용이다.

현재 북한은 옌지를 중심으로 한 길림성의 시장만 확보했을 뿐이다.

이번에 조애선의 판매망을 빼앗았지만 리스타와 합작하면 중국 전역으로 시장을 넓힐 수가 있는 것이다. 북한은 리스타가 삼합회를 장악하고 있다는 것도 알기 때문이다.

이윽고 고개를 든 조한태가 웃음 띤 얼굴로 이동욱을 보았다.

"우리가 사업을 거부할 이유는 단 하나도 없지요."

이동욱의 시선을 받은 조한태가 말을 이었다.

"리스타가 정보, 자금, 시장까지 다 제공해주는 마당에 우리가 인력을 아낄 이유가 있습니까? 넘쳐나는 것이 인력인데 말입니다."

조한태가 주머니에서 만년필을 꺼내 들었다.

"지금 사인합시다."

세상에 이렇게 빠른 사인도 드물 것이다.

오후 9시 반.

초대소에서 함께 저녁을 먹던 조한태가 이동욱에게 말했다.

"이 선생, 평양 시내 구경할 것 없이 여기서 대동강 야경을 보면서 놉시다."

"예, 사령관님."

이동욱이 바로 대답했을 때 조한태가 말을 이었다.

"그래서 내가 밴드하고 가수, 그리고 시중들 여성 동무들을 불렀어요."

숨을 멈춘 이동욱을 향해 조한태가 빙그레 웃었다.

"사양하면 안 됩니다, 이 선생."

"예!"

"최근에 불행한 사건이 있었다고 들었습니다만 오늘 기분 풉시다."

"예!"

"마시고 잊어야지요. 시간이 약입니다."

"감사합니다."

"나는 내일 밤에 지도자 동지께 이번 합의를 보고하러 갑니다."

수저를 내려놓은 조한태가 정색했다.

"어제 지도자 동지께 대충 말씀드렸더니 기뻐하셨어요. 웃으시는 모습을 보니까 가슴이 미어터지는 줄 알았소."

어깨를 편 조한태의 두 눈이 번들거렸다.

"요즘 웃으시는 모습을 보기 힘들었거든."

이런 사람을 충신(忠臣)이라고 하는가?

파티가 열렸다.

초대소로 수십 명의 남녀가 몰려온 것이다.

별관의 홀에는 무대도 설치되었기 때문에 악단이 자리 잡았고 가수와 무용수, 시중드는 여자까지 가득 찼다.

그런데 손님은 셋. 주방에서 가져온 음식이 셋 앞에 가득 놓였다.

술은 위스키에서부터 북한산 '백두산주'까지 10여 종이다. 그야말로 산해진미.

춤과 노래가 시작되었을 때 이동욱은 얼이 빠져서 숨만 쉴 지경이었다.

사회자까지 나와 있는 것이다. 밴드 인원은 14명, 무희는 7명, 가수는 3명, 시중드는 여자는 4명이다. 다 세어 보았다. 사회자까지 29명. 주방에서 왔다 갔다 하는 주방 요원 5명은 별도다.

"전 김수현이라고 합니다."

이동욱의 옆에 앉은 여자가 인사를 했다.

여자 4명 중 3명이 옆에 앉았고 한 명이 총지휘자 같다. 룸살롱에 비교하면 마담. 이 마담의 손짓에 의해서 '행사'가 진행되고 있다. 룸살롱하고 다른 점은 이 '마담'이 인사 따위는 하지 않고 뒷전에서 지휘를 한다는 것이다.

"이동욱이오."

이동욱이 받아서 인사를 했더니 여자가 배시시 웃었다.

둥근 얼굴. 이목구비가 뚜렷한 미인이다. 소매 없는 자주색 원피스를 입었는데 매끈한 몸매가 다 드러났다.

무대에서는 여가수의 노래가 끝나고 무희들이 춤을 추는 중이다. 밴드의 연주 소리가 요란해서 목소리를 높여야 한다.

옆쪽 박철을 보았더니 무희들을 정신없이 바라보고 있다. 그런데 눈동자가 움직이지 않는 것을 보면 딴생각을 하는 것 같다.

그때 이동욱이 여자의 어깨에 팔을 둘렀다. 그러자 여자가 움찔하더니 곧 이동욱에게 상반신을 기댔다.

이동욱은 옆쪽에 서 있던 '지휘자' 격인 여자가 이쪽을 힐끗 보는 것을 알 수 있었다.

이동욱의 얼굴에 희미한 웃음기가 떠올랐다가 지워졌다.

조한태 중장은 접대에 최선을 다하고 있는 것이다. 북한 측의 성의는 알겠다.

그때 여자가 고개를 돌려 이동욱을 보았다.

"어떤 음식을 좋아하세요?"

"아무거나."

이동욱이 지그시 시선을 주었다.

그야말로 여자는 '아무거나' 물어볼 수는 없는 것이었다.

잘 훈련된 여자들이다. 아마 이동욱에 대해서 사전 교육을 다 받고 왔을 것이다.

그때 여자가 다시 물었다.

"제가 오늘 밤, 선생님 방에 가도 돼요?"

"왜?"

이동욱이 여자의 시선을 받았다.

앞쪽 조한태는 여자하고 이야기하는 중이었고 박철은 술을 마시고 있다.

무대에서는 밴드가 경쾌한 음악을 연주하고 있었는데 잠깐 쉬는 시간인 모양이다.

그때 여자가 이동욱의 귀에 대고 말했다.

"선생님하고 연애하려구요."

이동욱이 고개를 젖히고 여자를 보았다.

여자와 시선이 마주친 순간, 이동욱이 숨을 들이켰다.

여자의 눈동자가 깊게 느껴졌다. 불안한 표정이다. 닫힌 입술 끝이 미세하게 떨린 순간 이동욱의 입에서 저절로 말이 뱉어졌다.

"좋지. 당신 같은 여자를 거절하는 남자는 이상한 놈이지."

그때서야 여자의 얼굴에 다시 웃음이 떠올랐다.

"농담도 잘하세요."

"진담이야."

"연애 많이 하셨나 봐요."

"내 마누라가 죽은 지 한 달도 안 되었는데도 이래."

"거짓말 마세요."

"그건, 앞에 앉은 조 중장한테 물어봐도 돼. 다 알고 있으니까."

"……"

"오늘 밤, 나하고 연애하는 거지?"

"……네."

"이따 마음이 변하지 않았다면 내 방으로 와."

그때 다시 가수가 마이크를 잡았기 때문에 둘은 이야기를 그쳤다.

그날 밤, 김수연은 안 왔다.

파티가 11시 반에 끝났고 방에 들어왔을 때는 12시, 정확하게 그렇게 되었다.

씻고 침대에 누웠을 때는 12시 반.

12시 40분까지 벨 소리를 기다리다가 이동욱은 잠이 들었다.

잠들기 전에 안 온 사연은 미루어 짐작할 수 있었다.

김수현한테서 보고를 들은 조한태가 가지 말라고 했을 것이다.

조한태의 머릿속 생각까지 알 수 있었다.

'아, 마누라 이야기를 꺼낸 걸 보면 연애할 생각이 없다는 것이구나. 억지로 보낼 필요는 없겠다. 다음에 하지.'

다음 날, 오전 11시.

이동욱은 박철과 함께 평양을 떠났다.

이동욱이 바쁜 일이 있다고 재촉했기 때문이다.

합의서에 사인을 받았으니 평양에서 노닥거릴 여유가 없을 것이다. 고대형이 기다리고 있을 것이었다.

이번에는 헬리콥터를 타고 혜산까지 간 다음에 밤이 되기를 기다려 다시 개울 같은 두만강을 건넜다.

이동욱이 옌지의 안가에 들어섰을 때는 3월 5일 오전 3시 반이었다.

눈을 뜬 황비자오가 눈동자의 초점을 맞추고는 숨을 들이켰다.

사내 둘이 눈앞에 서 있다.

방 안의 불을 켜 놓아서 사내들의 얼굴도 뚜렷하게 드러났다.

그때 사내 하나가 입술 끝을 올리며 웃었다.

"황 동무, 가실까?"

황비자오는 들이켰던 숨을 길게 뱉었다.

관사 주위에 경호원 넷이 배치되어 있다. 그리고 리스타에서 파견된 경호팀이 따로 경호를 하고 있었다. 이중의 경호를 받고 있었지만 이렇게 뚫렸다. 이제 끝난 것이다.

그때 사내들이 일제히 손을 뻗어 황비자오의 어깨를 눌렀다.

30분 후.

고대형이 전화를 받는다.

베이징 본부의 최창민이다.

"사장님, 황비자오가 끌려갔습니다."

최창민의 목소리가 다급하다.

"경호원들을 기습해서 사살한 괴한들이 승합차에 황비자오를 태우고 갔습니다."

고대형이 듣기만 했고 최창민의 말이 이어졌다.

"황비자오를 외곽에서 경호하던 팀이 미처 손쓸 사이도 없었다고 합니다. 습격자는 3개 조 30명가량이었다고 합니다."

"알았어. 제1단계 조치를 해."

"예, 알겠습니다."

통화를 끝낸 고대형이 심호흡을 했다.

황비자오는 곧 지금까지의 상황을 모두 자백하게 될 것이다.

이 상황에 대비한 1단계 조치는 은폐, 엄폐다.

꼬리 자르기라고도 한다.

오전 5시 반이다.

고대형이 이동욱을 만났을 때는 오전 8시 반이다.

안가에서 기다리던 이동욱이 조한태가 사인을 한 합의서를 내놓았을 때 건성으로 훑어본 고대형이 정색했다.

"북한과의 사업은 됐고. 그보다 먼저 처리할 일이 있다."

"조애선이 한국에서 기다리고 있는데요."

이동욱이 말을 받았을 때 고대형이 쓴웃음을 지었다.

"그보다 더 급한 일이 있어. 황비자오가 4시간 전에 쿤밍에서 괴한들에게 납치당했다."

이동욱은 숨만 들이켰고 고대형이 말을 이었다.

"군의 특공대 같다. 3개 조가 쿤밍의 공안부장 관사를 습격한 거야. 경호원들이 사살되었는데 보도 통제를 하고 있어."

"……"

"너는 물론이고 삼합회와의 관계도 자백하겠지. 황비자오가 겪은 일은 다 자백한다고 봐도 될 거야."

고대형의 얼굴에 쓴웃음이 번졌다.

"황비자오가 협박한 하상옥도 검거될 거야."

과연 조애선과 마약 사업을 시작할 상황이 아니다.

그때 고대형이 목소리를 낮췄다.

"오늘이 3월 6일, 사흘 후부터 작전이 시작된다."

"무슨 작전입니까?"

"놈들이 자작 폭탄 테러를 일으키는 거야. 국내 분위기를 계엄령 수준으로 끌어올리면 전인대, 중앙대의원회 의원들은 공포 분위기에서 장 주석 측 집권 세력에 끌려가게 될 테니까."

"……"

"우리 정보에 의하면 테러가 3번, 9일부터 14일 사이에 베이징, 상하이, 홍콩에서 일어나."

고대형이 손가락을 꼽으면서 말을 이었다.

"우리는 그 6일 사이에 놈들이 테러를 일으킨 그다음에 폭탄 테러를 한다."

긴장한 이동욱에게 고대형이 난징과 푸저우 폭탄 테러를 말해 주었다. 그러고는 똑바로 이동욱을 보았다.

"네가 맨 마지막 날, 전인대가 시작되는 15일 전날인 14일에 천안문 광장을 폭발시켜라."

"천안문 광장입니까?"

이동욱의 시선을 받은 고대형이 고개를 끄덕였다.

"상징적인 테러야. 15일 새벽. 광장이 텅텅 비었을 때 터뜨리는 것이지. 그래도 경비는 삼엄할 테니까 쉬운 일은 아니다."

고대형이 들고 온 손가방을 이동욱에게 건네주었다.

"여기 천안문 광장 주변의 보안장치부터 경비원 배치, 경비초소, 시간별 유동 인구까지 다 조사해놓았다."

고대형이 말을 이었다.

"네가 광장을 폭발시키면 6일 동안에 6번의 테러가 일어난 후에 '전인대'가 열리게 되는 것이지."

"……"

"테러로 전인대 분위기를 장악하려던 장 주석 일당은 당황하게 될 거야. 그리고 그 추종 세력들도."

심호흡을 한 고대형이 말을 이었다.

"우리가 일으킨 3번의 테러도 우리 측 인사들에게 힘을 실어주려는 의도야. 주석 측의 분위기를 깨트리려는 작전이다."

우리 측 인사가 누구인지는 이동욱이 모른다.

왜냐하면 이동욱은 3세대 '영웅'이니까.

"황비자오가 후진밍의 추천을 받았지만 둘은 만난 적도 없고 둘 사이에 오간 증거물도 없습니다."

서울의 '중작본' 사무실 안.

기획부장 김병선이 해밀턴에게 보고했다.

오전 10시, 중국 시간은 오전 9시다.

김병선이 말을 이었다.

"고문을 해도 황비자오 입에서는 고대형 사장 이야기밖에 안 나옵니다."

그 고대형은 이제 칭다오를 떠나 베이징으로 옮겨갔다. 그리고 지금 옌지에서 이동욱을 만날 것이었다.

그때 듣고만 있던 지미 우들턴이 입을 열었다.

"이동욱은?"

"물론 드러나 있지요. 상하이에서 황비자오하고 자주 만났으니까요."

"리스타가 드러나는 건 시간문제로군."

투덜거린 지미가 해밀턴을 보았다.

"고대형이 1단계 조치를 했지만 리스타가 배경에 있는 건 드러나게 됩니다."

"예상하고 있었던 거야, 지미."

지미에게는 한참 선배인 해밀턴이 말을 이었다.

"지금 리스타가 드러났다고 해도 이번 회의가 끝날 때까지는 손을 쓰지 못해. 장평궈이 황제가 되고 나서 리스타를 도마 위에 올려놓겠지."

해밀턴의 얼굴에 웃음이 떠올랐다.

"손을 쓴다고 해도 리스타는 만만한 상대가 아냐, 지미."

"저, 여기 그만둘 테니까 사장님 회사로 받아들여 주시죠."

"아니, 지금 절반쯤 들어와 있는 게 아닌가?"

"중역 자리는 됩니까?"

"계열사 사장을 시켜주지."

"감사합니다. 그동안 열심히 CIA 정보를 빼내 드리지요."

둘이 말을 주고받는 동안 딴전을 피우던 김병선이 잠깐 말을 그쳤을 때 해밀턴에게 보고했다.

"1단계 조치로 리스타의 '중작보' 관계 요원은 모두 은신 완료했습니다."

해밀턴의 시선을 받은 김병선이 말을 이었다.

"이제는 작전 요원만 활동 중입니다."

작전의 책임자는 고대형인 것이다.

그때 해밀턴이 길게 숨을 뱉었다.

"엄청난 작전이 시작되는군."

"배후에 리스타가 있습니다."

왕홍만이 말했을 때 장평국은 고개를 기울였다.

못 알아들은 것 같다.

그래서 왕홍만이 다시 말했다. 조금 더 자세히.

"황비자오 배후에 한국의 리스타 그룹이 있습니다, 주석 동지."

"그게 무슨 말이야?"

"예, 리스타 그룹이 황비자오를 조종한 것입니다. 약점을 쥐고 협박을 했습니다."

"그래서 어쨌단 말야?"

"리스타 놈들이 황비자오를 진급시킨 것입니다. 그것을 후진명 동무에게 연결시킨 것이지요."

"……"

"하지만 직접적 증거는 없습니다. 찾으면 나오겠지만 말씀입니다."

"그러니까 리스타 부탁으로 후진명이 황비자오를 진급시켜서 상하이로 보냈단 말인가?"

"바로 그렇습니다."

"왜?"

"음모가 있습니다, 주석 동지."

왕홍만의 두 눈이 번들거렸다.

"황비자오는 상하이 공안부장 하상옥까지 조종했는데 하상옥의 비리 자료를 리스타로부터 받았다는 것입니다."

"……"

"리스타를 대대적으로 조사해야 됩니다."

장평국의 두 눈이 흐려졌다.

생각에 잠긴 얼굴이다.

이윽고 고개를 든 장평국이 입을 열었다.

"리스타 회장, 이광은 지금 어디에 있지?"

"리스타랜드에 있습니다."

"……"

"현재 중국에는 무역 대리점 형식의 회사만 4개가 남아 있습니다."

"……"

"곧 4개 회사 모두를 조사할 예정입니다."

"가만"

손을 들어 말을 막은 장평국이 눈동자의 초점을 잡고 왕홍만을 보았다.

"홍만, 기다려라."

"예, 주석 동지."

"전인대가 끝나고 당헌을 바꿀 때까지 기다려."

"예, 주석 동지."

"앞으로 12일 남았다."

장평국의 두 눈이 번들거렸다.

오늘이 3월 6일 밤. 전인대는 3월 15일 시작해서 상임위의 당헌 개정까지 끝나려면 3월 18일이 될 것이다.

"고대형, 이동욱이 모두 잠적했습니다. 회사도 간부급은 보이지 않는데요."

천중수가 쓴웃음을 짓고 말했다.

왕홍만이 장평국을 만나고 돌아와 천중수를 부른 것이다.

천중수의 국가보안국은 독자적인 정보 기능이 있다. 지금 장평국 세력은 천중수의 정보 기능을 이용하고 있는 것이다. 국병우의 정보국은 국병우가 이청산 라인이기 때문에 이용하지 않는다.

천중수가 말을 이었다.

"삼합회 놈들도 회장 이하 간부급들이 피신했습니다. 황비자오가 체포되자마자 눈치를 챈 것이죠."

"사흘 남았어."

왕홍만이 목소리를 낮추고 말했다.

"그리고 3월 18일에는 다 끝나. 그때 가서 모조리 소탕하는 거야."

"……."

"그때는 새 세상이 되는 것이지. 동무와 나는 당 5역 안에 들 것이고."

"저는 그것 바라고 일하는 것이 아닙니다. 오직 당과 주석을 위해서……."

"조금 전에 주석께서도 동무를 칭찬하셨어."

이것은 거짓말이다.

그러나 감동한 천중수가 심호흡까지 했다.

"목숨을 걸고 있습니다."

"우리가 손발을 맞춰야 돼. 홍콩, 상하이, 베이징 순서야."

"계엄령은 베이징이 터지고 난 후에 실시합니까?"

"베이징은 3월 13일이야. 전인대가 개최되기 이틀 전이니까 적당해."

"그렇지요."

이 스케줄까지 천중수에게도 비밀로 했던 것이다.

이제야 테러 순서와 계엄령 실시 일을 알게 된 천중수가 고개를 끄덕였다.

"맞춰서 행동하지요."

천중수의 국가보안국은 요주의 인물의 감시와 체포, 테러가 발생하자마자 전국을 공포 분위기로 몰고 가는 역할이다.

수만 명의 요원을 풀어서 압박하면 국민들은 물론이고 대의원들도 지도자를 향해 뭉치게 된다.

베이징, 오전 11시.

이동욱이 천안문 광장 복판에 서 있다.

3월 7일, 오늘도 날씨가 맑다.

광장을 메운 관광객들의 표정도 밝다. 관광객들 사이를 오가는 정복 차림의 공안, 사복을 입은 공안과 정보원들도 한가로운 표정이다.

다시 발을 뗀 이동욱이 광장 남쪽을 향해 걸었다.

넓은 광장이다.

안쪽에 경비초소가 2개 나란히 서 있지만 인파에 가려 보이지 않는다. 광장의 넓이는 40만 제곱미터로 50만 명 이상의 집회가 가능하다.

천안문은 고궁의 남문이며 웅장한 건물의 지붕은 2중이다. 광장 남쪽에 솟은 인민영웅기념비 앞에도 군중들이 모여 있다.

뒤쪽의 장방형 건물은 마오쩌둥 주석 기념당이다. 이곳이 1976년 9월 9일 사망한 모 주석의 유해가 안치된 곳이다.

한동안 그쪽을 둘러보던 이동욱이 몸을 돌렸다.

저쪽에다 폭탄을 터뜨릴 수는 없다.

중국인민들의 우상이며 영웅인 모 주석 근처에는 가지 말아야 한다. 갈 이유도 없다, 목표는 장평국이 황제가 되는 것을 막는 것이니까.

조지 워커 부시는 43대 대통령으로 41대 대통령이었던 조지 허버트 부시의 아들이다.

아버지 부시가 4년 단임 대통령으로 끝나고 빌 클린턴이 8년 재선 대통령 임기를 마친 후에 조지 워커 부시가 대통령이 된 것이다.

그런데 대통령이 되던 해에 9·11테러가 터졌으니 부시로서는 날벼락을 맞은 셈이다.

그래서 첫해부터 테러와의 전쟁이 시작되었다.

테러국과 함께 테러 지원국, 독재국이 대상이다.

오후 2시 반.

백악관의 오벌룸에서 부시가 CIA 부장 윌슨의 보고를 받는다.

윌슨이 '대중국작전'의 보고를 마쳤을 때 부시가 물었다.

"윌슨, 이건 엄청난 사건인데, 가능성이 있나? 장평국의 쿠데타가 성공할 가능성 말야."

"가능합니다."

윌슨이 바로 대답했다.

"현 상황에서 보면 3월 18일에 장평국은 신(新)중국의 황제가 됩니다."

"상임위원 14명의 결정으로 말이지?"

"예, 각하."

윌슨이 말을 이었다.

"물론 후진명 등 4명은 반대를 하겠지요. 하지만 친(親)장평국 세력은 추가로 보충한 4명까지 10명이 됩니다."

부시가 고개를 들고 윌슨을 보았다.

"그걸 못 막나?"

"작전 중이기는 합니다만 자세한 내막을 밝힐 수 없습니다."

"대통령인 나한테도 밝힐 수 없나?"

"예. 관행입니다, 각하."

"관행 좋아하네."

"작전 종결 후에는 모두 보고 드립니다."

"시리아의 개자식이 장평국하고 무슨 이야기를 했지?"

시리아 아사드 대통령이 장평국 주석을 만나고 간 것이다.

아사드는 여러 번 테러단을 보호했고 이용하기도 했다. 지난 9·11이 알·카에다의 소행으로 밝혀진 후에 미국은 알·카에다의 수령인 오사마 빈 라덴을 찾으려고 눈에 불을 켜고 있는 상황이다. 그 빈 라덴이 시리아에 은신하고 있다는 소문도 있는 것이다.

"별 이야기는 없었습니다, 각하."

"빈 라덴이 중국으로 넘어갔을지도 몰라. 그렇지 않나?"

"예, 그럴 가능성도 있습니다."

"9·11이 일어난 지 벌써 6개월이야. 우리가 빈 라덴을 잡아야 돼. 하다못해 그

연루자라도 말야."

부시의 얼굴이 상기되었다. 어깨를 부풀린 부시가 속마음을 털어놓았다.

"이대로 두면 내가 무능하다는 평가를 받는단 말야."

2장 베이징 테러

이동욱에게 투입된 폭발물 전문가는 의외로 서미숙, 여자다.

31세, 공수부대 중사 출신으로 훈련소 폭발물 교관으로 근무하다가 전역 후에 리스타에 취업했다. 리스타자원 소속의 '비밀공작반'에 근무하다가 이동욱의 조원이 된 것이다.

"군 생활이 9년이야?"

베이징의 안가에서 만났을 때 이동욱이 물었다.

서미숙의 신상 명세를 다 외우고 있는 것이다.

서미숙은 동그란 얼굴에 눈이 작고 입술은 야무지게 닫혀 있다. 170쯤의 키에 날씬한 체구. 원피스를 입었는데 매끈한 종아리가 드러났다. 그저 평범한 여자다. 머리를 뒤에서 고무줄로 묶은 것이 더욱 그렇게 보인다.

"예, 9년 8개월 했어요."

서미숙이 고분고분 대답했다.

"19살 때 입대해서 28살에 전역했고, 리스타에는 2년 반 되었어요."

"중국어는 어디서 배웠어?"

"군(軍)에서요. 군에서 통역사 자격증도 땄습니다."

"폭발물은?"

"군에서 미국으로 연수 교육까지 보내줬습니다. 1급 폭발물 자격증도 땄지요."

"열심히 살았군."

"돈 없어서 고등학교만 졸업하고 군에 갔거든요."

이동욱이 고개를 끄덕였다.

지금부터 서미숙과는 부부 행세를 해야 된다. 조애선은 이 작전에 맞지 않는다.

"내가 오늘 천안문을 다녀왔어."

이동욱이 앞에 앉은 서미숙을 보았다.

서미숙도 작전을 알고는 있지만 폭발물 설치 장소와 터뜨리는 시간은 이동욱이 정해야만 한다.

"3월 14일. 전인대가 열리기 전날. 그리고 천안문 남쪽 지역은 피하도록 하고 인명 피해가 없도록 해야 돼."

이동욱이 탁자 위에 천안문 지도를 펼쳐 놓았다.

고대형이 준비해 준 지도다.

서미숙은 숨을 죽인 채 지도를 보았고 이동욱이 말을 이었다.

"예상대로라면 3월 14일까지 5번의 폭발물 테러가 일어나. 세 번은 관제 테러이고 두 번은 우리 측, 그 마지막을 우리 둘이 터뜨리는 거야."

서미숙이 지도를 응시한 채 움직이지 않는다.

과연 성공할 것인가?

그때 서미숙이 이동욱을 보았다.

"내일은 우리 둘이 다시 정찰을 나가보도록 하죠."

이동욱이 고개를 끄덕였다.

폭발물 설치와 폭발은 서미숙이 책임자다.

"양 동지, 요즘 몸은 어떠십니까?"

왕홍만이 묻자 양강수가 빙그레 웃었다.

이가 전부 틀니여서 고른 치아가 환하게 드러났는데 주름진 얼굴과 어울리지 않았다. 머리는 백발인데 반이 대머리여서 더욱 그렇다.

"괜찮아. 가끔 죽은 마누라 생각이 나서 심란한 것 외에는."

양강수의 부인이 1년 전에 사망한 것이다.

이곳은 베이징 지단공원 근처에 위치한 양강수의 저택 안.

오후 4시 반.

왕홍만이 '인사차' 방문한 것이다.

왕홍만이 이번에 개최될 '임시 전인대'의 추진 위원을 맡고 있는 터라 출석 여부를 체크할 의무도 있다.

고개를 끄덕인 왕홍만이 말을 이었다.

"사모님은 전형적인 현모양처이셨지요. 모두가 존경하고 있었습니다."

"고맙네."

양강수가 흐려진 눈으로 왕홍만을 보았다.

"이번 회의에 참석 못 할 만큼 내 건강이 나쁘지는 않아. 지난번에는 내 컨디션이 이보다 더 나빴어도 참석하지 않은가?"

"알고 있습니다. 그때 위암 수술하신 지 열흘밖에 안 되셨지요?"

"그래. 링거를 떼고 회의장에 걸어서 들어갔어. 그때가 80살 때야."

"대단하십니다."

"이번에도 전인대부터 참석할 거야."

"그런데, 고문 동지."

한숨을 쉰 왕홍만이 지그시 양강수를 보았다.

"창우가 외환관리법 위반으로 조사받고 있는데요. 모르시지요?"

"……."

"무려 420만 불을 횡령, 유용했습니다. 홍콩에 애인을 두고 55만 불짜리 아파트를 사주고 매월 5만 불씩을 생활비로 줬다는군요."

"……."

"두 살짜리 아이도 있습니다."

양강수가 외면했다.

양창우는 양강수의 외아들이다.

홍콩에서 무역업을 하고 있는데 연간 매출액이 1억 불가량 되는 중견회사다.

그러나 420만 불을 횡령해서 딴 살림까지 차렸다니, 중죄다. 사건이 노출되면 최소한 10년 형은 산다.

그때 왕홍만이 다시 입을 열었다.

"제가 알아서 다 수습하겠습니다."

"……."

"이번 전인대에는 참석하기 힘드시겠지요? 무리하시면 안 되겠네요."

양강수는 외면한 채 대답하지 않았다.

그 시간에 장평국은 이화원의 안가에서 이청산과 마주 보고 앉아 있다.

부드러운 분위기.

장평국은 웃음 띤 얼굴이다.

"이봐, 청산, 이번 상임위 후보로 내가 넷 골랐으니까 한 번 살펴봐."

장평국이 탁자 위로 서류 한 장을 밀어놓았다.

후보 4명의 이름과 신상 명세가 적힌 서류다.

이청산이 집어 들자 장평국이 말을 이었다.

"모두 무난한 인물들이야. 자네한테도 도움이 될 인물로 선발했네."

"예, 주석 동지."

서류를 훑어본 이청산이 고개를 끄덕였다.

"주석께서 어련히 알아서 하셨겠지요. 저는 무조건 찬성입니다."

"이것은 자네를 위한 조치이기도 하네, 내가 굳혀 놓은 기반을 자네가 이어가야 할 테니까."

"저에게는 과분합니다. 저보다 능력 있는 동지들이 많지 않습니까?"

"내 후계자가 자네인 것은 전 인민이 알고 있네. 이미 굳어져서 변경할 수도 없어."

정색한 장평국이 말을 이었다.

"이번에 당헌을 개정해서 내가 10년만 더 국가의 기반을 굳히겠네."

"당연히 그렇게 하셔야지요."

이청산이 커다랗게 고개를 끄덕였다.

"주석께서는 20년은 더 자리에 계셔야 합니다. 등 주석께선 90세에 정계에서 은퇴하셨지 않습니까?"

장평국은 지금 68세다.

그때 장평국이 쓴웃음을 짓고 말했다.

"과유불급이네. 10년 후에 자네에게 주석직을 이양하겠네."

"사양하겠습니다."

"지나친 사양도 결례네."

장평국이 정색하고 이청산을 보았다.

"내가 자네에게 10년 후에 주석직을 이양한다는 각서를 써 주겠네. 그리고 당헌을 바꾸고 나서 선포를 하지."

고개를 든 장평국이 엄숙한 표정을 지었기 때문에 이청산은 입을 열지 못했다.

상장이며 베이징관구 사령관 손시창이 들어섰을 때 원부 대교가 벌떡 일어섰다. 옆자리의 중교도 따라 일어선다.

손시창이 자리에 앉아 손으로 앉으라는 시늉을 했다.

오후 5시 반.

셋의 얼굴은 모두 굳어 있다.

둘이 다시 앉았을 때 손시창이 바로 묻는다.

"준비는?"

"다 끝났습니다."

원부가 대답했다.

"9일 오후 3시에 홍콩에서부터 시작합니다, 사령관 각하."

고개를 끄덕인 손시창이 목소리를 낮췄다.

"기밀을 알고 있는 것은 너희들 셋뿐이지?"

"예, 각하."

셋이 동시에 대답했다.

손시창의 시선이 중교들을 차례로 훑었다.

"너희들은 앞으로 내가 뒤를 봐줄 것이다. 최선을 다하도록."

"예, 각하."

둘이 동시에 대답했다.

베이징관구 사령관은 전국의 33개 관구 사령관 중 서열 1번이다. 그리고 손시창이 당중앙상임위원에 선출된다면 미래가 보장되는 것이나 같다.

그때 원부가 셋을 대표해서 말했다.

"목숨을 바치겠습니다, 각하."

중교 둘은 이제 첫 테러가 일어나는 홍콩으로 출발한다.

홍콩에서 작전한 폭파조를 보호하는 것이 임무인 것이다.

홍콩에 이어서 상하이, 베이징까지 돌아야 할 테니까.

홍콩 구룡반도 끝 쪽, 건너편에 위치한 센트럴(中環)은 홍콩의 경제, 정치의 중심지다.

홍콩이 중국에 반환된 후에도 이곳은 여전히 번화하고 화려하다.

센트럴은 미국의 월스트리트와 비슷하다.

중심지의 빌딩군 안에 위치한 45층짜리 '인터내셔널빌딩'은 '주식빌딩'이라고도 불리는데 이곳에 투자 회사들이 입주해 있기 때문이다.

3월 8일, 오후 4시 반.

주식빌딩 지하 2층 주차장의 차 안. 운전석에 앉은 문기전이 유장희에게 말했다.

"그럼 예행연습은 끝났고, 내일 터뜨리기로 하지."

"3개가 동시에 터지지 않아도 되니까 신경 쓸 필요 없습니다."

유장희가 창밖의 지하 주차장을 둘러보며 말을 이었다.

"5시면 퇴근 준비하느라고 법석일 테니까요."

지금까지 세 번째 5시에 맞춰 현장 답사를 하고 있는 것이다.

그때 앞쪽에서 황규가 다가왔다.

황규까지 셋이 홍콩 작전팀이다.

차 뒷문으로 들어온 황규가 문기전에게 말했다.

"확인했습니다. 이상 없습니다."

"좋아."

고개를 끄덕인 문기전이 차 안의 둘을 둘러보았다.

셋 다 사복 차림이었지만 문기전은 소교, 유장희와 황규는 상위로 모두 폭발물 전문가다.

"그럼 내일 4시에 이곳에 와서 4시 50분에 철수한다."

둘은 고개를 끄덕였다.

내일 5시에 주식빌딩이 폭파되면 당국은 위구르 테러단의 소행으로 발표할 것이다.

현장에서 위구르 테러단의 증거가 깔려있을 테니까.

택시에서 내린 이동욱이 먼저 내려서 서 있는 서미숙에게 말했다.

"잠깐만."

"왜요?"

"이쪽으로 와."

이동욱이 길 건너편으로 발을 떼면서 말했다.

오후 6시 반.

베이징 일단공원 근처의 상가 입구.

오늘도 둘은 천안문 광장을 점검하고 돌아온 길이다.

이차선 도로는 차량 통행이 잦았기 때문에 둘은 차를 피해 길 건너편의 인도로 들어섰다. 옷가게 앞에 선 이동욱이 서미숙을 보았다.

서미숙이 물었다.

"무슨 일 있어요?"

"골목 입구에 서 있는 두 놈."

차도에 등을 돌리고 선 이동욱이 쇼윈도를 쳐다보면서 말했다.

"돌아보지 마."

머리를 돌리려던 서미숙이 깜짝 놀라 다시 쇼윈도를 보았다.

등 뒤로 인파가 지나가고 있다.

둘로부터 대각선으로 40미터쯤의 길 건너편 골목 안에 숙소가 있는 것이다.

서미숙이 힐끗 그쪽을 보았더니 골목 입구의 좌판 행상 앞에 사내 하나가 서 있는 것이 보였다.

평범한 차림의 사내다.

그때 이동욱이 말했다.

"요즘 숙박업소 전면 검사야. 숙소를 옮겨야겠다."

"숙소에 둔 짐 놓고 가요?"

"옷가지뿐이야. 우리 신분을 알아낼 증거는 없어."

관광객용 값싼 숙소여서 둘은 한국 관광객들 사이에 '묻어' 있었던 것이다. 여권 제시도 요구하지 않는 곳이다.

"젠장."

이동욱의 팔짱을 낀 서미숙이 투덜거렸다.

"가방에 옷 괜찮은 게 몇 벌 들어 있는데."

둘이 반대 방향으로 발을 떼었을 때다.

뒤쪽에서 이동욱의 어깨를 가볍게 치면서 사내 하나가 말했다.

"잠깐만. 나 좀 봅시다."

이동욱은 가만있었지만 옆에서 걷던 서미숙이 놀라 먼저 몸을 돌렸다.

사내 둘이 서 있다. 양복 차림, 그러나 기관원 분위기가 펄펄 풍겼다.

천천히 몸을 돌린 이동욱을 향해 어깨를 친 사내가 빙그레 웃었다.

"천지여관에 투숙하고 계시지?"

"아닌데."

이맛살을 찌푸린 이동욱이 고개를 기울였다.

"사람 잘못 보았어. 난 당기율 위원이야."

목소리를 높이자 지나던 사람들이 걸음을 늦췄고 앞에 선 두 사내의 눈동자가 흔들렸다.

이동욱의 목소리가 더 높아졌다.

"동무들은 누구야?"

"아니, 동무……."

당황한 사내가 어깨를 늘어뜨렸을 때 이동욱이 눈을 치켜떴다.

"뭐? 천지 여관에 투숙했냐고? 내 신분증 보여줄까?"

그러고는 이동욱이 가슴 주머니에 손을 찌르더니 권총을 꺼냈다.

브라우닝이다.

"탕! 탕! 탕!"

바로 코앞에 선 두 사내에게 한 발씩 쏘았더니 뒤쪽에 또 한 사내가 있다. 모두 가슴에 맞고 비명도 지르지 못하고 뒤로 자빠졌다.

그때 사람들이 비명을 지르면서 사방으로 흩어졌다.

이동욱도 서미숙과 함께 사람들 사이에 끼어서 뛰었다.

"그곳에 꼭 박혀 있어라."

고대형이 말했다.

"전화도 하지 말고."

"예, 사장님."

이동욱은 지금 공중전화 박스에서 전화를 한다.

오후 9시 반.

고대형이 말을 이었다.

"시내에 비상이 걸렸어. 백주에 길거리에서 셋을 사살했으니."

"어쩔 수 없었습니다."

"네 사진이 전국 기관원에 배포되었다는 증거다. 나도 마찬가지지만."

그러고는 고대형이 짧게 웃었다.

"그럼 다시 연락하자."

도청 때문에 공중전화도 빨리 끊어야 된다.

그래서 세부 이야기는 할 수도 없다.

응접실로 들어선 이동욱에게 서미숙이 당황한 표정으로 말했다.

"방금 방송에 나왔어요. 테러 분자가 천단반로에 나타나 공안 셋을 사살하고 도망쳤다고."

"어, 내가?"

이동욱이 눈을 크게 떴다.

"사진도 나왔어?"

"아니, 거리만 찍혔어요."

"당분간 여기서 잠수하는 거야."

소파에 앉은 이동욱이 길게 숨을 뱉었다.

이곳은 삼합회의 안가다.

삼합회장 오훈삼의 비밀 안가 중의 하나로 이번에 피신한 오훈삼한테서 고대형이 인계받은 것이다. 방이 10여 칸짜리 대저택에는 노인 부부 둘뿐이다.

서미숙이 걱정스러운 얼굴로 이동욱에게 물었다.

"저도 수배되었겠지요?"

"당연하지."

이동욱이 정색하고 서미숙을 보았다.

"아마 몽타주로 그려서 지금쯤 전국에 다 뿌렸을 거야."

사실이다. 이동욱은 이미 이 사건 전부터 국가보안국의 표적이 되어서 황연까지 살해되었지 않은가?

심란한 표정이 된 서미숙을 보자 이동욱이 소리 죽여 숨을 뱉었다.

"서 중사, 넌 걱정할 필요 없어, 이번 작업 끝나면 내가 어떻게든 탈출시켜 줄 테니까."

"나만 탈출하고 싶지는 않아요."

고개를 든 서미숙이 똑바로 이동욱을 보았다.

"좀 불안하긴 해도 난 비겁하지는 않아요. 걱정 마세요."

베이징에 본부를 둔 공안본부 총부장은 국성환, 당 서열 19위의 거물이다.

그런데 국성환은 당상임위 후보위원 35명 중에는 포함되어 있지만 이번에 4명이 추가될 상임위원에는 낙점받지 못했다. 물론 예비 위원의 명단에 올라있기는 했다.

투표일까진 모두 비밀로 하고 있지만 후보 위원쯤 되면 다 알고 있는 것이다.

"전국에 사진을 보내고 지명 수배를 시켰습니다."

수사국장 양명이 말하자 국성환이 고개를 끄덕였다.

"그 개자식이 한국으로 도망칠 거야. 비행기는 못 탈 테니까 항구 경비를 강화해."

"예, 부장 동지."

"특히 산둥성 항구. 그쪽이 한국 놈들의 전용 출구니까.

"알고 있습니다, 부장 동지."

양명은 국성환의 몇 명 안 되는 공안 내부의 동향인이다. 둘 다 둥베이(동북) 지방의 다롄(大連) 출신인 것이다.

총부장의 집무실 안이다.

오후 7시 반.

베이징 천단반로의 테러 분자 출현 사건으로 비상이 걸린 터라 국성환은 아직 퇴근하지 못하고 있다.

그때 양명이 말했다.

"부장 동지, 정보국에서 들은 정보를 말씀드리겠습니다."

국성환의 눈빛이 강해졌다.

그러자 양명이 고개를 저었다.

도청 장치가 없다는 신호다.

국성환이 고개를 끄덕이자 양명이 바짝 다가서더니 결재파일로 자신과 국성환의 얼굴을 가리고 귓속말을 했다.

이렇게 되면 방 안에 도청 장치를 10개 설치해놓아도 못 듣는다.

"테러 소문이 떠돌고 있습니다."

"오늘 일처럼 말이냐?"

"아닙니다. 전인대가 일어나기 전에 공포 분위기를 조성하기 위해서 관제 테러가 일어난다는 것입니다."

"어디서 나온 소문이야?"

"그것이 이상합니다. 국가보안국, 군정보국 근처에서 소문이 떠도는데 역정보 같기도 합니다."

"……."

"군특공대가 주도해서 위구르족, 티베트 테러 분자 소행으로 몰고 갈 계획이라는데요."

"……."

"그래서 전인대 상임위를 일사불란하게 진행시키고 상임위원 4명을 증원시켜 14명으로 당헌을 개정, 주석의 영구 독재, 황제 정권을 만든다는 것입니다."

"……."

"전인대가 일주일 남은 지금, 공안은 물론 고위 공직자, 시중에까지 이 소문이 퍼져 나가고 있습니다."

74

"역공작이군."

마침내 국성환이 잇새로 말했다.

국성환은 공안에만 40년을 근무한 정보 전문가다. 등소평이 발탁한 인물 중의 하나이기도 했다.

국성환이 번들거리는 눈으로 양명을 보았다.

"황비자오, 하상옥의 배후 세력이다."

양명이 숨을 들이켠 것은 같은 생각이라는 표시일 것이다.

황비자오는 실종되었다가 목을 맨 시체로 발견되었고 하상옥은 병가를 내고 실종되었다.

숙청당했을 때 일어나는 현상이다.

그때 심호흡을 한 국성환이 양명을 보았다.

"대기하고 있어."

서울의 '중작본' 본부, 회의실에서 해밀턴을 중심으로 지미 우들턴, 김한영 등 담당자들이 둘러앉았다.

지미는 '중작본'의 CIA 측 대표다.

지미가 입을 열었다.

"지금쯤 소문이 퍼졌을 겁니다. 공안은 물론이고 대의원들에게도 알려졌겠지요."

지미의 얼굴에 쓴웃음이 번졌다.

"테러의 효과가 반감될 것 같습니다."

소문을 퍼뜨린 것은 CIA 정보원과 리스타 측 요원들이다.

해밀턴이 고개를 끄덕였다.

"내일이 3월 9일이군."

모두 침묵했다.

내일부터 관제 테러가 시작되는 것이다.

이어서 폭죽이 연달아 터지듯이 이쪽도 '소화용' 테러를 일으킨다.

과연, 그 결과는?

젓가락을 내려놓은 이동욱이 앞에 앉은 서미숙을 보았다.

"밥 한 적 없지?"

"밥은 몇 번 해봤어요. 반찬을 만든 적이 없지요."

서미숙이 웃음 띤 얼굴로 말을 이었다.

"미안해요, 참고 먹어주셔서."

저녁 식사 중이다.

식탁에는 밥과 찬이 서너 개 놓였지만 중국식도 한식도 아닌 이상한 찬이다.

김치는 고춧가루가 없어서 희고 찌개는 밀가루가 들어가 국이 되었다.

모두 서미숙의 솜씨다.

"괜찮아. 맛있게 먹었어."

과연 이동욱의 밥그릇은 비었다.

간장에 비벼 먹었기 때문이다.

오후 9시 반, 저택 안은 조용하다.

노인 부부는 앞채에서 이미 불을 끄고 자는 모양이다.

그때 이동욱이 말했다.

"내일부터 테러가 일어날 거야. 우리는 꼼짝 않고 있다가 14일 밤에 나가는 거야."

"긴장돼요."

한숨을 쉰 서미숙이 자리에서 일어나더니 그릇을 치웠다.

이동욱이 따라 일어나 서미숙을 돕는다.

"놔두세요."

"내가 옆에 붙어 있을 테니까 걱정 말고."

"작전할 때 떨지는 않아요. 걱정 마세요."

서미숙이 웃음 띤 얼굴로 이동욱을 보았다.

작전 준비는 끝났다.

가방에 넣은 폭탄은 시간 설정만 해놓으면 되고 위치도 선정해 놓은 것이다.

이동욱과 서미숙은 마지막 테러를 한다.

6번째 테러가 될 것이다.

3월 9일, 오전 11시 45분, 오늘도 홍콩은 맑은 날씨다.

9·11테러 후에 홍콩도 대테러 부대가 공안에 배치되었지만 이곳은 무풍 지대나 같다. 시위는 가끔 있지만 테러는 남의 나라 일이다.

홍콩 공안의 '특수기동대'가 바로 테러 진압 부대였는데 병력은 1개 중대 150명, 대장은 관평이다.

관평은 42세. 공안 경력은 5년밖에 안 되었지만 인민군 상교 출신으로 공안에 특채되었다. 인민군 시절에 특공대장을 지낸 경력 때문이다.

관평이 점심을 먹으려고 자리에서 일어섰을 때다.

정보과장 안우가 들어섰다.

안우는 쑤저우 출신으로 관평과 동향이다. 쑤저우에서도 이웃 동네라 형제처럼 가까워진 사이다.

주위를 둘러본 안우가 관평에게 바짝 다가섰다.

"형님, 소문 들었어?"

"야, 그런 소문 하루에도 10번 듣는다."

말은 그렇게 했지만 관평의 이맛살이 찌푸려졌다.

"관제 테러라니, 말도 안 돼. 도대체 어떤 놈이 그런단 말야?"

"형, 주석이 황제가 된다는 거야."

"쉿."

방 안에는 둘뿐이지만 관평이 목소리를 낮췄다.

"너 그렇게 떠들고 다니다가 보안국 놈들한테 걸리면 큰일 나."

"보안국 놈들하고 군특공대가 동원된다는군."

"이런, 제길."

마침내 관평이 어깨를 부풀렸다.

"군특공대라면 베이징관구의 특공대야. 그럴 리가 없어."

관평이 고개까지 절레절레 흔들었다.

그러나 가능성이 있는 일이다.

군특공대와 보안국 요원이 공동 작전을 하면 꼼짝 못 하고 당한다.

그러면 바로 계엄령이 선포될 것이다.

"소문이 퍼졌어."

고대형이 둘러앉은 최창민, 박국철, 조상규를 훑어보면서 말했다.

"지금부터 일어나는 테러는 모두 장 주석이 뒤집어쓰게 된다."

6번의 테러가 될 것이다. 관제 테러 3번, 대응 테러 3번.

장평국의 테러가 하루 간격으로 터진다면 2번째 터진 후부터 계엄령이 선포될 것이었다.

위기 시에는 국민들이 지도자를 향해 뭉치고 따르게 된다. 그것을 이용해서 강력한 리더십이 형성되는 것이다. 대의원들도 마찬가지.

그리고 나서 3월 13일, '전인대' 이틀 전에 3번째가 '쾅'. 그러면 3월 15일 이미 베이징에 소집된 1만 명의 '전국민 대표자'들은 지도자의 뜻에 따라 '당상임위원' 추가를 의결하게 되고 '당중앙의원' 1천 명이 바로 다음 날 그것을 추인, '상임위원회'에 올리면 그곳에서 상임위원 4명을 추천, 결정하는 것이다.

그때 정보 책임자 최창민이 말했다.

지금까지 최창민이 소문 유포를 주도했다.

"보안국에서 전 병력을 풀어서 소문 확산을 막으려고 했지만 오히려 그것이 역효과를 내었습니다. 소문은 막을수록 커지는 법이어서요."

물론 언론은 단 한 줄도 소문에 대해서 보도하지 않았다.

최창민이 말을 이었다.

"그야말로 일파만파였습니다. 지금은 우리가 손을 쓰지 않아도 저절로 기하급수적으로 늘어납니다."

고대형이 고개를 끄덕이면서 벽시계를 보았다.

3월 9일 오후 2시 반이다.

예상대로라면 오늘 홍콩에서 폭발물 테러가 일어난다.

이 정보가 없었다면 애당초 반테러 작전도 기획되지 않았다.

관평은 오늘 점심을 늦게 먹는다. 특공대원 교육을 마치고 공안본부로 늦게 들어왔기 때문이다.

구내식당에서 점심을 먹은 관평의 앞으로 안우가 다가왔다.

식당은 텅 비었다.

앞쪽 자리에 앉은 안우가 주위를 둘러보면서 말했다.

"형, 테러가 홍콩에서 일어난다는 거야."

"너 죽을래?"

벌컥 화를 낸 관평이 젓가락을 내려놓았다.

"그런 소문이 시민들을 얼마나 불안하게 만드는 줄 알아?"

"시민들은 이미 다 알고 있어. 특공대장인 형만 모르고 있는 것이지."

"나도 들었어, 이 자식아."

"그럼 대책이라도 세워야 될 것 아냐?"

"내가 부장한테 소문 들었다면서 대책을 세우자고 하란 말이냐?"

관평이 헛웃음을 지었다.

"쓸데없는 소문 들었다고 문책을 당할 거다."

관평이 먹다 만 국수를 놔두고 자리에서 일어섰다.

"너 때문에 밥맛 떨어졌다."

3월 9일 오후 4시 10분.

센트럴의 '주식빌딩' 지하 1층 주차장.

검정색 승용차가 멈추더니 차에서 세 사내가 내렸다.

모두 손에 검정색 알루미늄 가방을 쥐고 있었는데 다른 방향으로 흩어졌다.

"나 터졌어."

소리 죽여 말했지만 감정이 차오른 성진의 목소리가 떨렸다.

주식빌딩 5층 객장 안.

지금 객장 안의 공중전화 박스에서 아내 모윤에게 말하고 있다.

객장 안은 소란스러워서 모윤이 잘 못들은 것 같다.

"응? 뭐라고?"

"천지전자 주식 말야!"

성진이 마침내 소리쳤다.

"천지전자가 5퍼센트나 올랐다구! 나 3백만 위안을 벌었어!"

"으악!"

놀란 모윤이 까무러치듯 소리쳤다.

"정말야?"

"그래! 이제 살았어! 빚 갚고 집 옮길 수 있어!"

"아이구, 하느님!"

모윤이 울먹였다.

지금까지 1백만 위안 정도를 주식에서 까먹은 것이다. 그 덕분에 빚쟁이가 되어서 쫓겨 다녔고 지금은 월 5천 위안짜리 월세방에서 산다. 그러다 마지막으로 돈을 빌려 투자를 한 곳이 천지전자다.

그때 모윤이 말했다.

"곧 돈을 찾아서 갈게!"

4시 45분이다.

오늘도 늦게 온 황규가 차에 오르면서 말했다.

"오늘은 객장에 손님이 더 많네."

혼잣소리처럼 황규가 말했지만 문기전이 차를 출발시켰다.

4시 50분이다.

차가 지하 주차장을 빠져나와 도로로 들어섰을 때 셋은 일제히 뒤쪽의 '수식 빌딩'을 보았다. 둘은 고개를 돌려서, 운전을 하는 문기전은 백미러로.

'315만 4천 위안'이다.

수표의 숫자를 확인한 성진이 봉투에 넣고는 재킷의 주머니에 넣었다.

몸을 돌린 성진이 가슴을 폈다. 눈앞에 기뻐서 울고 웃는 모윤의 얼굴이 떠올랐다.

객장에 가득 찬 손님들의 소음도 귀에 들리지 않는다.

발을 뗀 성진이 고개를 돌려 벽시계를 보았다.

5시 정각이다, 그 순간이다.

번쩍.

소리도 없이 눈앞이 하얗게 되면서 성진은 자신의 몸이 깃털처럼 가볍게 떠오르는 느낌을 받았다.

"꾸꿍꿍!"

먼저 폭발한 것은 5층 객장이다.

마치 9·11 때 비행기가 빌딩에 처박힌 것 같다. 그러나 이번에는 5층 건물의 파편이 밖으로 쏟아지면서 화염이 일어났다.

"터졌다!"

폭발음을 듣고 고개를 돌린 유장희와 황규가 동시에 소리쳤다.

5층은 황규의 작품이다.

그때 문기전이 길가에 차를 세웠다.

그 순간이다.

"꾸쾅쾅쾅!"

3층에서 대폭발이 일어났다.

5층과는 반대편 위치다.

거리의 행인들이 모두 멈춰 비명을 질렀고 고함을 쳤다.

도로의 차량들이 가다가 멈췄다.

그때.

"꾸쾅쾅쾅!"

이번에는 3층 중앙 부분이 대폭발을 했다.

“우와! 성공이다!”

유장희가 소리쳤다.

3곳 모두 정상적으로 폭발했다.

“가자. 차 막히기 전에.”

다시 차를 발진시키면서 문기전이 말했다.

멈춰 선 차가 많았기 때문에 문기전이 경적을 울렸다.

그때다.

“어, 어, 어.”

뒤를 바라보던 황규가 외침을 뱉는다.

백미러를 본 문기전은 45층짜리 거대한 주식빌딩이 스르르 기울어지는 것을 보았다. 마치 피사의 사탑 같다.

“넘어진다! 넘어진다!”

유장희가 외쳤을 때 주식빌딩은 아래쪽에서 엄청난 화염을 뿜으면서 더 기울어졌다.

고층에서 잔해들이 거리로 떨어지고 있다.

“앗!”

황규가 외쳤고 문기전은 주식빌딩이 인도를 덮치면서 넘어지는 것을 보았다.

“꾸꾸꿍!”

거리가 3백 미터 정도였지만 지진이 일어난 것처럼 땅이 흔들렸고 먼지 더미가 쓰나미처럼 거리를 뒤덮으면서 몰려왔다.

문기전은 가속기를 밟아 앞쪽 승용차를 들이받으면서 나갔다.

“성공!”

황규가 소리쳤다. 주먹까지 흔들고 있다.

“대성공이다!”

"주식빌딩이 폭발했습니다."

안학태가 보고했다.

"곧 보도될 것입니다."

오후 5시 15분, 홍콩 시간이다.

이광이 눈을 치켜뜨고 안학태를 보았다.

"알고는 있었지만 막상 터지니까 화가 나는군."

이광이 고개를 저었다.

"용서할 수가 없어."

"앞으로 2건이 더 터집니다."

"우리가 이 사실을 알았으니 다행이야."

길게 숨을 뱉은 이광이 말을 이었다.

"폭발에 성공했다고 기뻐하는 놈들의 얼굴이 떠올라."

"홍콩에서 폭발 사고가 일어났습니다."

비서 요국창이 보고하자 장평국은 눈을 치켜떴다.

주석궁의 주석 집무실이다.

요국창이 말을 이었다.

"센트럴에 위치한 45층짜리 '인터네셔널빌딩'입니다."

"……."

"조금 전 5시 정각에 세 번의 폭발로 빌딩이 무너졌는데 사망자가 3천 명 이상 나올 것 같습니다."

그때 장평국이 소리쳤다.

"비상 국무 회의를 소집한다!"

"여기요!"

누군가 소리쳤기 때문에 관평이 몸을 돌렸다.

바로 옆에서 외침이 났지만 무너진 잔해 때문에 보이지 않는다.

그때 다시 외침이 울렸다.

"여기요, 여기!"

꺾어진 시멘트 기둥 뒤쪽이다.

철근이 뒤엉킨 건물 잔해 속에서 아직 불길이 솟고 있는 이곳은 거대한 폐허다.

45층 건물이 넘어지면서 건너편 건물 3개를 부숴버린 것이다.

사상자는 처음에 3천 명으로 보도되었지만 그 몇 배가 될 것 같다.

지금은 통계 불능이다.

거리 한 개 구역 전체가 아수라장이 되었다.

폭발이 일어나자 관평이 지휘하는 공안 특공대가 가장 먼저 달려왔다.

그 소리를 들은 특공대원 둘이 이쪽으로 다가왔다.

관평이 시멘트 잔해 바닥의 손바닥만 한 틈 사이로 뻗어 나온 손을 보았다.

몸은 보이지 않는다.

그때 사내의 목소리가 다시 울렸다.

"사람 살려! 여기요!"

"기다려요!"

사내의 손을 잡으면서 관평이 소리쳤다.

"곧 빼낼 테니까!"

벌써 여섯 명을 잔해에서 꺼냈는데 넷은 시신이었고 둘 중에서 하나는 꺼내자마자 죽었다.

꺼내기 전에는 팔팔했는데 꺼내 놓았더니 스르르 숨이 끊어진 것이다. 긴장이 풀리면 그렇다.

"개새끼들."

손으로 시멘트 더미를 파면서 관평의 입에서 저절로 욕설이 터졌다.

이 짓을 한 놈들을 떠올린 것이다.

셋이 안가로 돌아왔을 때는 오후 6시 반이다.

30분쯤 걸릴 거리를 차가 막혔기 때문에 1시간 반이나 걸린 것이다.

응접실로 들어선 셋을 기다리고 있던 천여범, 장만 둘이 맞는다.

"돌아왔습니다."

문기전이 그렇게만 보고했다.

응접실의 TV가 끔찍한 장면을 보여주고 있었기 때문에 '성공'했다고 말할 필요도 없다.

그때 둘이 고개를 끄덕였다.

"자리에 앉아."

천여범이 앞쪽 소파를 눈으로 가리켰다.

"수고했어."

"감사합니다."

대표로 대답한 문기전의 시선이 TV로 옮겨졌다.

빌딩 4개가 함께 넘어졌다고 자막에 쓰여 있다.

셋의 시선도 앞쪽 TV에 모여 있다.

그때 장만이 일어나 뒤쪽으로 다가갔지만 셋은 TV에 집중했다.

추정 사망자가 4천으로 늘어나 있다.

"어이구, 조금 전 방송에서는 3천5백이라고 하던데."

황규가 감탄했고 유장희가 거들었다.

"9·11 기록을 벌써 깼네요."

그때다.

"픽!"

누가 모래 자루를 몽둥이로 두드리는 소리 같아서 문기전이 고개를 들었다.

"픽!"

두 번째 소리에 옆에 앉아 있던 유장희가 앞으로 엎어졌다.

눈을 치켜뜬 문기전이 고개를 돌려 뒤를 보았다.

장만이 소음기를 낀 권총을 겨누고 있다.

"뭐야?"

문기전이 놀라 외쳤을 때 이제는 앞쪽 천여범이 말했다.

"수고했다."

문기전이 그쪽으로 머리를 돌린 순간 이번에는 천여범이 겨누고 있던 권총이 발사되었다.

문기전의 이마가 뚫렸다.

"위구르 테러단 소행인 것이 밝혀졌습니다."

장평국의 목소리는 떨렸다.

오후 7시 반.

주석궁의 회의실에는 국무위원 10여 명, 당 간부 10여 명, 베이징관구 사령관 손시창과 참모장 등 군인들도 둘러앉았다.

장평국이 손바닥으로 테이블을 두드렸다.

"위구르 독립을 위해서 끝까지 투쟁을 하겠다는 선언문이 발견된 거요!"

현장에 출동한 국가보안국 요원이 한 뭉치의 선언문을 발견한 것이다.

선언문에는 '인터네셔널빌딩'을 폭파한다고까지 적혀 있다.

"이건 좌시할 수가 없습니다."

장평국의 두 눈이 번들거렸고 얼굴은 붉게 상기되었다.

"놈들은 9·11테러를 모방한 겁니다. 이것은 비상 상황입니다."

"주석 동지."

그때 부주석 왕홍만이 자리에서 일어섰다.

"계엄령을 선포해야 됩니다. 그래서 인민을 보호해야 합니다."

"아니, 잠깐."

장평국이 손을 들어 제지했다.

"인민 생활에 불편을 주면 안 됩니다. 일단 홍콩 사태를 진정시키고 경계를 강화해봅시다."

이렇게 일단 사태를 수습했다.

계엄령 이야기를 먼저 내놓은 것이다.

"지독하군."

TV로 인터네셔널빌딩, 즉 주식빌딩 폭파 현장을 보면서 윤기상이 말했다.

"저것이 관제 테러라는 걸 밝혀야 돼. 나쁜 놈들."

"아마 증거를 철저하게 인멸했을걸?"

같이 TV를 보던 안상일이 쓴웃음을 짓고 말했다.

"죽은 사람들만 억울하지."

"개자식들."

"역사가 다 사실만 기록된 게 아냐. 억울하게 누명을 쓴 채 기록된 사람들도 부지기수야."

"저곳을 폭파한 놈들이 언젠가는 잡히거나 불게 될지도 모르지."

"글쎄."

화면의 희생자 수가 4,500으로 늘어났기 때문에 둘은 입을 다물었다.

이곳은 푸저우의 안가 안.

윤기상과 안상일은 내일 푸저우의 국립박물관을 폭파할 예정이다.

물론 사람이 없는 밤에.

"지금 처리조가 상하이로 떠났습니다."

원부가 말하자 손시창이 고개를 끄덕였다.

다음 목표가 상하이인 것이다.

그때 원부가 조심스러운 시선으로 손시창을 보았다.

"각하."

"뭐냐?"

"소문이 퍼져 있습니다."

"무슨 소문?"

건성으로 물었던 손시창이 눈썹을 모으고 원부의 시선을 받았다.

그때 원부가 말을 이었다.

"관제 테러에 대한 소문입니다."

"무엇이?"

놀란 손시창이 숨을 들이켰다.

"관제 테러라고 했나?"

"예, 각하."

원부의 얼굴이 상기되었다.

"시중에 싹 퍼져서 이제는 모르는 사람이 없습니다."

"……."

"모두 쉬쉬하고 있지만 부하들에게 확인해보았더니 다 들었다고 합니다."

"이런, 나만……."

손시창이 흐려진 눈으로 원부를 보았다.

그러더니 손을 뻗어 전화기를 쥐었다.

"뭐? 소문?"

되물은 왕홍만이 목소리를 높였다.

"무슨 소문?"

"예, 홍콩의 테러가 관제 테러라는 소문입니다."

그 순간 왕홍만이 숨을 죽이더니 물었다.

"누구한테서 들었는데?"

"저도 금방 들었습니다. 소문이 싹 퍼졌다고 하는데요."

"잠깐 기다려. 다시 연락합시다."

왕홍만이 서둘러 통화를 끝냈다.

전화로 할 이야기가 아니다.

1시간 후.

베이징 천안문 뒤쪽의 회색빛 5층 건물 안.

둥근 기둥이 12개 세워진 이 건물은 군사위원회 건물이다.

5층의 부위원장 집무실 안.

왕홍만과 손시창이 앉아 있다.

방금 들어온 손시창은 얼굴이 상기되어 있다.

3월 10일 오전 11시 반.

어제 일어난 홍콩 테러로 정국은 긴장 상태다. 거리에 공안이 부쩍 늘었고 천안문 광장에도 관광객이 평소보다 절반 이하로 줄어들었다.

비서까지 내보내고 방 안에 둘이 되었을 때 왕홍만이 물었다.

"사령관, 이거 역공작 아닐까? 저쪽에서 말야."

"그럴 가능성도 있습니다."

"국가보안국에 연락해봤더니 그쪽도 알고 있더군. 소문이 세 곳이라고까지 났다는 거야."

"정보가 샌 겁니다."

그때 왕홍만이 목소리를 낮췄다.

"그놈들한테 말려들면 안 돼."

"어떻게 할까요?"

"뭘 말인가?"

"2차를 진행시킵니까?"

그때 잠깐 침묵했던 왕홍만이 말을 이었다.

"정국이 긴장한 효과는 냈어. 계속해야 돼."

상하이, 오송강변의 양지시장은 수산물 시장으로 언제나 인파가 뒤끓는다.

오후 1시 반.

유창과 보정규는 시장 안 국숫집에 앉아 있다.

둘 다 허름한 작업복 차림이어서 국숫집과 어울렸다.

3평 정도밖에 안 되는 국숫집은 손님들이 가득 차 있다.

젓가락을 내려놓은 유창이 주위를 둘러보았다.

"지시대로 하는 수밖에."

"내일 이 시간이면 1백 명은 죽겠군."

보정규가 국수 국물을 그릇째 마시고 나서 말을 이었다.

"홍콩은 5천 명이 넘었다니까 거기보다는 낫지."

홍콩의 주식빌딩 사망자가 5천이 넘은 것이다. 부상자는 1만 명이 넘는다.

유창이 목소리를 낮췄다.

"위구르 지역에는 계엄령이 선포되었다는 거야. 벌써 용의자를 50여 명이나 체포했다는군."

보정규의 얼굴에 쓴웃음이 떠올랐다.

내일 이곳에서 다시 폭발물이 터지면 전국은 초긴장 상태가 될 것이다.

오늘은 마지막 현장 점검이다.

유창은 두 시간 전에 '작업'을 진행하라는 마지막 지시를 받은 것이다.

"됐습니다."

볼륨을 조정한 요원이 녹음기에서 고개를 들고 해밀턴을 보았다.

두 눈이 반짝이고 있다.

그때 해밀턴이 말했다.

"틀어봐."

요원이 버튼을 누르자 곧 사내의 목소리가 울렸다.

"사령관, 이거 역공작이 아닐까? 저쪽에서 말야."

왕홍만의 목소리다.

"그럴 가능성도 있습니다."

손시창의 목소리.

"어떻게 할까요?"

"뭘 말인가?"

"2차를 진행시킵니까?"

여기까지 오는 동안 방 안에는 숨소리도 들리지 않았다.

그때 잠깐 침묵이 이어지더니 왕홍만의 목소리가 울렸다.

"정국이 긴장한 효과는 냈어. 계속해야 돼."

해밀턴이 허리를 폈다.

녹음기 앞에 선 지미 우들턴의 얼굴도 상기되어 있다.

"꾸꽈꽝!"

갑자기 엄청난 폭음이 울렸기 때문에 현성은 화들짝 놀랐다.

선반에 놓여 있던 술병이 떨어져 박살이 났다.

"으악!"

의자에 앉아 있던 소평이 비명을 질렀다.

"뭐야?"

깨진 술병을 치울 생각도 못 하고 현성이 밖으로 뛰어나갔다.

그 순간 현성이 입을 쫙 벌렸다.

국립박물관이 불타고 있다.

5층 건물의 중심이 폭발로 두 조각으로 갈라진 채 불길을 내뿜는 중이다.

"테러다!"

현성이 악을 썼다.

현성의 집은 국립박물관에서 5백 미터쯤 떨어진 주택가다.

국립박물관은 언덕 위에 위치해서 밤하늘에 치솟는 불길이 더욱 또렷하게 드러났다.

푸저우 시민들은 다 보고 있을 것이다.

어느새 옆에 선 소평이 따라서 소리쳤다.

"이걸 어째! 여기도 테러야!"

3월 10일 밤 11시 반.

홍콩에서 테러가 일어난 지 30시간 만이다.

"인명 피해는 없지만 충격은 홍콩 이상입니다."

밤 11시 50분.

장평국에게 왕홍만이 보고했다.

어제의 홍콩 테러로 장평국은 비상사태를 선포한 상황이다.

왕홍만은 '집행 위원회' 부위원장으로 임명되어서 지금 장평국에게 전화 보고를 한다.

"국립박물관이 언덕 위에 있어서 푸저우 시내에서 다 보이기 때문입니다."

"……."

"뉴스를 보시면 아시겠지만 주민들에게 엄청난 충격을 주고 있습니다."

그때 장평국이 말했다.

"비상시국이야 이번에도 위구르 독립 투쟁 분자들인가?"

"예, 그런 것 같습니다."

장평국이 잠깐 침묵을 지키더니 입을 열었다.

"범인을 잡아야 돼. 발본색원해야 돼."

"어떻게 된 거야?"

왕홍만이 묻자 손시창이 이맛살을 모았다.

"모르겠습니다."

"모르다니? 이봐요, 동무."

어깨를 부풀렸다 내린 왕홍만이 손바닥으로 의자 팔걸이를 내리쳤다.

오전 2시 반.

왕홍만이 지금 손시창의 집무실로 들어와 있다.

"그렇다면 다른 놈들이 이랬단 말인가?"

"2차는 오늘 오후에 일어납니다."

"이런."

왕홍만의 눈동자가 흔들렸다.

그때 손시창이 왕홍만을 보았다.

"주석께서는 어떻게 말씀하십니까?"

손시창은 왕홍만이 장평국을 만나고 온 것을 아는 것이다.

왕홍만이 길게 숨을 뱉었다.

"주석은 모르시는 일이오. 우리는 그대로 진행합시다."

"들었습니까?"

계단을 오르면서 국병우가 앞쪽을 향한 채로 낮게 물었다.

오전 8시 10분.

주석궁의 18개 계단을 국병우와 이청산이 나란히 오르고 있다.

뒤쪽으로 후진명, 오탁, 조천 등이 따르는 중이다.

이청산은 앞만 보았고 국병우가 서둘러 말을 잇는다.

"관제 테러라는 겁니다. 그 소문이 정보기관뿐만이 아니라 시중에도 다 깔렸습니다."

국병우가 중국의 정보국장인 것이다.

계단이 다했기 때문에 국병우는 입을 다물었을 때 이청산이 던지듯 말했다.

"나도 들었어."

주석궁 계단이다.

이쪽에 도청기를 대놓고 있는 요원은 없을 것이다.

"테러가 두 번이나 났습니다!"

장평국이 소리쳤다.

얼굴이 붉게 상기되어 있다.

"위구르 테러 분자들은 응분의 대가를 받게 될 것이오!"

주석실 옆의 회의장에는 당중앙상임위원 10명 전원이 참석하고 있다.

장평국이 말을 이었다.

"우리는 테러에 굴복할 수 없습니다. 전인대의 개최 필요성이 더욱 절실해졌습니다. 의견을 말해보시오."

그때 전인대 운영위 부위원장 왕홍만이 손을 들었다.

"의장 동지, 전국에 계엄령의 선포를 건의 합니다. 비상사태입니다."

"동의합니다."

천중수가 손을 들고 동의했을 때 이청산과 국병우가 따라서 손을 들었다.

순식간에 10명 중 4명이 동의했다.

그때 오탁이 맨 나중에 손을 들었다. 5명이다.

"동의합니다."

장평국의 시선이 후진명, 목정대, 양강수, 조천을 훑고 지나갔다.

그때 양강수가 손을 들었다.

"동의합니다."

이제는 6명.

장평국까지 포함하면 7명이다.

과반수 이상이다.

그때 장평국이 길게 숨을 뱉었다.

"계엄령이 선포되면 인민들이 더 불안해질 가능성이 있소. 조금만 더 기다려보도록 합시다."

장평국의 두 눈이 번들거렸다.

이제는 자신에 찬 표정이다.

오전 10시가 되어가고 있다.

"이젠 좀 낫네."

국물을 떠먹은 이동욱이 고개를 끄덕였다.

오전 11시.

오늘은 서미숙이 김치찌개를 끓인 것이다.

"맛있어."

"고마워요."

서미숙이 웃음 띤 얼굴로 이동욱을 보았다.

"노력했어요."

"폭탄 조립하는 것보다 어려운 것 같아."

"그래요."

시간이 지날수록 서미숙의 긴장이 풀려가고 있다. '결행' 시간이 다가오고 있는데도 그렇다.

음식을 씹고 난 이동욱이 말을 이었다.

"어젯밤 푸저우 국립박물관 폭파는 사망자가 한 명도 없었지?"

"그래요. 밤에는 박물관이 비어 있으니까 일부러 그 시간을 노린 것 같아요."

이동욱이 고개를 끄덕였다.

푸저우 폭발은 이쪽의 작전이었다는 것을 말할 필요는 없는 것이다.

"계엄령이 선포되면 밤에 나가기가 불편해질 거야."

이동욱이 말을 이었다.

"우리가 마지막을 장식할 테니까."

오늘이 3월 10일이다.

나흘 남았다.

오후 1시 반.

국숫집 주인에게 다가간 유창이 배낭을 주방 구석에 쑤셔 넣으면서 말했다.

"여보, 내가 저기 가서 생선 좀 사 가지고 올 테니까 내 배낭 좀 맡아줘."

"그러시죠."

사흘간 계속 밥을 먹으러 온 손님이라 주인이 선선히 대답했다.

"어이구, 가방이 꽤 큰데. 뭐가 들어있는 거요?"

"돈."

그러자 주인이 누런 이를 드러내고 웃었다.

"그럼 돌아오지 않으면 내가 가방 가져가야겠네."

"마음대로 해."

따라 웃은 유창이 보정규와 함께 몸을 돌렸다.

오송강 뒤쪽의 주택가 입구까지 갔을 때는 5분이 걸렸다.

이곳에서 주택까지의 거리는 5백 미터 정도.

손목시계를 본 유창이 숨을 골랐다.

서둘러 이곳까지 왔기 때문이다.

따라서 시계를 본 보정규가 혼잣소리처럼 말했다.

"1시 38분에 맞춰 놓았는데."

손목시계는 1시 36분이다.

유창이 국숫집 쪽으로 시선을 주었다. 주택에 가려 국숫집은 보이지 않는다.

거리는 인파로 가득 찼고 아이들이 떠들면서 지나갔기 때문에 유창의 심장 박동이 빨라졌다.

국숫집 주인 왕수는 손님들 앞에 국수 그릇을 내려놓고 몸을 돌렸다.

오늘은 늦은 점심을 먹으려고 손님들이 가득 차 있다.

주방으로 들어서던 왕수의 발이 검정색 배낭에 걸렸기 때문에 비틀거렸다.

입맛을 다신 왕수가 배낭을 안쪽으로 옮기려고 들었을 때 깜짝 놀랐다.

가방이 무거웠던 것이다.

"젠장."

투덜거린 왕수가 겨우 배낭을 들어 안쪽에다 내려놓았다.

"진짜 돈이 들었나?"

배낭의 위쪽 부분은 단단히 잠겨 있는 데다 열쇠까지 채워놓았다.

궁금해진 왕수가 가방을 만지작거렸을 때 아내가 소리쳤다.

"뭐해! 국수 가져가!"

왕수가 허리를 폈을 때다.

번쩍!

눈앞에서 섬광이 터졌다.

왕수에게는 온 천지가 하얗게 된 섬광이다. 소리는 들리지 않았다.

일순간에 섬광에 휩싸인 채 온몸이 분해되었기 때문이다.

보이기만 했지 들리지도 않았다.

"꾸르릉! 꽝!"

5백 미터쯤 떨어진 유창에게는 번쩍이는 섬광이 보인 후에 2초쯤 지나고 폭음이 울렸다.

앞쪽 저택의 지붕 위로 불기둥과 함께 잔해가 솟아올랐다.

"터졌다."

유창이 어깨를 치켰다가 내렸다.

작전은 성공이다.

오후 2시, 주석궁의 회의실.

오전 9시부터 회의를 시작했던 상임위원들은 아직 돌아가지 않았다.

상하이에서 일어난 테러는 규모는 작았지만 엄청난 파문을 일으켰다. 세 번째 테러인 것이다.

장평국은 바로 상임위원 회의를 다시 소집했는데 격양된 표정이다.

"세 번째 테러요. 더 이상 참을 수가 없소."

눈을 치켜뜬 장평국의 목소리가 떨렸다.

"이제는 내가 계엄령을 발의하겠소. 동의하시는 분들은 손을 들어 주시오."

그때 이청산, 왕홍만, 천중수, 오탁, 국병우가 일제히 손을 들었다. 이어서 후진명, 목정대, 양강수, 조천의 손이 올라갔다.

10명 전원이다.

장평국이 고개를 끄덕였다.

"만장일치로 계엄령이 의결되었습니다. 그러면 당헌에 의해서 내가 계엄 사령관이 되고 계엄군 총지휘는 군사위 부주석 왕홍만 동무에게 맡기겠소."

예상했던 일이었기 때문에 모두 손을 들어 동의했다.

장평국이 말을 이었다.

"그러나 15일에 열리는 전인대는 차질 없이 진행될 것입니다. 테러로 전인대가 중지된다면 인민들은 더욱 불안해질 테니까 말입니다."

맞는 말이다.

그리고 일사불란하게 지도자를 중심으로 뭉치게 된다.

그것이 대중의 속성이다.

유창과 보정규가 응접실로 들어서자 자리에 앉아 있던 두 사내가 말했다.

"수고했어."

천여범이 고개를 끄덕이면서 둘을 보았다.

"이제 쉬어야지."

"예, 감사합니다."

보정규가 앞쪽 자리에 앉았을 때 유창이 주춤거리다가 몸을 돌렸다.

"가방을 가져오겠습니다."

서둘러 응접실을 나간 유창이 방으로 들어섰다.

천여범에게 건네줄 자료가 있는 것이다.

이번 오송강변 폭발에 대한 모든 자료는 작전 완료 시 반납해야만 한다. 증거를 없애기 위해서다.

증거물 가방을 들고 방을 나오려던 유창이 문밖의 소리를 듣는다.

"아직 안 했어?"

사내 하나가 묻는 소리.

주춤, 걸음을 멈춘 유창이 귀를 기울였다.

천여범의 수행원 목소리다.

그때 다른 목소리가 대답했다.

"오늘도 총으로 죽이나? 지난번에는 바닥에 피가 흘러서 치우느라 혼났는데."

"그렇다고 바닥에 비닐을 깔아 놓을 수는 없잖아?"

다른 목소리가 대답했다.

셋이다. 셋이 문밖에 모여 있다.

그때 다시 목소리.

"기다려. 끝나면 부르겠지."

유창은 소리 죽여 숨을 들이켰다.

지금까지 숨을 참고 있었던 것이다.

"픽! 픽! 픽! 픽!"

밖에서 둔한 발사음이 울렸을 때 천여범과 장만이 서로의 얼굴을 보았다.

지금 둘은 방에서 유창을 기다리는 중이다.

천여범은 보정규를 마주 보며 앉았고 장만은 창가에 서 있다.

유창이 들어서자마자 없앨 작정이다.

그때 문이 열렸기 때문에 둘이 일제히 그쪽을 보았다.

"아!"

가해자 입장이었다가 당하는 상황이 되면 더 당황하는 법이다.

천여범의 입에서 놀란 외침이 울렸다.

방으로 들어선 유창의 손에 권총이 쥐어져 있었기 때문이다.

눈을 치켜뜬 유창의 입술 끝은 웃음으로 비틀려져 있다.

"픽!"

총구에서 발사음이 울렸다.

첫 탄이 장만의 가슴에 적중했다.

장만이 서둘러 손을 가슴 속으로 집어넣었기 때문이다.

다음 순간, 또 한 발.

"픽!"

자리에서 일어서던 천여범의 얼굴 복판에 총탄이 뚫고 들어갔다.

그때서야 유창이 소리쳤다.

"가자!"

계엄령. 전국에 계엄령이 선포되면서 검문검색이 무차별적으로 실시되었다.

도로 곳곳에 검문소가 세워졌고 군인들이 공안과 함께 통제한다.

전시(戰時) 상황이다.

위구르는 완전히 점령지 상황이 되어서 가택 수색까지 시작했다.

"사흘 남았다."

고대형이 말했다.

3월 11일까지 테러가 3번 터졌다.

홍콩, 푸저우, 그리고 상하이, 그리고 예상보다 하루 빠르게 계엄령이 선포되었다. 그만큼 긴장하고 있다는 표시다.

그때 앞에 앉은 최창민이 고대형을 보았다.

"오늘 난징이 터집니다."

"계획대로 해."

고대형이 정색하고 말을 잇는다.

"당황하게 될 거다. 그리고 반대파는 힘을 얻겠지."

반대파도 우군(友軍)이 있다는 것을 명백하게 느낄 테니까.

베이징의 안가 안.

고대형은 참모들과 작전의 심장부에 들어와 있는 셈이다.

그때 최창민이 물었다.

"사장님, 오늘 난징이 터지면 2건이 남는 셈입니다."

그렇다.

그리고 2건이 다 베이징이다.

모레 관제 테러가 베이징에서, 그리고 나서 이동욱이 터뜨린다. 그렇게 되면 정국은 수라장이 될 것이다.

고개를 든 고대형의 얼굴에 일그러진 웃음이 떠올랐다.

"오늘 난징 테러부터 정치권은 분열하게 될 거야."

이것은 CIA가 계산한 고도의 심리전 중 하나다.

그리고 그것이 맞아 들어가는 중이다.

"누구십니까?"

오웬이 묻자 잠깐 망설이던 사내가 대답했다.

"망명을 신청합니다."

상하이 미국 총영사관 건너편의 중·미 문화재단 사무실 안.

이곳은 방문객이 많고 출입이 자유롭다.

오전 11시.

계엄령 상황이지만 사무실 밖은 그림 전시회가 열리고 있어서 손님이 많다.

그런데 오웬의 사무실로 갑자기 사내 하나가 들어와 망명 신청을 한 것이다.

오웬이 먼저 빙그레 웃었다.

"전 곤란한데요, 담당 직원이 아니어서."

"난 해방군 특공대 상위요. 당신이 CIA 요원인 걸 압니다."

사내는 바로 유창이다.

유창이 번들거리는 눈으로 오웬을 보았다.

"내가 상부 지시로 오송강변에서 폭발물을 터뜨렸소. 내 동료하고 말요."

숨을 멈춘 오웬을 향해 유창이 말을 이었다.

"그런데 놈들이 증거를 없애려고 우리를 죽이려고 했습니다. 그래서 그놈들을 제거하고 망명을 신청하는 겁니다."

"증거가 있습니까?"

"자료 가방이 있어요."

유창이 소리치듯 말했다.

"다 드릴 수 있습니다."

워싱턴 시간으로 오후 10시 반.

부시가 하원 상임위원장들하고 저녁을 먹다가 CIA 부장 월슨의 전화를 받는다.

이곳은 백악관의 식당 옆 대기실.

부시는 위스키에 조금 취한 상태. 옆에는 안보 보좌관 맥클레인이 서 있다.

"윌슨, 무슨 일이야?"

"각하, 상하이에서 망명자 둘을 받았습니다."

"그래서?"

부시가 어설픈 농담을 했다.

"미인이면 바로 여기로 보내."

"각하, 중국군 장교 둘인데 상하이 테러를 일으킨 범인이라고 합니다."

"……"

"그런데 상부에서 증거를 없애려고 제거하려고 해서 오히려 그들이 사살하고 망명해 온 것입니다."

"갓댐."

"증거 자료도 갖고 왔습니다, 각하."

"좋아."

심호흡을 한 부시의 두 눈이 번들거렸다.

"미국으로 데려와."

부시에게는 호재다.

중국은 관제 테러를 했다. 테러 국가다.

"뭐라구?"

눈을 치켜뜬 왕홍만이 손시창을 노려보았다.

이곳은 군사위 부주석실 안.

서둘러 달려온 손시창의 얼굴은 상기되어 있다.

"아니, 그럼 그놈들이……."

"지금 쫓고 있습니다."

손시창이 말을 이었다.

"계엄군에게 두 놈의 수색 지시를 내렸습니다."

방금 손시창은 유창과 보정규의 도주 사실을 보고한 것이다.

어깨를 부풀렸다가 내린 왕홍만이 말을 이었다.

"만일 그놈들이 터뜨린다면 큰일 아니야?"

"그럴 리는 없습니다. 가족들이 해를 입을 테니까요."

"잡아."

"예, 내일 일이 터지고 나면 모두 정신이 없을 것입니다."

왕홍만이 입을 다물었다.

그 시간에 이청산은 귀에 리시버를 꽂은 채 차 안에 앉아 있다.

손에 쥔 녹음기의 테이프가 돌아가는 중이다.

그때 사내의 목소리가 울렸다.

"사령관, 이거 역공작이 아닐까? 저쪽에서 말야."

왕홍만의 목소리다.

"그럴 가능성도 있습니다."

손시창이다.

둘의 목소리가 이어지면서 이청산이 어금니를 물었다.

"어떻게 할까요?"

"뭘 말인가?"

"2차를 진행시킵니까?"

"정국이 긴장한 효과를 냈어. 계속해야 돼."

녹음된 대화가 끝났을 때 이청산은 리시버를 귀에서 뽑았다.

이 테이프는 정보국장 국병우가 보내온 것이다.

국병우가 그것을 녹음했는지 어쨌는지는 알 수가 없다.

이로써 주석 측이 테러를 기획했다는 증거가 확보되었고 유포되고 있다.

난징 3월 12일, 밤 11시.

상하이의 테러로 난징도 계엄령이 선포되어 오후 7시부터 통금이 실시되고 있다.

현무호공원 왼쪽의 중앙로도 차량과 인적이 뚝 끊겨서 가로등만 비치고 있다.

중앙로 건너편의 제3정부청사 건물도 불을 꺼놓아서 검은 바위산처럼 보인다.

일제 강점기에 일본군 사령부로도 쓰이던 오래된 건물이다.

청사 현관 안의 경비실에서 TV를 보던 장향이 담배를 집으려고 일어섰다가 창밖을 지나는 그림자를 보았다.

5층 건물은 텅 비어 있었기 때문에 장향의 심장이 덜컥 내려갔다.

그러나 저도 모르게 소리쳤다.

"누구냐?"

장향은 58세. 공안에서 20년 근무하다가 청사 경비원으로 취직한 지 12년이다.

경비실에서 뛰쳐나온 장향은 현관 옆 쪽문으로 빠져나가는 사내 둘을 보았다.

"거기 서라!"

소리쳤다가 장향의 온몸에서 소름이 돋아났다.

폭탄 테러를 일으키는 테러범들이 떠올랐기 때문이다.

그리고 자신은 비무장이다.

그러나 장향은 내친김에 쪽문을 밀고 밖으로 뛰쳐나왔다.

사내 둘은 이미 앞쪽 건널목을 뛰어 건넌 상황이다.

"저놈 잡아라!"

장향이 목청껏 소리친 순간이다.

"꽈꽈꽈꽝!"

뒤쪽에서 엄청난 폭음이 울렸기 때문에 장향은 기절초풍을 했다.

그러나 멈추지 않고 대여섯 걸음을 뛰어 나간 것이 천운이었다.

거대한 기둥이 바로 뒤쪽에 떨어졌기 때문이다.

후폭풍을 맞고 앞으로 엎어졌던 장향이 몸을 비틀어 위쪽을 보았다.

5층짜리 정부 제3청사가 폭삭 무너져서 보이지 않았다.

그러고는 다시 우르릉거리면서 땅이 흔들렸다. 잔해가 주저앉는 것 같다.

오후 11시 45분.

보고를 받은 장평국이 소리쳤다.

"보도하지 마!"

"예, 주석 동지."

왕홍만이 쩔쩔맸다.

"즉시 남경에 지시하겠습니다."

"계획을 변경해야겠어."

숨을 고른 장평국이 목소리를 낮췄다.

"내일 베이징 계획은 취소다."

"예, 알겠습니다."

그러고는 통화가 끝났다.

"갓댐."

녹음기의 전원을 끈 해밀턴의 얼굴에 웃음이 떠올랐다.

이곳은 서울의 '중작본' 상황실 안.

서울 시간으로 오전 1시 반.

해밀턴은 장평국과 왕홍만의 통화 녹음을 들은 것이다.

고개를 든 해밀턴이 앞에 앉은 지미를 보았다.

"지미, 어떻게 생각하나?"

시선을 마주친 지미는 대답하지 않았다.

3번 계획을 세웠다.

홍콩, 상하이, 그리고 베이징이다.

홍콩은 3월 9일, 상하이 3월 11일, 베이징 3월 13일. 그런데 3월 10일 푸저우에서, 그리고 3월 12일 난징에서 폭발물이 터진 것이다.

3월 12일 현재까지 4번, 2번은 반대 세력의 '물타기 테러'다.

어쨌든 계획보다 1번 더 터졌다.

왕홍만으로부터 중지 명령을 받은 손시창이 원부를 즉시 불렀다.

"베이징은 중지해."

왕홍만이 외면한 채 말했다.

"난징이 터지는 바람에 테러 효과가 반감되었다."

"난징 폭발은 보도 통제를 시켰지만 이미 다 퍼졌습니다."

오전 8시. 난징 폭발 8시간 경과.

원부가 지친 얼굴로 손시창을 보았다.

"각하, 두 놈이 미국으로 망명했는지도 모릅니다."

"뭐? 누가 그래?"

"상하이 총영사관 앞에서 그놈들을 보았다는 목격자가 있습니다."

"젠장."

욕설을 뱉은 손시창이 손을 내렸다.

"빨리 베이징 작전부터 중지시켜!"

대의원들이 베이징으로 몰려들기 시작했기 때문에 당연히 거리는 축제 분위기가 되어야 한다.

'전인대'가 열리면 온갖 플래카드와 깃발, 꽃으로 뒤덮인 거리에 천안문 광장은 인파로 뒤덮이는 것이 관례였기 때문이다.

그런데 계엄령이 선포된 거리는 한산했고 플래카드와 깃발만 나부끼고 있다. 그것이 더 을씨년스럽다.

3월 13일.

천안문 광장을 걸으면서 이동욱이 서미숙에게 말했다.

"테러로 일어난 놈은 테러로 망하는 거야."

서미숙은 긴장해서 가만있었고 이동욱이 말을 이었다.

"자업자득이라구."

중산공원은 천안문 서쪽 서장안로 건너편이다.

공원 안에는 사람이 제법 모여 있었는데 광장 쪽은 경비가 삼엄했기 때문일 것이다. 공원은 남해와 중해로 불리는 두 호수를 중심으로 조성되어 있다. 이곳에서는 계엄군도 보이지 않는다.

호숫가의 벤치로 다가간 이동욱과 서미숙이 나란히 앉았다.

남해의 오른쪽이다.

뒤쪽에 매점들이 늘어서 있지만 계엄령 상황이라 오후 6시면 문을 닫을 것이다.

"폭탄이 터지면 저 상점들은 서장안로 쪽으로 날아가겠군."

110

이동욱이 말하자 서미숙이 고개를 끄덕였다.

"TNT 3톤의 위력이 될 테니까 뒤쪽 상점들은 다 날아가고 앞쪽 호수 물이 도로로 넘칠 거예요."

"굉장하군."

그때 서미숙이 손을 뻗어 벤치의 판자 하나를 들어 비틀었다.

그러자 손이 들어갈 틈이 벌어졌고 검은 헝겊에 덮인 가방이 드러났다.

서미숙이 손만 집어넣고 다이얼을 돌려 시간을 조정했다.

오후 5시 반이다.

"밤 12시로 해."

이동욱이 주위를 둘러보며 말했다.

벤치 아래쪽에 폭탄이 놓여 있는 것이다. 벤치가 호수를 향해서 놓였고 바로 뒤쪽은 허리까지 닿는 잔나무로 막혀서 보이지 않는다.

사흘 전, 밤에 이곳에 와서 벤치 밑에 폭탄이 든 가방 2개를 놓아 두었던 것이다.

이윽고 시간을 맞춘 서미숙이 손을 뺐었고 이동욱이 판자를 제자리에 끼우고 나사를 박았다. 벤치 앞쪽의 의자가 휘어져서 머리를 땅바닥까지 숙이고 안을 들여다볼 미친놈은 없다.

그리고 곧 통행금지 시간이다.

"자, 가자."

이동욱이 자리에서 일어서며 말했다.

이동욱은 그동안 콧수염을 길렀고 양복 차림으로 주머니에는 우즈베키스탄 여권을 갖고 있다. 이름은 빅토르 조.

서미숙은 우즈베키스탄 여권으로 나타샤 강이다.

사거리를 건너 골목으로 들어서던 이동욱이 뒤에서 부르는 소리에 몸을 돌렸다.

양복 차림의 사내 둘이 다가오고 있다.

그때 이동욱이 앞쪽을 향한 채 서미숙에게 말했다.

"곧장 골목을 빠져나가서 제2 안가로 가, 나도 따라갈 테니까."

그때 두 사내가 5미터 거리로 다가왔다.

오가는 행인이 많은데도 둘의 시선은 이동욱에게 박혀 있다.

"신분증."

다가서면서 사내가 손을 내밀면서 말했다.

여유 있는 표정. 한 번도 곤경에 빠진 경험이 없었던 것 같은 자세.

그때 이동욱이 양복 가슴 속으로 손을 넣어 지갑을 꺼내는 것처럼 리볼버를 꺼냈다.

"탕! 탕!"

바로 2미터쯤 앞이었기 때문에 총구가 얼굴을 겨누었고 둘 다 총탄이 콧잔등과 눈을 관통해서 뇌를 부쉈다.

"꺄악!"

총성과 함께 둘이 쓰러지자 지나던 여자들이 비명을 질렀고 서미숙이 먼저 골목 안쪽으로 뛰었다.

"탕! 탕!"

뒤쪽에서 다시 총성이 울렸지만 서미숙은 돌아보지 않았다.

서미숙 옆으로도 두 남녀가 정신없이 뛴다.

"국제반점 앞에서 국가보안국 요원 둘이 피살되었습니다."

손시창이 보고하자 왕홍만은 대답하지 않았다.

오후 7시.

베이징은 통금이 시작되었다.

수화기에서 손시창의 목소리가 다시 울렸다.

"1시간쯤 전입니다. 범인은 도주했는데 도로상이어서 목격자를 확보하지 못했습니다."

국제반점은 천안문광장에서 사거리 하나밖에 떨어지지 않은 곳이다.

왕홍만이 어깨를 늘어뜨리면서 말했다.

"보도 통제시켜."

"예, 취재해 간 기자도 없습니다."

"내일 '전인대'가 열리기만 하면 돼."

"그렇죠."

"세상이 무너져도 밀고 나갈 테니까."

"그렇습니다, 동지."

전인대가 시작되면 일사불란하게 중앙 회의로 이어지고 그다음이 상임위원회, 그리고 손시창은 꿈만 꾸어도 황공했던 상임위원이 되는 것이다.

7시 10분.

통금이 시작된 지 10분이 지났을 때 서미숙은 마당의 자갈이 밟히는 소리를 들었다. 마당에는 자갈이 깔려 있어서 밟으면 소리가 난다.

TV도 꺼놓고 있었기 때문에 서둘러 창가로 다가간 서미숙은 이동욱을 보았다. 이동욱도 서미숙을 보고는 얼굴을 펴고 웃는다. 왈칵 눈물이 솟구친 서미숙이 외면했다.

이곳은 지단공원 근처의 서민 주택가.

방 4개짜리 단층 기와집에는 노인 부부가 살고 있었는데 제2 안가다.

노인 부부는 삼합회의 중간간부 양호의 부모로 자식이 무슨 일을 하는지 아는 터라 시키지 않아도 보호해 준다.

방으로 들어선 이동욱이 재킷을 벗으면서 말했다.

"너하고 반대 방향으로 뛰다가 택시를 세 번 갈아탔어."

이동욱이 고개를 절레절레 흔들었다.

"두 놈을 쏘았더니 행인 중에서 남자 두 놈이 달려들기에 공포를 쏜 거야. 두 놈 다 어깨를 맞췄더니 도망치더군."

"미안해요, 혼자 정신없이 도망쳐서."

"잘한 거야."

잡히면 작전이 탄로나게 되는 것이다. 고문을 하면 배겨낼 장사가 없다.

"식사는?"

방으로 들어가는 이동욱의 등에 대고 서미숙이 물었다.

"아, 됐어."

이동욱이 얼른 대답했다.

오늘 아침에는 서미숙이 밥에다 물을 부어서 흰 죽을 만들어 주었다. 그 죽에다 간장을 타서 먹었기 때문에 오후에 계속 물을 마셔야만 했던 것이다.

오후 8시 반.

상하이 주재 미국 총영사관 정문이 열리더니 검정색 GMC와 지프가 나왔다.

그러자 정문 앞에 대기하고 있던 공안의 순찰차에서 공안 둘이 나오더니 GMC 안을 들여다보았다.

GMC에는 운전사와 영사가 탔고 뒤 칸에는 대사관용 하물이 실려 있다.

'외교 행랑'이다.

운전사와 영사의 신분증을 훑어본 공안들이 GMC 안에 들어가서 행랑까지 확인한 후에 차에서 내렸다. 물론 겉만 확인한 것이다.

"장 형, 검문이 전쟁 때 수준이군."

이번 운송 담당이 된 영사 존슨이 안면이 있는 공안에게 말했다.

"저기 자루 속에 망명자가 있는지 열어봐, 장 형."

"장난치지 마쇼."

눈을 흘긴 공안 책임자의 시선이 뒤쪽에 서 있는 경호 지프로 옮겨졌다. 지프 안에는 제복 차림의 해병 넷이 타고 있다.

그때 존슨이 물었다.

"해병도 조사하려고?"

"갑시다."

몸을 돌린 공안이 순찰차에 탔고 곧 출발했다. 뒤를 GMC와 경호 지프가 따른다.

목적지는 상하이 홍차오공항.

그곳에서 미국 대사관 전용기에 '외교 행랑'을 실어 보내는 것이다.

3장 주석 탄핵

밤. 리스타랜드의 바닷가.

이광의 별장 베란다에서 바로 나가면 모래사장이다.

베란다의 등나무 의자에 이광과 해밀턴, 안학태가 나란히 앉아 있다.

해밀턴이 이광에게 보고를 하려고 온 것이다.

검은 바다에서 모래사장으로 밀려오는 흰 파도 끝을 응시하던 해밀턴이 말을 이었다.

"오늘 밤 12시에 천안문 광장 위쪽의 중산공원에서 폭탄이 터집니다."

해밀턴이 고개를 돌려 이광을 보았다.

"왕홍만은 테러가 4번 일어나자 세 번째 테러를 중지시켰지만 이번이 5번째 폭발이 되는 셈이지요."

"……"

"우리가 물타기 겸 시위용으로 터뜨린 테러는 사상자가 한 사람도 없었고 오늘도 마찬가지일 것입니다."

"이제 결과를 기다려 봐야겠군."

이광이 가라앉은 표정으로 말했다.

"진인사대천명이야."

한국어로 말해놓고 이광이 영어로 풀이해주었다.

"최선을 다하고 하늘의 명을 기다린다는 뜻이야."

"그렇습니까?"

해밀턴이 고개를 끄덕였다.

"승부는 상임위에서 결정될 것입니다."

그때 안학태가 손목시계를 보았다.

오후 10시가 되어가고 있다.

공항 격납고 끝 쪽에 대기하고 있던 미 군용기 C-140은 이미 엔진을 가동하고 있다.

공안 순찰차를 선두로 GMC, 경호 지프가 차례로 C-140 뒤쪽에 정차하고 사람들이 내렸다.

'외교 행랑'은 가방 3개와 서류박스 6개.

모두 손에 들 수 있는 것이어서 영사 존슨의 지휘하에 해병들이 날랐다. C-140의 뒤쪽으로 들어선 해병 셋이 짐을 내려놓고 돌아 나온 것으로 끝났다.

순찰차에 기대서서 그것을 바라보던 공안 책임자가 옆에 선 존슨에게 말했다.

"셋이 들어가서 하나가 나왔군."

"왕순, 지금 곧장 공평로 부두로 가. 12시에 출발하는 화물선 퍼시픽호야."

존슨이 앞쪽을 향한 채로 말했다.

C-140의 뒤쪽 문이 서서히 올라가고 있다.

해병 둘이 바로 유창과 보정규다. 해병대 제복을 입고 안으로 들어가서 나오지 않은 것이다.

고개를 돌린 존슨이 공안 책임자 왕순을 보았다.

"부두 3번 입구에 가면 세관원 창이라는 사람이 기다리고 있을 거야. 그 사람만 따라가면 돼."

"미국에서 만나, 존슨."

발을 떼면서 왕순이 말했다.

왕순도 망명자다. 다만 2백만 불의 선금을 받고 가족들과 함께 망명하는 것이다. 물론 조건이 있다. 해병대로 위장한 유창과 보정규가 '외교 행랑' 수송 경호대가 되어 탈출하도록 돕는 조건이다.

밤 12시.

천안문 광장의 경비초소 밖에 나와 서 있던 진천서 상교는 우연히 시계를 보았다.

정각 12시.

광장 경비를 맡고 있는 진천서는 휘하에 계엄군 1개 대대, 400명을 지휘하고 있다.

그때 옆으로 부관 윤구 상위가 다가왔다.

"지휘관 동지, 이상 없습니다."

윤구가 각 초소를 돌아보고 온 것이다.

"이상이 있을 리가 없지."

혼잣소리처럼 말한 진천서가 광장을 둘러보았다.

텅 빈 광장은 짙은 어둠에 덮여 있다. 건너편 건물들의 불빛이 멀게 느껴졌다.

그때다.

왼쪽 끝에서 '번쩍' 하고 섬광이 일어났다. 흰 빛줄기가 사방으로 퍼진 것이다. 번개가 친 것 같다.

그다음 순간.

"쿠콰콰콰쾅!"

엄청난 폭음이 울렸다. 흰 빛줄기가 가시면서 붉은색 불기둥이 치솟았다.

중산공원 쪽이다.

"쿠쿠쿠쿵!"

폭발음의 여운이 광장 위로 덮이고 있다.

"천안문이 터졌습니다!"

손시창이 부관의 보고를 받는다.

"중산공원입니다!"

상황실에 앉아 있던 손시창이 벌떡 일어섰다.

머릿속이 하얗게 되어서 당장 입으로 말이 뱉어지지 않았다.

침대에서 전화를 받은 장평국이 숨을 죽였다.

밤 12시 05분.

장평국은 광장의 폭음을 듣고 잠에서 깨어난 것이다.

보고자는 왕홍만.

"사상자는 없는 것 같습니다"

왕홍만이 그렇게 보고를 마쳤을 때 장평국이 말했다.

"여기서도 폭음이 다 들렸는데 베이징 시민은 다 들었겠군"

왕홍만이 입을 다물었다.

지금 장평국은 베이징 외곽에 위치한 이화원 근처의 주석 공관에 있는 것이다.

다시 장평국의 말이 이어졌다.

"할 수 없어. 예정대로 회의는 진행한다. 죽을 각오로 이번 회의는 성공적으로 끝내야 돼."

"예, 주석 동지."

왕훙만이 잇새로 말했다.

"염려하지 마십시오."

공생공사(共生共死)다.

그것을 장평국도 알 것이다.

응접실에 앉아 있던 이동욱과 서미숙도 폭음을 들었다. 폭음을 기다리고 있었던 것이다.

지진이 일어난 것처럼 집이 흔들렸고 벽시계는 12시 1분을 가리키고 있다.

소리가 1초에 360미터를 나가니까 이곳은 천안문에서 직선거리로 4킬로쯤 된다. 폭발이 일어나고 10초쯤 후에 소리가 전달되었다고 봐야 한다.

"터졌어요!"

먼저 서미숙이 소리쳤다. 두 눈이 반짝였고 주먹을 불끈 쥐고 있는 것이 만세라도 부를 것 같다.

"성공했어요!"

이동욱이 고개를 끄덕였다.

"잘했어."

당장은 이렇게밖에 말 못 한다.

이제는 기다려야 한다.

"또."

저난공원 근처의 자택에서 폭음을 들은 후진명의 입에서 저절로 이 말이 터졌다.

잠을 이루지 못하고 거실에서 생각에 잠겨 있던 참이었다.

밤 12시 07분.

저 엄청난 폭음은 테러가 아니고 무엇이겠는가?

계엄령이 내려져서 도시는 적막에 덮여 있는 상황이다. 후진명의 시선이 옆에 놓인 전화기로 옮겨졌다.

아직 전화가 오지 않는다. 국가보안국 부주석이니 어디서든 보고가 올 것이다.

후진명이 길게 숨을 뱉으면서 말했다.

"신명이시어, 조상이시어. 중국을 보호하여 주시옵소서."

국가보안국 부국장 천중수는 폭음을 상황실에서 들었다.

상황실이 천안문 광장에서 직선거리로 5백 미터쯤 되었기 때문에 천중수는 놀라 자리에서 벌떡 일어섰다.

벽에 걸렸던 모 주석의 액자가 떨어졌고 시계가 삐뚤어졌다. 선반의 꽃병이 떨어져 박살이 났다.

상황실의 요원들도 동요해서 수선거렸다. 그러나 천중수를 의식해서 외치거나 뛰지는 않는다.

폭음이 그쳤을 때 상황실에 모인 10여 명의 요원들은 모두 침묵했다.

테러다.

관제 테러에 대항한 역테러라는 것을 다 알고 있기 때문이다.

3월 15일, '전국인민대회'는 예정대로 거행되었다.

천안문의 인민대회장에 모인 전국 대의원 1만여 명.

회의장을 가득 메운 각양각색의 의상 차림인 대의원들이 TV 화면에 비치었다.

장관이다. 중국 14억 인구를 대표한 대의원들이다.

열차, 비행기를 대절해서 달려온 대의원들이 회의장을 메우고 있다.

이곳에서 중국의 미래가 결정된다.

오전 10시, 전인대의 의장도 겸하고 있는 주석 장평국이 엄숙한 표정으로 전인대의 개최를 선언했다.

오전 10시 반.

선언을 마친 장평국이 전례에 따라 의사 진행은 부의장 양방원에게 맡기고 주석궁으로 돌아왔다.

전인대는 지난해의 업무 성과를 발표한 후에 새 안건인 '새 중국' 건설을 위한 중앙상임위원 증원을 가결할 것이다.

오늘 오후 4시에 만장일치로 안건을 가결한 후에 중앙상임위에 넘기는 것으로 전인대는 폐회한다.

주석 집무실에서 TV로 전인대의 진행 상황을 보던 장평국이 방으로 들어서는 천중수를 보았다.

장평국의 심복인 왕홍만은 지금 전인대와 내일 개최될 중앙위 관리를 하느라고 정신이 없다.

"주석 동지, 드릴 말씀이 있습니다"

다가선 천중수가 장평국을 보았다.

천중수가 말을 이었다.

"지금 시중에 유언비어가 떠돌고 있습니다. 그것이 전인대 위원들에게도 전파된 것 같습니다."

장평국은 시선만 주었고 천중수가 말을 이었다.

"전인대 의원들의 숙소를 도청한 결과, 수군거리는 이야기가 관제 테러에 대한 것이었습니다. 하지만……"

"……"

"전인대는 인원이 많고 사분오열되어 있는 상황인 데다 분위기에 장악되면 우리의 목적대로 끌고 갈 수가 있습니다."

천중수가 굳은 얼굴로 말을 잇는다.

작심을 하고 온 것 같다.

"하지만 내일 중앙위에 올라갈 때 분위기가 나빠질 가능성이 있습니다."

중앙위의 의원은 모두 1천 명가량이다.

그때 장평국이 쓴웃음을 지었다.

"천 부국장, 넌 기다리는 자세를 배워야겠다."

"예, 주석 동지."

긴장한 천중수가 장평국을 보았다.

"가르쳐 주십시오, 주석 동지."

"전인대는 곧 상임위원 증원을 의결할 거야. 방해할 사람은 아무도 없어."

"그렇습니다."

"공개석상에서 반대한다면 목숨을 내놓아야 할 테니까. 내일 중앙위도 마찬가지야."

"그렇습니다."

"대중 심리란 그런 거지. 1천 명이 모여 있는데, 누가 관제 테러라고 소리치겠느냐?"

"과연 그렇습니다, 주석 동지."

"이틀 후의 1백 명이 모인 상임위 본회에서 4명을 증원하면 끝난다."

장평국이 자르듯 말했다.

그리고 14명으로 당헌을 바꾸는 것이다.

오후 5시.

부의장 양방원의 제의로 당중앙상임위원 4명을 증원하는 안이 만장일치로 통과되었다.

다른 안건과 포함해서 일사불란하게 통과시킨 것이다.

이 제안은 내일 열리는 1천 명 규모의 당중앙위로 넘어갔다.

"모두 감시받고 있어."

고대형이 말을 이었다.

"누구를 만나지도, 통화를 하지도 못하는 상황이야."

"기다리는 수밖에 없습니다."

최창민이 굳은 얼굴로 말했다.

그렇다. 계엄령이 선포된 후로 누구를 만나지도 나가지도 못하는 상황이다.

14일 자정, 15일이 시작된 순간에 천안문 위쪽 중산공원을 폭파한 것으로 마무리를 했다.

그때 고대형이 벽시계를 보았다.

6시 15분이다.

조금 전, 전인대가 끝나고 안건들은 모두 만장일치로 통과되었다.

당중앙상임위원 추가 사항도 안건 중에 끼어서 통과된 것이다.

내일도 중앙위원회에서 일사불란하게 처리된다.

"10분 전인데요."

최창민이 TV를 켜면서 말했다.

"일본하고 1시간 차이가 나니까요."

베이징에서는 일본 방송이 나온다.

이곳은 일본, 15일 오후 5시 반.

일본 국영방송 NHK가 갑자기 정규 방송을 중단하고 긴급 방송을 시작했다.

"중국의 테러가 관제 테러라는 증거가 나왔습니다."

아나운서가 굳은 얼굴로 방송을 시작했다.

"본사는 그 녹음테이프를 긴급 입수, 시청자 여러분께 공개합니다. 음성 녹음에 나오는 인물은 시청자 여러분께 아직 누구라고 말씀드릴 수가 없습니다."

그리고는 곧 중국어 대화가 시작되었다.

또렷한 목소리. 아래쪽에 일본어와 영어로 자막이 펼쳐졌다.

"사령관, 이거 역공작 아닐까? 저쪽에서 말야."

그러자 다른 목소리.

"그럴 가능성도 있습니다."

"국가보안국에 연락해봤더니 그쪽도 알고 있더군. 소문이 세 곳이라고까지 났다는 거야."

"정보가 샌 겁니다."

"그놈들한테 말려들면 안 돼."

"어떻게 할까요?"

"뭘 말인가?"

"2차를 진행시킵니까?"

"정국이 긴장한 효과는 냈어. 계속해야 돼."

여기까지 녹음 목소리와 자막이 이어지더니 아나운서가 굳은 얼굴로 다시 등장했다.

"이것이 홍콩 테러가 일어난 다음 날에 녹음된 것입니다. 그리고 그 2차는 상하이 테러인 것으로 추측됩니다."

베이징, 고대형과 최창민이 TV를 보고 있다.

NHK다.

방송이 끝났을 때 고대형이 정색하고 최창민을 보았다.

"이게 일파만파 퍼지겠지?"

"시간마다 계속 방송할 테니까요."

"중국 정부가 어떻게 대응할지 궁금하군. 지금 전인대 기간인데 말야."

"시중에 소문이 깔리기 시작하면 반응이 오겠지요."

"지금 당장 항의는 못 해. 그러면 국민들이 다 알게 될 테니까."

고대형의 두 눈이 번들거렸다.

앞으로 2탄, 3탄이 이어지게 될 것이다.

녹음된 영상이 끊겼을 때 왕홍만이 고개를 들고 손시창을 보았다.

둘의 시선이 부딪쳤지만 입을 열지는 않았다.

둘은 방금 NHK에서 방영된 목소리를 들은 것이다.

오후 7시 반, 왕홍만의 집무실 안이다.

왕홍만이 불러서 부랴부랴 달려왔던 계엄군 지휘관 손시창은 제 목소리를 듣더니 입도 벌리지 못하고 있다. 제 목소리를 듣기가 겁나는 것 같다.

그때 왕홍만이 심호흡을 하더니 입을 열었다.

"이런 짓을 할 놈들은 CIA밖에 없어."

손시창이 눈만 껌벅였고 왕홍만이 말을 이었다.

"또 어떤 것을 녹음했는지 몰라. 우리도 대비해야 돼."

"어, 어떻게 말이오?"

손시창이 겨우 물었을 때 왕홍만이 눈을 치켜떴다.

"저건 우리가 아냐. 목소리는 얼마든지 만들 수가 있다구."

"또 있을 것 아닙니까? 이보다 더한 이야기가 녹음되었을지도."

그때 왕홍만이 눈짓을 했기 때문에 손시창이 숨을 들이켰다.

"놈들의 작전에 넘어가면 안 돼."

왕홍만이 어금니를 물었다가 풀었다.

"사흘만 견디면 돼."

"봤어요?"

안진이 묻자 석종문이 되물었다.

"뭘?"

"TV."

"TV야 맨날 보지. 근데 뭐?"

"오후 6시부터 시간마다 NHK가 내보내고 있는데."

안진의 두 눈이 치켜 떠졌고 목소리가 낮아졌다. 얼굴도 하얗게 굳어 있다.

"큰일 났어요, 여보."

안진의 목소리가 떨렸다.

오후 8시 반.

석종문은 중앙회 예비 회의를 마치고 집에 돌아온 참이다.

내일 1천 명이 참석하는 중앙회의에서 오늘 전인대가 의결한 안건을 다시 추인하는 연습을 하고 온 것이다.

"무슨 내용인데 그래?"

석종문이 묻자 안진이 TV부터 켰다.

그러고는 응접실의 문을 안에서 잠근다.

이게 무슨 일인가?

3월 16일 오전 8시.

NHK에서 다시 긴급 뉴스가 떴다.

이번에는 상하이 테러범의 자백이다.

새로운 폭로다.

화면에 나온 유창과 보정규가 상하이 테러를 자백하는 내용이다.

"내가 오송강의 국숫집에 폭탄을 놓고 나왔습니다. 죄송하게 생각합니다."

유창이 중국어로 말했을 때 중국인의 절반은 TV를 보았다.

"나한테 지시를 한 사람은 베이징관구 특공대장 원부 대교입니다."

유창이 거침없이 말을 잇는다.

"물론 원부 대교는 베이징관구 사령관 손시창 상장의 지시를 받고 손시창은 군사위 부주석 왕홍만의 심복입니다."

유창이 똑바로 시청자들을 보았다.

"왕홍만이 저 혼자 이 테러를 기획했겠습니까? 장평국 주석의 지시를 받은 것 아니겠습니까?"

이미 시청자들은 어제 오후부터 10번도 더 왕홍만과 손시창의 대화를 귀에 못이 박히도록 들은 것이다.

유창의 말이 이어진다.

"저와 제 동료는 임무를 마치고 안가로 돌아왔다가 저희들을 제거하려는 암살조를 역습해서 죽이고 도망친 것입니다. 그래서 사건을 폭로하게 된 것입니다."

유창은 미국 영사관으로 도망가 망명했다는 말은 하지 않았다.

일본이 이번 사건에 총대를 메기로 합의한 것 같다.

그러나 당중앙위 회의는 차질 없이 진행되었다.

당중앙위원장 역시 당 주석 장평국이 겸임하고 있기 때문에 장평국의 인사말이 전국에 반영되었다. 그러고 나서 부위원장 사장순에 의해서 회의가 진행되

128

었는데 이번에도 일사불란했다.

중앙위원 1천 명 중 NHK 방송을 안 본 사람이 없을 것인데도 그 일에 대해서 입 한 번 벙긋하는 사람도 없다.

이번에도 안건은 만장일치로 채택되었다.

'당중앙상임위원 증원 건'이 맨 끝에 붙어서 이제 내일 1백 명이 참석하는 '당 중앙상임위 예비회의'에 '상정되었다.

3월 16일 오후 5시다.

"100명이 4명을 선출하면 되는 겁니다. 물론 그 100명 중에 후보위원 35명과 상임위원 10명이 포함되어 있지요."

최창민이 말을 이었다.

"4명은 후보위원 35명 중에 포함되어 있습니다. 장평국이 제 사람이라고 미리 찍어 놓은 인물들이지요."

오후 6시.

이제 내일 100명이 모인 당중앙상임위에서 상임위원 4명만 선출하면 전인대 로 시작된 대장정이 끝난다.

그래서 당중앙상임위원 14명이 당헌을 개정, 장평국은 종신 '황제'로 등극하 게 되는 것이다.

고대형이 천천히 고개를 끄덕였다.

지금도 TV에서는 유창과 보정규의 자백이 시간마다 방영되고 있다.

그러나 중국 정부는 일절 NHK의 '도전'에 대해 반응하지 않는다.

공식적으로 항의, 비난을 하면 오히려 그 사실이 더 퍼져나갈 것을 우려한 것 같다. 그래서 전파를 차단하는 방법을 썼는데 NHK는 녹록하지 않다. 기술력이 한 수 위였기 때문에 NHK는 여전히 방영되고 있다.

이곳은 베이징의 안가 안.

고대형이 입을 열었다.

"내일이면 14명이 되겠군."

"예, 사장님. 그럼 10 대 4의 구조가 되는 것이지요."

최창민이 한숨을 쉬었다.

"지금까지는 물 쏟아지듯 대세가 흔들리지 않았습니다."

장평국의 대세(大勢)다.

밤, 잠이 들었던 이동욱이 눈을 떴다. 인기척을 느꼈기 때문이다.

곧 이동욱은 침대 앞에 서 있는 서미숙을 보았다.

방은 어두웠지만 서미숙의 윤곽은 선명하게 드러났다.

"응? 웬일이야?"

상반신을 일으키면서 묻자 서미숙이 잠자코 침대 위로 올랐다.

시트를 들친 서미숙이 이동욱의 옆에 눕는다.

방 안의 공기를 휘젓는 바람에 서미숙의 체취가 맡아졌다.

서미숙이 팔을 뻗어 이동욱의 허리를 감싸 안는다.

그러나 입을 열지는 않는다.

서미숙의 숨결이 이동욱의 가슴에 닿는다.

덥고 가쁜 숨결이다.

숨을 들이켰던 이동욱이 서미숙의 상반신을 끌어안았다.

서미숙의 사지가 빈틈없이 이동욱에게 붙는다.

"아버지, 접니다."

양창우의 목소리가 울렸을 때 양강수는 숨부터 골랐다. 숨이 가빠졌기 때문이다.

밤 10시 반.

양강수는 자택에서 홍콩에 있는 외아들 양창우의 전화를 받는다.

"응, 그래. 잘 있느냐?"

"예, 아버지. 몸은 어떠세요?"

"난 그저 그렇다."

"전화 못 드려서 죄송합니다."

"바쁠 테니 괜찮다."

양창우는 5년 전에 이혼하고 혼자 산다. 이유는 본인의 문란한 사생활 때문인데 양창우가 전처를 버린 셈이다. 자식이 없었던 것도 그 이유 중 하나다.

그때 양창우가 말했다.

"아버지, 요즘 바쁘시지요?"

"그래. 전인대가 열리고 있지 않느냐?"

"내일 회의에 참석하실 건가요?"

양강수가 대답하지 않았더니 양창우가 서두르듯 말을 이었다.

"아버지, 너무 무리하지 마세요."

"……"

"집에서 쉬세요, 아버지."

"알았다."

마침내 양강수가 말했다.

"잘 지내라."

"예, 아버지."

양강수는 먼저 전화기를 내려놓았다.

양창우와의 통화에서 먼저 전화를 끊은 경우는 지금이 처음이다.

"양강수를 회의에 참석하지 못하도록 하는 거야."

지미 우들턴이 눈을 치켜뜨고 말했다.

"지금 양창우는 잡혀 있는 상황이 분명해. 뒤에서 시킨 것이라고."

그때 김인영이 고개를 끄덕였다.

"반대파 상임위원을 한 사람이라도 출석 못 하게 하는 거죠."

3월 17일, 오전 10시 55분.

인민문화궁전의 회의실.

붉은색 양탄자가 바닥에 깔렸고 연단 위에는 10개의 상임위원석이 배치되었으며 그 앞쪽에 후보위원석이 35개, 그리고 예비위원 55석의 좌석이 한 계단 아래쪽에 원형으로 배치되어 있다. 회의장은 지름 50미터 규모의 원형이지만 천정이 20미터나 되어서 웅장한 분위기다.

이곳이 14억 인구를 통치하는 최고 의결 기구, 당정의 실세가 모두 모인 곳. 당서열 1위에서 100위까지의 권력자가 모인 곳이다. 위쪽 10석이 바로 '당중앙상임위원석'이었고 그들이 중국의 통치자들인 것이다.

10석 중 지금 2석이 비었다. 당주석 장평국과 서열 5위인 양강수의 자리다.

장평국은 옆방인 주석실에서 시간이 되기를 기다리겠지만 양강수는 병으로 출석하지 못하는 것 같다. 1백 명 정원 중에서 양강수 하나만 출석이 불투명할 뿐, 99명이 모인 셈이다.

천정 높이가 성당 수준이어서 목소리가 울린다. 그래서 숨소리가 울릴 정도다. 회의실 안은 조용하다.

회의 개최 5분 전.

오늘 중앙위에서 상정된 안건을 이곳 '상임위'에서 마지막으로 추인, 결정하는 것이다.

연단 위에 앉은 8명의 면면은 이렇다.

좌로부터 오탁, 국병우, 목정대, 천중수 그리고 좌석이 하나 비었는데 바로 주석의 자리다. 그다음이 후진명, 그다음 자리가 비었는데 양강수 자리다. 다음이 조천, 이청산, 왕홍만까지 10명이다.

당 서열은 10명이 모두 10위 안에 드는 것이 아니다.

장평국만 1위일 뿐, 총리 목정대는 15위, 천중수는 18위, 국병우는 19위다.

한 계단 아래쪽의 후보위원 35명 중에 당 서열 2위, 3위 인사가 있는 것이다.

당 서열만 높다고 실권자가 되는 것도 아니다.

10시 58분이 되었을 때다.

11시에 회의가 시작되기 때문에 잔뜩 긴장하고 있는 회의장이 술렁거렸다.

단상 왼쪽 문으로 지팡이를 쥔 양강수가 들어섰기 때문이다.

양강수가 자리에 앉았을 때 술렁거림이 멈췄다.

상임위원이 이제 9명이 되었다.

그런데 9명은 모두 시선도 마주치지 않는다. 양강수가 제자리에 앉았어도 인사를 하는 사람도 없다.

그것이 전례다. 내 편, 네 편 가리지 않는다는 시늉이지만 더 어색하게 돼 버렸다.

10시 59분이 되었다.

그때 연단의 오른쪽 문으로 장평국이 들어섰다.

그러자 9명의 상임위원은 물론 나머지 위원들도 일제히 일어섰다.

99명이 일어선 것이다. 그러고는 박수를 친다.

굳은 얼굴로 박수를 치는 소리가 높은 천정까지 올라갔다가 반향을 일으켰다.

장평국은 미소를 띤 얼굴로 천천히 걸어 나와 제자리에 섰다.

그러고는 한 손을 들었다. 그러자 박수 소리가 그쳤다.

장평국이 자리에 앉자 99명은 일제히 따라 앉았다.

상임위원회가 시작되었다.

장평국의 인사말, 그리고 상정된 안건을 처리하는 데는 30분도 걸리지 않았다.

그리고 맨 마지막의 안건.

상임위원 4명 추가의 건이 상임위 부의장 왕홍만에 의해 발의되었다.

"전인대와 중앙위에서 의결한 상임위원 4명을 선발합니다."

왕홍만의 자신만만한 목소리가 회의장을 울렸다.

"상임위원 10명을 제외한 90명 중에서 4명이 선발되는 것입니다. 그럼 4명에 대한 추천이 있겠습니다."

회의는 일사불란하게 진행되었다.

12명의 후보가 추천되었고 곧 12명에 대한 거수투표가 실시되었다.

거수투표라 누가 누구를 투표하는지 다 드러나는 방법이다.

그리고 4명의 새 상임의원에 동이양, 석종문, 연자성, 손시창이 선출되었다.

놀랍게도 4명이 모두 60여 명의 지지를 받은 것이다. 나머지 8명이 장식품이라는 증거가 드러났다.

상임위원 선출이 끝났을 때는 12시 5분이다.

12시부터 1시 반까지는 점심시간.

오후 12시 반에 14명의 상임의원이 연단에 앉아서 인사를 하는 것으로 상임위는 끝났다.

그리고 오후 3시.

가장 중요한 14명 상임위원 회의가 자리를 옮겨 인민대회당의 특별실에서 열릴 예정이다.

그리고 여기서 중국의 장래를 결정할 '황제'를 임명하게 될 것이다.

오후 2시 15분.

특별실에 상임위원 14명이 둘러앉았다.

주석 장평국을 중심으로 원형 테이블에 놓여져 있는 것이다.

미리 14명의 자리가 만들어져 있는 것이 전혀 놀랄 일이 아니다. 그래서 14명
은 모두 태연하다.

테이블 앞에는 각각의 이름이 적힌 명판까지 놓여 있는 것이다. '상임위원 동
이양' '상임위원 손시창'까지 다 있다.

두 시간 전에 상임위원이 되었다고 누가 믿겠는가?

그때 상임위원 부위원장 왕홍만이 회의 진행 선언을 했다.

"그럼 제27차 중화인민공화국 상임위원 회의를 개최합니다."

고개를 든 왕홍만의 두 눈이 번들거리고 있다.

"전인대에서 올라온 안건은 최종적으로 상임위원회의 추인을 받습니다. 이제
14명의 상임위원이 승인하겠습니다. 이의 없으시지요?"

"없습니다."

그 순간, 장평국까지 일제히 말했고 앞에 놓인 붉은색 당원증을 쳐들어 찬성
을 표시했다.

그때 왕홍만이 장평국을 보았다.

장평국이 고개를 끄덕이더니 의사봉을 들고 세 번 두드렸다.

"본안 108개 안건이 상임위에서 통과되었습니다."

그러자 모두 박수를 쳤다.

이게 관례다.

그때 왕홍만이 다시 입을 열었다. 눈을 치켜뜨고 있다.

"상임위의 마지막 안건을 발의합니다. 당헌 17조 3항의 당주석 및 당총서기 임기가 10년으로 되어 있습니다. 이것은 현 실정에 맞지 않아서 인민들이 고통을 받고 있습니다. 이 조항을 삭제하고 임기는 인민의 뜻에 따른다는 문구로 바꾸도록 하십시다."

"동의합니다."

말이 끝나자마자 동이양과 손시창이 손을 들면서 이구동성으로 말했다.

상임위에서의 발의는 3명의 동의를 받으면 바로 안건으로 상정된다.

왕홍만이 고개를 끄덕이며 장평국을 보았다.

접수, 표결을 하라는 표시다.

그때다.

후진명이 당원증을 들면서 말했다.

"그보다 먼저 14명의 상임위에서 제의할 것이 있습니다."

모두 긴장했고 막 의사봉을 쥐려던 장평국도 몸을 굳힌 채 손만 뻗치고 있다.

벽시계가 오후 2시 25분을 가리키고 있다.

창밖으로 환한 햇살이 비치는 정원이 내려다보인다.

3월 17일.

그때 후진명이 말을 이었다.

"지금 중국은 테러로 위협을 받고 있습니다. 이것이 관제 테러라는 소문이 전국에 퍼져 있는 상황입니다."

그 순간 회의실 안은 숨소리도 들리지 않았다.

그때 후진명이 소리치듯 말했다.

"나는 그 사건의 배후 주모자로 당주석을 탄핵합니다. 주석의 탄핵을 제의하는 것입니다. 동의를 바랍니다."

쏟아붓듯 말한 후진명의 두 눈이 번들거렸다.

그러고는 후진명의 시선이 원탁을 훑었다.

양강수가 먼저 손을 들었다.

"주석을 탄핵합니다."

바로 뒤를 이어서 조천이 당원증을 들고 소리쳤다.

"주석 장평국을 탄핵하오!"

이어서 목정대가 당원증을 번쩍 들었다.

"주석을 탄핵합니다!"

그때다.

서열 4위이며 장평국의 후계자인 이청산이 당원증을 들었다.

"주석은 이번 테러에 책임이 있습니다. 탄핵합니다."

"탄핵해야 됩니다!"

이청산의 뒤를 이어 소리친 위원이 국병우다.

그때 오탁이 당원증을 들었다.

"주석을 탄핵합니다!"

이미 그때는 왕홍만이 입을 쩍 벌리고 넋을 잃은 상태였고 장평국의 눈동자
는 흐려지기 시작했다.

그때였다.

이번에 상임위원이 된 석종문이 새로 발급받은 당원증을 번쩍 들었다.

"주석을 탄핵합니다!"

"탄핵합니다!"

옆에 앉은 신입 위원 연자성이 소리쳤을 때는 이미 대세는 판가름이 났다.

14명의 상임위원 중 장평국, 왕홍만, 천중수, 동이양, 손시창 5명을 뺀 9명이 탄

핵을 찬성한 것이다.

그때다.

눈동자의 초점을 잡은 장평국이 얼굴을 일그러뜨리며 웃었다.

"뜻대로 안 될 거다, 이 배신자들."

그때 정신을 차린 왕홍만이 말을 잇는다.

"이미, 군(軍)과 기관은 우리가 장악하고 있어. 계엄군을 동원해서 너희들을 일망타진할 거다."

장평국이 말을 받는다.

"너희들의 반역이 성공할 것 같으냐? 이미 중국은 내 손아귀에 장악되어 있다."

그때다.

"꽝! 꽝! 꽝!"

총성이 울리면서 방 안이 흔들렸다.

놀란 장평국과 왕홍만이 입을 다물었을 때 천중수가 당원증을 치켜들었다.

"주석을 탄핵합니다!"

놀란 장평국이 입을 쩍 벌렸을 때 천중수가 이를 드러내고 웃었다.

"지금 국가 보안국 요원들이 공안과 함께 계엄군 지휘자들을 체포하고 있습니다."

그때 후진명이 말했다.

"장평국, 왕홍만의 행동을 즉시 제한하고 제3순위인 내가 진행하겠습니다. 동의하겠습니까?"

"동의합니다."

넷을 뺀 11명이 일제히 당원증을 들었다.

네 명은 장평국, 왕홍만, 동이양, 손시창이다.

고개를 끄덕인 후진명이 눈을 치켜떴다.

"관제 테러를 주도한 장평국, 왕훙만, 동이양, 손시창을 테러 주모자, 역적으로 인정하여 재판을 받을 때까지 구속 수감시킵니다. 동의합니까?"

"동의합니다!"

10명이 일제히 붉은색 당원증을 치켜들었다.

후진명의 눈에는 그것이 피에 묻은 살 조각 같았다.

"타타타타탕!"

다시 총성이 울렸는데 이번에는 가깝다.

그때 정보국장 국병우가 말했다.

"정보국 요원들이 이곳 회의장을 맡았습니다. 이미 대세는 결정된 겁니다."

이제 장평국은 시선을 내린 채 어깨까지 늘어뜨리고 있다. 이마에서 배어난 땀이 번질거렸다.

왕훙만은 자리에서 일어서다가 현기증이 났는지 털썩 다시 앉았다.

손시창은 군인인데도 온몸을 떨고 있다.

10분 후, 다시 자리에서 일어선 왕훙만이 회의실 밖으로 뛰쳐나왔고 뒤를 손시창이 따른다.

그때다.

"탕탕탕탕."

가까운 곳에서 요란한 총성이 울렸기 때문에 둘은 대경실색을 했다.

그때 복도를 무장한 공안 10여 명이 달려왔다.

사방은 이제 총성으로 가득 찼다.

"저기, 왕훙만이 있다!"

왕훙만을 알아본 공안 하나가 소리쳤다.

"손시창도 있다! 잡아라!"

다른 하나가 다시 소리쳤다.

거리는 30미터 정도.

총성이 쏟아지듯 울리고 있다.

"야, 인마! 거기서!"

사내의 목소리가 복도에 울린 순간, 왕홍만은 몸을 돌렸다.

그러고는 회의실로 다시 달려갔다.

그 뒤를 손시창이 따라 달린다.

"전 시민이 거리로 뛰쳐나왔습니다!"

고대형이 전화기에 대고 소리쳤다.

"혁명이 성공한 겁니다!"

오후 4시 반.

고대형이 전화를 하는 사무실 밖에서 함성과 자동차 경적 소리가 귀가 먹을 정도로 울리고 있다. 유리창이 흔들릴 정도다.

"방금 상임위 발표가 있었습니다. 당중앙상임위원회는 주석 대행으로 후진 명을 임명하고 비상위원회를 설치했습니다. 장평국, 왕홍만, 손시창, 동이양은 반역 혐의, 테러 혐의로 회의실에서 체포되었고 그 일당은 국가 보안국, 공안, 정보국 등에서 색출하고 있다는 것입니다."

지금 고대형은 베이징에서 리스타랜드의 이광에게 직접 보고를 하고 있다.

고대형의 보고가 이어졌다.

"계엄군에 동원되었던 각 군부대는 부대로 복귀했고 질서는 공안이 잡고 있지만, 인민들과 함께 환호하고 있습니다."

"잘되었다."

마침내 이광이 말했다.

"중국 인민들이 좋아하면 그것으로 성공한 것이지."

베이징 오후 5시면 워싱턴은 오전 4시다.

백악관 상황실로 나온 부시는 바지에 셔츠 차림이다. 자다가 나온 것이다.

상황실에는 CIA 부장 윌슨이 보좌관 젠슨과 함께 들어와 있었는데 백악관 측은 비서실장, 안보 보좌관이 참석했고 국무장관, 합참의장도 모여 있다.

그러나 오늘의 주인공은 윌슨이다.

부시가 자리에 앉자마자 윌슨이 입을 열었다.

"중국에 혁명이 일어났습니다. 오늘부터 중국이 새로운 국가로 전환된 것이나 같습니다."

들어볼 것이 많으면 말문이 막히는 법이다.

부시가 입을 달싹거리다가 닫았고 윌슨의 말이 이어졌다.

"장평국이 반역, 테러 혐의로 심복인 군사위 부주석 왕홍만, 베이징관구 사령관 손시창과 함께 체포되었습니다. 그리고 후진명이 상임위원장 겸 주석 대행으로 임명되었습니다."

"굿."

일단 그렇게 말한 부시가 다시 입을 열었다가 닫았고 윌슨의 목소리가 더 커졌다.

"조금 전, 당중앙상임위원회는 이청산을 군사위 주석으로 임명하여 군을 장악했습니다. 전(前)에 등소평이 갖고 있던 실권을 준 것이지요."

"굿."

"그리고 후진명은."

심호흡을 한 윌슨이 부시를 보았다.

"중국을 자본주의 국가로 서서히 바꿀 것입니다. 장평국이 꿈꾸던 황제 치하의 중국은 물거품이 되었지요."

"저, 갈게요."

출국장 앞에 선 서미숙이 이동욱을 보았다.

오후 5시 반, 혁명이 일어난 지 사흘 후, 3월 20일이다.

중국은 벌써 '3·17 혁명'을 역사적인 날로 기록하고 있다.

5·4 혁명보다 더 위대한 혁명으로 기록하는 언론도 있다.

다가선 이동욱이 손을 내밀었다.

"잘 가."

서미숙의 손은 따뜻했고 부드러웠다.

"네가 이번 혁명에서 마지막을 장식했어."

"제가 무슨."

쓴웃음을 지은 서미숙이 몸까지 비틀어서 손을 빼내었다.

베이징공항은 이제 출입국자들로 붐비고 있다.

서미숙은 한국으로 귀국하는 것이다.

공항에는 공안과 경비병들이 많이 오가고 있었지만 둘은 신경 쓰지 않는다.

이동욱이 주머니에서 쪽지를 꺼내 서미숙에게 내밀었다.

"여기, 전화번호야. 한국에 도착하면 여기로 전화해."

서미숙의 시선을 받은 이동욱이 말을 이었다.

"다시 만나게 될 거야, 우리는."

임무를 끝낸 서미숙은 한국의 리스타에 다시 배치될 것이다. 그리고 쪽지에 적힌 전화번호로 전화를 하면 서미숙에게 보너스가 지급될 예정이다.

고개를 숙여 보인 서미숙이 몸을 돌렸을 때 이동욱이 숨을 들이켰다.

갑자기 황연의 얼굴이 떠올랐기 때문이다.

오후 8시, 이화원 근처의 저택 안.

이곳은 5일 전에 주석 장평국이 사용하던 안가다. 지금 안가의 응접실에는 중국의 새 지도자 후진명과 제2인자 이청산이 나란히 앉아 앞쪽의 이광과 윌슨을 바라보고 있다.

넷뿐이다. 통역도 필요 없다. 넷 다 영어는 물론이고 중국어로도 대화를 나눌 수 있기 때문에 대화는 영어로 시작되었다.

먼저 후진명.

"도와주신 덕분에 중화민국이 청(淸)나라로 돌아가는 것을 막았습니다."

후진명의 얼굴에 쓴웃음이 번졌다.

"나는 이것이 외세의 도움이라고 생각하지 않습니다. 이 회장님은 등 주석님 시절부터 잘 알고 있었거든요."

"감사합니다."

이광이 따라 웃었다.

오늘은 후진명, 이청산이 이광과 윌슨을 비공식으로 초대한 것이다.

언론이 알면 대소동이 일어날 것이다. 각국의 정보기관이 눈에 불을 켜고 있는 상황인 것이다.

그때 이청산이 말했다.

"장평국의 테러가 폭로되고 있어서 지금 전인민이 들끓고 있는 상황이지만, 시간이 지나면 공산당원을 중심으로 한 반대파가 결집될 것입니다. 아직 안심할 수는 없습니다."

윌슨이 고개를 끄덕였다.

"우리가 최대한 도와드리지요. 리스타를 통해 적극 지원하겠습니다."

이광도 말을 잇는다.

"지난번 철수했던 리스타 기업군을 모두 중국으로 돌아오게 하지요."

둘의 시선을 받은 이광이 빙그레 웃었다.

"돌아가신 등 주석께서 내려다보신다면 틀림없이 기뻐하실 것입니다."

"과연."

이청산이 커다랗게 고개를 끄덕였다.

"등 주석님의 유지를 어긴 장평국이 죗값을 받게 되었지요."

"그런데."

후진명이 정색하고 이광을 보았다.

"삼합회는 어떻게 운용하실 계획입니까?"

"삼합회가 중국을 자본주의 체제로 전환시킬 교두보 역할을 하게 될 것입니다."

이광이 바로 대답했다. 정색한 이광이 말을 잇는다.

"당장 중국의 체제를 바꾸면 기존의 조직과 기득권 세력인 공산당의 반발이 심해질 테니까 삼합회를 교두보 역할로 삼아야 될 것 같습니다."

한때는 홍콩에서 삼합회를 정부 앞잡이로 내세워 데모대에 테러를 가하기도 했다. 그만큼 삼합회가 방대한 조직인 것이다.

후진명과 이청산이 고개를 끄덕였다.

대전환이 시작되는 것이다.

후진명은 물론이고 이청산도 현재의 체제로는 위대한 중국 건설이 어렵다는 것에 공감하고 있는 지도자다. 또한 지도자의 욕심이 국가를 파국으로 이끈다는 예를 장평국한테서 겪은 사람들인 것이다.

후진명이 길게 숨을 뱉었다.

"맡기겠습니다."

이동욱이 들어서자 소파에 앉아 있던 고대형이 웃음 띤 얼굴로 손을 내밀었다.

"고생했다."

악수를 나눈 둘이 자리에 마주 보고 앉았다.

베이징의 리스타 사무실 안.

고대형이 입을 열었다.

"이제 마음 놓고 사업할 수 있게 되었어. 앞으로 네가 할 일이 많아."

이동욱의 시선을 받은 고대형이 말을 이었다.

"박철과의 마약 사업은 보류하도록 하고, 다른 사업으로 대체하게 해준다고 했다."

당연한 일이다.

이제 리스타가 중국 정부의 파트너가 된 상황이다.

마약 사업을 벌인다는 것은 말도 안 된다.

"어떤 사업입니까?"

"곧 비서실장님이 부르실 거다."

고대형이 웃음 띤 얼굴로 이동욱을 보았다.

"북한과의 합작 사업이지. 장소는 중국에서 말야."

전에는 불법적인 마약 사업이었지만 지금은 다르다. 리스타가 다시 중국에 진입했기 때문이다.

그것도 지분을 가진 주주 입장이 되어서 돌아왔다. 이제는 함께 발전해가야 된다.

이곳은 평양, 제4특공여단장 조한태 중장이 문수거리에 위치한 사무실에서 박철과 이야기 중이다.

중국의 지도층에서 쿠데타가 일어난 상황이라 세계가 경악하고 있다.

더구나 북한은 중국의 동맹국이며 국경을 맞대고 있는 국가다.

북한에 이번 사건은 엄청난 충격이었다.

지도자 김동일과 장평국과는 좋은 사이였기 때문에 더욱 그렇다.

그래서 북한은 이번 중국의 지도층 교체를 쿠데타로 표현했다. 그러고는 즉시 중국과의 국경을 폐쇄하고 보도 통제를 한 것이다.

조한태가 눈썹을 모으고 박철을 보았다.

"이봐, 이번 중국 쿠데타에 리스타와 CIA가 개입했다던데. 너는 알지?"

박철이 눈만 껌뻑였고 조한태가 다시 물었다.

"이동욱이 리스타 소속 아니냐? 어디까지 개입한 거냐?"

"잘 모르겠습니다, 사령관 동지."

"모르다니? 리스타와 CIA는 밀접한 사이 아닌가? 이번 중국의 쿠데타도 CIA가 리스타를 앞에 내세워 공작한 결과라고 하지 않나?"

"저는 전혀 듣지 못했습니다, 사령관 동지."

"다 아는데, 너만 모른다는 말이냐?"

조한태가 짜증을 냈다.

중국의 지도층 교체는 무혈 정권 교체다. 정권 교체 과정에서 전혀 피를 흘리지 않았다.

오히려 정권을 장악하여 장기집권을 하려는 장평국 측이 관제 테러를 일으켜 6천 명 가까운 인명을 살상했다. 그런데 북한은 그것을 쿠데타로 부르고 있다.

그때 조한태가 어깨를 부풀렸다가 내렸다.

"중국의 새 지도자 후진명과 이청산, 목정대 등은 쿠데타를 일으킨 지 5일이 되었는데도 우리한테 전화 연락도 안 하고 있어."

"……."

"우리한테는 연락이라도 해줘야 할 것 아냐? 네가 이동욱한테 말해봐."

"예? 무엇을 말씀입니까?"

"후진명이나 이청산, 또는 상임위원 아무한테나 말해서 우리 지도자 동지한테 인사를 하도록 말야."

"사령관 동지, 저는 지금 이동욱이 어디 있는지도 모릅니다. 그리고……."

심호흡을 한 박철이 말을 이었다.

"제가 알기로는 이동욱이 말단이라 그런 이야기를 전할 만한 직책이 아닙니다."

박철이 거짓말을 했다.

이야기를 전할 수는 있을 것이다. 그런데 무의식중에 조한태의 '생색내려는' 작업에 끼어들지 않으려는 심사가 작동했다.

한국? 한국은 중국의 새 지도층을 환영하는 분위기다.

전(前) 주석 장평국과도 무난한 관계였지만 후진명, 이청산이 주창한 '자유경제' 시대에 대해서 호감을 표시했다. 후진명 시대가 자본주의 체제에 접근하고 있기 때문이다.

한국 대통령 고성만은 국정원장 이기영, 제4차장 임형수를 불러 보고를 듣고 있다.

"이번 정변에 리스타가 개입한 것은 사실인 것 같습니다."

이기영이 말을 이었다.

"CIA가 전면에 나서지 않고 리스타를 시켜 실무를 맡긴 것입니다."

"실무를 맡기다니?"

고성만이 묻자 이기영이 헛기침부터 했다.

"요인 접촉, 정보 수집, 그리고 선전, 선동에 이르기까지 다양한 방법으로 후진명 세력을 도운 것입니다."

"으음."

고성만의 입에서 신음 같은 탄성이 일어났다.

고성만은 67세. 이번 중국의 정변에 놀라 연일 국무 회의를 개최했지만 아직 뚜렷한 대책을 세우지 못했다.

후진명의 체제가 친자본주의 색깔이라는 건 알았지만 아직 전화도 못 받고 있는 상황이다.

그때 이기영이 말을 이었다.

"앞으로 중국에 리스타의 영향력이 커질 것이 분명합니다. 이미 리스타 사업체가 중국으로 다시 이전할 준비를 하고 있습니다."

"그렇다면."

고성만이 정색하고 이기영과 임형수를 번갈아 보았다.

"리스타와 접촉해서 이 회장을 만났으면 좋겠는데, 내가."

청와대를 나온 차가 시청 앞을 지날 때 이기영이 옆에 앉은 임형수에게 물었다.

"이 회장한테 연락되나?"

"제가요?"

되물은 임형수가 이기영을 물끄러미 보았다.

대부분 그렇다. 직장인이라면 다 겪는 일이다.

이기영이 대통령에게 대답한 모든 정보는 임형수가 제공한 것이다.

그렇지만 임형수는 오늘 대통령에게 한마디도 말을 못 했고 저쪽에서 묻지도 않았다. 임형수는 그저 앉아 있다가 왔다.

그런 줄 알면서도 당해보면 속에서 열불이 난다.

재주는 곰이 부리고 돈은 되놈이 먹는다?

"이광 회장이 어디 상갓집 개입니까? 이리저리 쏘다니는 사람이 아닙니다."

"이봐, 임 차장. 무슨 말야?"

이기영이 발끈했다.

임형수는 국정원에서 20년을 근무한 외골수고 올해 48세다. 반면에 이기영은 4선 의원 출신으로 국회정보위원장을 하다가 국정원장이 되었다. 국정원 경력은 8개월. 관절염으로 군대도 가지 않았고 고시에 패스해서 변호사로 10년을 지내다가 정치판에 끼어든 경우다.

약자에게 강하고 강자에게는 엎드려 발을 핥는 성격. 그러나 대세를 기막히게 쫓아다니는 재주 때문에 별명이 '이대세'다. 그래서 국정원장이 된 것이겠지.

그때 이기영의 시선을 받은 임형수가 쓴웃음을 지었다.

"이 회장하고 연락이 된다고 해도 이 회장은 원장님 상대를 안 할 겁니다."

"뭐라고?"

"원장님이 지난달에 중국 방문했을 때 만난 중국 요인 중에서 최고위층이 당 서열 72위의 당정보위원이었지요?"

"그게 어쨌단 말야?"

"그자가 이번의 '당 개혁'으로 숙청되었습니다. 아마 교화소에 갇혔을 겁니다."

"……"

"이 회장은 중국 주석이 된 후진명, 서열 2위 이청산이 면담을 요청하는 신분입니다. 원장님은 오해하고 계시는 것 같습니다."

"이광이 한국인이야!"

이기영이 버럭 소리쳤기 때문에 운전사가 백미러를 보았다.

"나는 한국의 국정원장이고!"

다시 소리친 이기영이 임형수를 노려보았다.

"당장 연락해! 내가 만나자고! 당장 서울로 들어오라고 해!"

"알겠습니다."

의외로 고분고분하게 대답한 임형수가 머리를 돌렸기 때문에 차 안은 숨소리만 났다.

물론 이기영의 숨소리다.

그러나 북한의 행동이 더 기민했고 효율적이었다.

박철의 연락을 받은 이동욱이 고대형에게 조한태의 의도를 전했고 고대형은 바로 해밀턴에게 보고를 한 것이다. 안학태를 통해서 해밀턴의 보고를 들은 이광이 지시했다.

"우리는 북한과 함께 중국으로 진출해야 돼, 중국의 새 지도부도 그것을 호의적으로 볼 테니까."

이광이 말을 이었다.

"북한 측 선봉은 조한태가 되겠지. 물론 마약 사업은 안 된다."

고개를 든 이광이 안학태를 보았다.

"북한 측에 새 사업을 만들어줘."

"예, 회장님."

"그들은 얼마든지 해낼 수 있을 거다."

"즉시 검토하겠습니다."

"조한태가 지도자한테 생색을 내도록 해줘야겠지."

"특사 자격으로 이동욱을 보내지요. 사업 계획서와 함께 말입니다."

"그렇게 통보해."

"알겠습니다."

이렇게 북한 측과의 관계는 순조롭게 처리되었다.

미국 측에서는 3월 17일의 사건을 '중국의 혁명'이라고 표현했다.

중국이 자본주의 체제로 전환되기 위한 '위대한 거사'를 일으켰다고 표현하는 언론도 있다.

그러나 아직도 중국은 '죽(竹)의 장막'으로 덮여 있다.

3월 24일, 혁명이 일어난 지 일주일이 지났어도 중국 정부는 자국 인민들에게만 수십 개의 선언과 공약을 발표했을 뿐, 외국에는 어떤 신호도 보내지 않았다.

심지어 중국에 주재한 수십 개의 외국 대사관, 수천 개의 외국 언론사를 향해서 단 한마디의 코멘트도 하지 않은 것이다.

그러나 3월 24일 오후 3시. 워싱턴 시간이다.

백악관의 오벌룸에서 부시는 비서가 건네주는 전화를 받는다.

주위에는 국무장관, 비서실장, 안보 보좌관, 합참의장, 심지어는 하원의장까지 둘러앉아 있다.

중국의 새 지도자 후진명의 전화다.

"헬로우."

부시가 먼저 이렇게 말했다.

영어다. 후진명은 동시통역으로 들은 것이다.

그때 의외로 후진명이 바로 영어로 대답했다. 기습적이다.

"대통령 각하, 이렇게 말씀 나누게 되어서 반갑습니다."

"오, 후 주석, 저도 반갑습니다. 그리고 축하드립니다."

부시의 얼굴이 환해졌다.

전화기를 고쳐 쥔 부시가 말을 이었다.

"테러로 집권 연장을 계획하던 세력을 물리치신 것은 위대한 행동이었습니다."

"감사드립니다, 대통령 각하."

"우리는 중국의 발전에 적극 협조할 용의가 있습니다."

"감사합니다. 제가 곧 미국으로 사절단을 파견하겠습니다."

"오, 기다리겠습니다."

"총리가 인솔하는 대규모 친선 사절단이 될 것입니다."

"알겠습니다. 현안에 대해서 상의하지요."

"다시 한 번 더 감사드립니다, 대통령 각하."

"저도 다시 한 번 더 축하드립니다, 주석 각하."

이렇게 통화가 끝났을 때 부시가 상기된 얼굴로 주위를 둘러보았다.

스피커로 연결되어서 모두 들은 것이다.

"후진명이 괜찮은 인간 같은데."

부시가 들뜬 목소리로 말했지만 아무도 맞장구를 치지 않았다.

미국이란 나라가 원래 그렇다.

삼합회장 오훈삼은 이번 후진명의 '거사' 성공으로 해방이 된 사람 중의 하나가 될 것이다.

전인대가 열리기 전까지 숨을 죽이고 숨어 있었던 오훈삼이다. 정권이 바뀌자 오훈삼은 그것이 리스타가 주도한 작전임을 알 수 있었다.

3월 25일, 오후 2시 반.

베이징의 국제호텔 로비 라운지 밀실에는 오훈삼과 고대형, 이동욱이 원탁에 둘러앉아 있다. 3자 회담이다.

"삼합회도 이번에 다시 태어나야 될 겁니다. 전처럼 마약 사업이나 유흥 사업으로 조직을 운영해갈 수는 없을 테니까요."

고대형이 말을 이었다.

"정상적인 유흥 사업만으로도 얼마든지 기업을 확장하고 매출을 극대화시킬 수도 있을 겁니다."

오훈삼이 고개를 끄덕였다.

"예상하고 있었습니다. 그래서 그 문제를 상의하고 싶은데요."

오훈삼이 정색하고 고대형을 보았다.

"삼합회가 정상적인 사업을 하려면 리스타의 도움이 절대적으로 필요합니다."

"알고 있습니다. 그래서 우리도 준비를 하고 있습니다."

고대형의 얼굴에 웃음이 떠올랐다.

"이미 중국 지도층의 승인을 받은 사항입니다. 리스타와 삼합회는 함께 일하게 될 것입니다."

그것을 리스타가 주도하게 되는 것이다.

자본주의 체제로 전환되는 사업이다.

조애선이 옌지로 돌아왔을 때는 '혁명'이 일어난 10일 후다.

서울에서 바로 옌지로 날아온 것이다.

옌지를 떠난 지 한 달밖에 되지 않았지만 세상이 변해버렸다.

공항에 마중 나온 부하 오금동과 함께 저택으로 들어선 조애선이 웃음 띤 얼굴로 말했다.

"세상이 변한 것이 느껴지는군. 이제 마약 사업은 끝났어."

"그렇습니까? 북한산 마약은 아직도 들어오고 있는데요."

오금동이 고개를 기울였다.

"요즘 아주 장사를 잘합니다."

"곧 북한도 마약 사업 접을 거야."

"그러면 어떻게 합니까?"

"다른 사업을 해야지."

조애선의 얼굴에 웃음이 떠올랐다.

"넌 걱정 안 해도 돼."

오금동이 고개만 끄덕였다. 그러나 미심쩍은 표정이다.

중국 주재 북한 대사 이건영은 육군 대장 출신으로 북한 지도자 김동일의 신임을 받는 인물이다.

63세. 김동일에게 직보하는 몇 명 중의 하나로 중국 대사가 된 지 2년. 그런데 요즘처럼 소외감과 불만감을 느낀 적이 없다.

중국 당상임위에서 쿠데타가 일어난 지 열흘이 되었지만, 이건영은 중국 외무 당국으로부터 어떤 통보도 받지 못했다. 외교부 관리도 만날 수 없었고 평소에 친분 관계가 있던 실무자들도 싹 안면을 바꿨다. 전화 연락도 안 되는 것이다.

이틀 전, 중국의 지도자가 된 후진명이 미국의 부시와 통화를 했다는 뉴스로 전 언론이 떠들썩했지만 동맹국 북한과는 아직 공식 통보도 없는 상황이다.

오후 3시 반, 이건영이 집무실에서 TV 뉴스를 보고 있을 때 비서가 서둘러 들어섰다.

"대사 동지, 전화 왔습니다."

"응? 어디?"

비서의 표정을 본 이건영이 긴장했다.

그때 비서가 탁자 위의 전화기를 들면서 말했다.

"황건 외교부 부부장입니다."

"아!"

탄성을 뱉은 이건영이 손을 내밀었다.

황건은 외교부의 간부다. 외교부장 오탁은 이번 쿠데타의 주역으로 등장한 후에 위상이 더 높아져서 이건영은 감히 전화 연락을 할 엄두도 내지 못했다. 황건은 외교부 내의 서열로는 10위권쯤 된다.

이건영이 전화기를 귀에 붙였을 때 비서가 연결 버튼을 눌렀다.

"부부장 동지, 이건영입니다."

이건영이 공손하게 대답했을 때 황건이 말했다.

"대사 동지, 외교부장 동지의 말씀을 전해드립니다."

"예, 말씀하시지요."

"리스타의 고위층을 만나시라고 하셨습니다. 지금 베이징에 계시니까 연락을 해보시지요."

"누구입니까?"

"리스타연합의 해밀턴 사장입니다."

"아, 그렇습니까?"

"해밀턴 사장이 후 주석을 만나신 후에 시간을 내주실 것입니다."

"아, 예."

"내일 오후 5시쯤 인터컨티넨탈호텔에 계신 해밀턴 사장의 비서실에 연락을 해보시지요."

"알겠습니다."

소리 죽여 한숨을 쉰 이건영이 입을 다물었다.

해밀턴과 자신의 급이 다르다는 실감이 났기 때문이다.

리스타연합의 해밀턴 사장은 중국 주석 후진명과 만나는 사이인 것이다.

그런데 자신은 외교부 서열 10위권 간부한테도 쩔쩔매고 있다.

"전 신중국(新中國) 건설에는 적임자가 아닙니다."

불쑥 이동욱이 말했을 때 고대형이 놀라지도 않고 바로 대답했다.

"알고 있어. 이제는 기획자, 경제전문가들의 역할이 필요하지."

베이징의 '리스타 본부' 안, 고대형과 이동욱이 앉아 있다.

3월 27일 오후 4시 반.

'혁명'이 일어난 지 열흘이 지나 정국이 안정되어 가고 있다.

주가가 폭등하고 그동안 해외로 도피했던 기업가들의 귀국이 연일 보도되는 중이다.

고대형이 말을 이었다.

"네가 마무리 작업을 해줄 일이 있다."

"뭔데요?"

"다시 북한으로 가서 우리들의 사업을 설명해줘야겠다."

"누구한테요?"

"김동일 위원장."

이제는 눈만 껌벅이는 이동욱을 향해 고대형이 말을 이었다.

"네가 이번 혁명을 밑바닥에서부터 시작해서 마무리까지 끝낸 실무자야."

"김 위원장한테는 급수가 높은 사람이 가야죠. 해밀턴 사장이나 아니면 형님 이라도."

"네가 지난번에 조한태도 만나고 왔으니까 적격이다. 다음번에 고위층이 가 더라도, 이번에는 우리가 공작한 '혁명'의 목표를 말해주는 것이 중요하다."

고대형이 정색하고 이동욱을 보았다.

"이것이 중국에서의 네 마지막 임무야."

"좋습니다."

마침내 이동욱이 고개를 끄덕였다.

"아는 대로 다 말하죠. 위원장한테 전할 메시지가 있다면 해주세요."

"좋아. 본사에서 받아오지."

고대형의 얼굴에 웃음이 떠올랐다.

"너는 이번에 사신으로 가는 셈이야."

오후 6시 반.

인터컨티넨탈호텔의 귀빈실 안.

이곳은 로비 라운지 안쪽의 밀실이어서 방 안은 조용하다.

북한 대사 이건영이 주름진 눈으로 해밀턴을 보았다.

"이렇게 만나주셔서 감사합니다."

이건영의 말을 옆에 앉은 통역이 전했는데 더듬거리고 있다.

그때 해밀턴이 한국어로 말했다.

"우리, 한국말로 합시다."

"예, 각하."

대번에 얼굴을 편 이건영이 해밀턴을 보았다.

"한국말을 잘하시는군요."

"리스타 직원이니 당연하지요."

"아, 예."

"그런데 이번 중국의 혁명을 북한에서는 쿠데타로 표현하고 있더군요."

"예? 아, 그것은……."

"후 주석이 그것에 대해서 화를 내고 계셨습니다. 쿠데타는 장평국이 테러를 일으키고 쿠데타 음모를 꾸민 것이지 후 주석과 애국자들은 그것을 '무혈혁명'으로 제압한 것 아닙니까?"

"아, 예."

이건영의 얼굴이 검은 나무토막처럼 굳어졌다.

"당장 시정하도록 연락하겠습니다, 각하."

그때 해밀턴이 똑바로 이건영을 보았다.

"이번에 리스타에서 김 위원장님께 특사를 보내 앞으로의 일을 상의하려고 합니다. 물론 중국에 대한 문제로 말입니다."

"아, 예. 특사를."

"지난번에도 평양에 다녀온 리스타 간부인데 이번 '혁명'에 가장 큰 역할을 한 영웅이지요."

"아, 예."

"이동욱이라고 합니다. 거기, 조한태 중장도 잘 아는 사람인데 대사께서 평양 에 연락하시지요."

"당장 연락하겠습니다."

"김 위원장께 혁명의 내용에서부터 앞으로의 계획까지 설명해드릴 겁니다."

"알겠습니다."

이건영이 엉덩이를 들썩이면서 말했다.

이제야 대사의 면목이 서게 된 것이다.

중국 '혁명의 영웅'이 위원장을 만나러 간다. 더구나 앞으로의 계획까지 설명 해준다니.

"잘 지냈어?"

다가선 이동욱이 묻자 조애선은 고개만 끄덕였다.

옌지의 국제호텔 귀빈실 안, 이동욱이 옌지로 옮겨와 조애선을 만나고 있다.

이동욱이 조애선의 어깨를 당겨 가슴에 안았다.

잠자코 품에 안긴 조애선이 고개를 들었다.

"옌지에는 언제 온 거야?"

158

"오늘 오전에."

이동욱이 조애선과 함께 소파에 앉으면서 말을 이었다.

"내일 아침에는 박 중좌를 만나 같이 평양에 가야 돼."

"마약 사업은 못 하는 거지?"

"그거야 당연하지."

이동욱이 웃음 띤 얼굴로 조애선을 보았다.

"너도 새 사업을 하도록 만들어 줄게."

"어떤 사업?"

"내가 상의해봤는데 대형 마트와 무역회사를 해 봐. 곧 회사 사람들이 너한테 말해줄 거야."

이동욱이 말을 이었다.

"리스타 계열사가 되는 것이지. 리스타가 다 알아서 해줄 거야."

"오빠는?"

마침내 조애선이 그렇게 물었기 때문에 이동욱이 빙그레 웃었다.

"내가 네 뒤를 봐줄게. 니 엉덩이를 노리는 게 아니고 네 배경이 돼주겠다는 말이야."

"농담할 기분 아냐."

눈을 흘긴 조애선이 다시 물었다.

"오빠는 무슨 일을 하는데?"

"난 내일 평양에 가서 김동일 위원장을 만나."

"……"

"그러고 나서 중국을 떠날 거야."

"……"

"중국이 바뀌려면 시간이 좀 걸릴 것이고 그동안은 다른 사람들의 몫이지. 다

역할이 있는 것이니까."

"······."

"난 해결사야. 집행관이라구. 그렇게 훈련을 받았어."

이동욱이 조애선의 어깨를 당겨 안았다.

"너는 사업가고."

다음 날 아침.

눈을 뜬 이동욱이 옆자리에 누워 있는 조애선을 보았다.

눈의 초점을 잡은 이동욱이 자신을 쳐다보고 있는 조애선과 시선이 마주쳤다. 날이 밝아서 창밖은 환했고 조애선의 눈동자도 반짝이고 있다.

"어, 깼구나."

이동욱이 조애선의 어깨를 당겨 안았다.

벽시계가 오전 7시 반을 가리키고 있다.

"오빠, 북한에 갔다가 중국으로 돌아오는 거야?"

"글쎄, 아마 그러지 못할 것 같다."

이동욱이 말을 이었다.

"넌 여기 있으면 리스타에서 연락이 올 테니까 기다려."

"연락은 해줄 거지?"

"그럼. 수시로 연락할게."

조애선이 이동욱의 허리를 당겨 안았다.

"기다릴게."

이동욱이 조애선을 마주 안으면서 문득 서미숙을, 황연까지 떠올렸다.

자주 들었던 소리였기 때문이다.

기다리다가 지치면 잊게 될 것이다. 죽어서 기다리지 못한 사람도 있고.

이동욱이 박철과 함께 평양에 도착한 것은 다음 날 오후 3시 무렵이다.

이번에도 대동강변 초대소에 안내된 이동욱에게 박철이 말했다.

"조금 쉬고 있으면 곧 연락이 올 거야, 내가 보고하고 올 테니까."

박철은 활기에 차 있다.

김동일 위원장을 함께 만나게 되었기 때문일 것이다.

서둘러 초대소를 나간 박철이 돌아왔을 때는 한 시간쯤이 지난 후다.

"기다리고 있으라는군."

박철의 얼굴은 상기되어 있다.

무슨 말을 들었기 때문일까?

오후 7시가 되었을 때다.

응접실에 앉아 있던 이동욱과 박철에게 초대소 지배인이 달려 들어왔다.

"지도자 동지께서 오십니다! 나가서 기다리시오!

지배인의 두 눈은 초점이 잡혀 있지 않고 목소리는 떨렸다.

현관 앞에 서서 기다린 지 10분쯤이나 지났을까?

초대소의 정문으로 10여 대의 승용차가 들어섰다.

검정색 벤츠의 대열이다. 경광등을 번쩍이고 있었기 때문에 위압적이다.

이동욱은 옆에 선 박철의 몸이 석상처럼 굳어 있는 것을 보았다.

이윽고 차들이 현관 앞에서 멈추더니 수십 명의 수행원들이 쏟아지듯 내렸다.

그리고는 중앙의 벤츠에서 김동일이 내렸다.

이동욱과의 거리는 10미터가량.

그때 박철이 김동일을 향해 경례를 올려붙였다.

그러나 김동일의 시선은 이동욱에게 향해져 있다.

시선이 마주친 김동일의 얼굴에 웃음이 떠올랐다.

다가선 김동일이 이동욱에게 손을 내밀었다.

"동무가 리스타에서 왔는가?"

"예, 이동욱입니다."

이동욱이 김동일이 내민 손을 잡고는 허리를 숙여 절을 했다.

김동일이 고개를 끄덕이더니 옆에 선 박철에게로 시선을 돌렸다.

"수고했어."

박철에게 한 말이다.

감동한 박철의 얼굴이 붉게 상기되었다.

박철의 직속상관인 조한태 중장은 보이지 않는다.

응접실로 들어선 사람은 넷, 김동일과 선전선동부장 최영호다.

최영호는 최측근이며 정책 책임자다. 그리고 이동욱과 박철까지 넷이 둘러앉았다.

김동일이 안경알 밑의 눈으로 지그시 이동욱을 보았다.

"동무가 이번 중국의 쿠데타에 가담했나?"

"예, 지도자 동지."

이동욱이 고분고분 대답했다.

"천안문 위쪽 중산공원을 폭파했습니다."

"오오!"

깜짝 놀란 김동일이 눈을 크게 떴다.

"영웅이구나."

"아닙니다, 지도자 동지."

"이제야 리스타가 쿠데타 주도 세력과 밀접한 이유를 알겠다."

고개를 끄덕인 김동일이 이동욱을 보았다.

"동무는 누구의 지시를 받고 왔는가?"

"예, 리스타연합의 해밀턴 사장의 지시를 받았습니다."

이제 어깨를 편 이동욱이 말을 이었다.

"북한이 적극적으로 신중국 건설에 참여하도록 리스타가 최대한 돕겠다고 했습니다."

"……"

"앞으로 중국에서 가동될 리스타의 사업체에는 북한의 노동력을 대규모로 수용하게 될 것입니다. 그에 대한 세부 논의는 다음에 실무자하고 상의할 것입니다."

김동일이 고개를 끄덕였다.

"이것은 중국 정부와 합의가 된 내용이겠지?"

"예, 지도자 동지."

이동욱이 말을 이었다.

"신중국 건설의 리스타 측 책임자는 해밀턴 사장입니다. 해밀턴 사장과 상담할 북한 측 대표를 정해주시면 바로 '북남연합회'를 구성하겠다고 합니다."

"그건 여기 있는 최 부장이야."

김동일이 웃음 띤 얼굴로 최영호를 보았다.

"최 부장과 해밀턴 씨가 상의하면 되겠지."

"알겠습니다, 그리고."

정색한 이동욱이 김동일을 보았다.

"북남연합회가 구성되면 이광 회장님께서 위원장님을 만나시겠다고 하셨습니다."

"그거야 나도 원하는 바야."

김동일의 얼굴이 활짝 펴졌다.

"언제든지 연락만 하시라고 전해, 내가 리스타랜드로 갈 수도 있으니까."

"예, 지도자 동지."

"이제야말로 북남 협력이 성사되는군. 그것도 중국에서 말야."

그때 이동욱이 정색하고 김동일을 보았다.

"그러고 나서 중국 땅을 우리가 먹는 것입니다."

순간 김동일이 퍼뜩 눈을 치켜떴다.

안경알 밑의 두 눈이 번들거리고 있다.

"무슨 말인가?"

"중국을 우리가 먹는다고 했습니다, 지도자 동지."

김동일은 시선만 주었고 이동욱의 말이 이어졌다.

"이번 혁명도 후 주석이 우리들의 도움을 받아서 성공한 것입니다. 이제 중국 집권층의 배후에는 우리가 있을 것입니다."

"……."

"몽골이나 여진족 같은 무식한 놈들도 중국을 지배했는데 우리가 왜 못 합니까? 그래서 지도자 동지께 말씀드리는 것입니다."

그때 김동일이 헛기침을 했다.

얼굴이 굳어 있다.

다시 심호흡까지 한 김동일이 이동욱을 보았다.

"이보게, 동무, 동무 이름이 뭐랬지?"

"이동욱입니다, 지도자 동지."

"그 말은 누가 한 말인가?"

"이번 작전에 참가한 리스타 요원 모두의 생각입니다."

"이 회장의 생각이겠군."

"직접 말씀을 듣지는 못했지만 그렇다고 믿습니다."

"이 회장이 이런 협상을 남한 정부에다 말했나?"

"북한 지도자 동지께 처음 하신 것으로 알고 있습니다."

"그렇군."

김동일이 커다랗게 고개를 끄덕이더니 옆에 앉은 최영호를 보았다.

"이 동무한테 '최고영웅훈장'을 줘."

"예, 지도자 동지."

김동일의 시선이 박철에게로 옮겨졌다.

"동무, 계급이 뭐야?"

"예, 중좌입니다, 지도자 동지!"

놀란 박철이 어처구니없을 정도로 커다란 목소리로 대답을 했다.

김동일이 놀랐지만 화를 참고 말을 이었다.

"그럼 이 동무는 소장으로 특진시켜. 앞으로 소장이다. 알았나?"

"옛!"

박철이 다시 소리쳐 대답했다.

금세 두 눈에 눈물이 고여서 떨어질 것 같다.

밤 10시 반, 김동일이 돌아간 지 2시간이 넘었지만 박철은 물론이고 이동욱도 흥분이 가라앉지 않았다.

초대소에서 저녁과 함께 50도짜리 대동강 소주를 마시면서 박철이 펑펑 울었다.

감동과 감사의 마음으로 가슴이 터질 것 같았기 때문이다, 중좌에서 소장으로 특진하다니.

북한 계급은 중좌, 상좌, 대좌, 소장이다. 단숨에 몇 계급 특진이 된 것이다.

그래서 이동욱이 술 먹은 김에 박철에게 넌지시 물었다.

"형, 지도자 동지께서 중좌 다음에 대좌 순서로 되어 있다고 착각하신 것 아닐까?"

그때 박철이 눈썹을 모으고 이동욱을 보았다. 무슨 말인지 이해를 못 한 것 같다.

그러다가 말뜻을 알고는 어깨를 부풀렸다.

"이 미친놈이 우리 지도자 동지를 뭐로 보고······."

"아니면 됐고."

그때서야 흥분이 가라앉은 박철이 길게 숨을 뱉었다.

"내가 이 은혜를 어떻게 갚지?"

이동욱이 외면했다.

자신은 '최고영웅훈장'을 받게 되는 것이다.

'최고영웅훈장'을 받은 날, 오후.

이동욱은 평양에서 베이징을 거쳐 서울로 돌아왔다.

이동욱에게 서울은 마음의 고향이다. 혈연은 없지만 이동욱은 서울에 오면 안정이 된다.

"7시에 해밀턴 사장님하고 저녁 식사 예약이 되어 있습니다."

공항에 마중 나온 리스타 직원이 말했다. 시내로 들어오는 차 안이다.

직원이 말을 이었다.

"프린스호텔 중식당입니다."

이동욱이 고개만 끄덕였다.

현재 이동욱은 리스타의 부장급 사원이지만, 본래 리스타자원의 팀장이었다.

리스타자원은 용병대를 관리하는 곳이다.

이동욱은 '중작본' 소속이 되었다가 이제는 원대 복귀를 신청한 상태다.

창밖의 거리를 내다본 이동욱이 혼잣말을 했다.

"이곳은 딴 세상 같군."

마음이 놓였기 때문일 것이다.

문득 이동욱의 눈앞에 태어나지도 않은 강으로 찾아가 알을 낳고 죽는 연어가 떠올랐다.

자신도 언젠가는 그렇게 될 것 같다. 그렇게 되면 만족할지도 모른다.

"오, 리."

해밀턴이 이동욱을 향해 웃음 띤 얼굴로 다가오면서 말했다.

중식당 안.

자리에서 일어선 이동욱이 해밀턴이 내민 손을 잡는다.

해밀턴은 리스타자원의 김병경과 동행이었다.

자리에 앉았을 때 해밀턴이 이동욱에게 물었다.

"최고영웅훈장 갖고 있어?"

"예, 가방에 넣어두었습니다."

"시간 나면 나 좀 보여주게."

"그러지요."

"내가 모조품이라도 만들어 놓아야겠어. 그거 북한 최고 훈장이더군. 받은 사람이 10명도 안 돼."

"그렇습니까?"

"그 혜택이 뭔지 아는가?"

"모르겠는데요."

"그 훈장을 받은 사람은 살인을 해도 면책이 된다네."

"아이구."

"그리고 평양에 최고급 저택이 제공돼. 아마 초대소 한 곳이 자네한테 갈 거네."

"아이구, 저는 평양에서 살 일이 없는데요."

"갖고 있으면 돼. 그리고 벤츠 1대."

이제는 이동욱이 듣기만 했고 해밀턴이 말을 잇는다.

"그리고 매월 3만 불씩 생활비가 지급되는데 세금도 안 내."

"……."

"북한의 모든 시설, 식당, 호텔, 비행기 요금까지 무료야. 비행기도 특등석. 물론 다 낡은 비행기지만."

"……."

"아마 예쁜 여자도 자네가 원한다면 보내줄지도 몰라."

"아이구, 이젠 그만하십시오."

"그런 걸 다 놔두고 다시 일하겠다니."

혀를 찬 해밀턴이 정색했다.

"중국에서 활동하기는 싫단 말인가?"

"예. 저는 야전에서 뛰어야 정상입니다. 그렇게 훈련을 받았구요."

"그럼 아프리카로 가게."

"아프리카입니까?"

놀란 이동욱이 해밀턴을 보았다.

"리비아 말씀이군요."

"아니, 케냐야."

해밀턴이 말을 이었다.

"알·카에다의 분파인 마사다파가 나이로비에 있어. 그런데 정부의 비호를 받으면서 급격히 세를 불리고 있다네."

해밀턴의 얼굴에 쓴웃음이 번져졌다.

"그리고 CIA가 케냐에서 철수했어. 대통령 움바투가 CIA 정보원 출신이거든. CIA의 지원으로 대통령이 된 것이나 같지. 자금 지원도 엄청나게 받았는데."

"……."

"대통령이 되고 나서 간섭받기 싫다는 거야. 완전히 윌슨이 뒤통수를 맞은 거지. 물론 후버 영감이 저질러 놓은 일이지만."

"……."

"움바투는 러시아 FSB의 지원을 받고 있어. 배은망덕한 놈이지. 그리고 마사다파를 제 사병처럼 부리면서 인근 국가들에 과시하고 있다네."

"움바투를 죽입니까?"

"먼저 FSB의 케냐 지점장 카라조프를 죽여."

해밀턴이 말을 이었다.

"두 번째가 마사다."

"……."

"세 번째가 움바투네. 그러면 케냐는 청소가 끝난 현관처럼 깨끗해지겠지. 그때 새 주인이 들어오는 거네."

이동욱이 고개를 끄덕였다.

이게 바로 일이다.

이동욱의 일인 것이다.

자리에서 일어난 해밀턴이 생각난 듯 말했다.

"참, 여기 있는 김 부장 편에 '최고영웅훈장' 좀 보여주게."

4장 케냐 전복

김병경은 리스타자원의 부장으로 인력 관리 전문이다.

이동욱 때문에 리비아에서 날아왔다고 했다.

리스타자원의 사장은 이광의 군(軍) 시절 부하였던 조백진이 맡고 있다.

둘이 남았을 때 김병경이 말했다.

"간단한 일이 아닙니다, 부장님."

이동욱의 직급은 리스타의 부장급이다. 현장에서는 조장, 팀장으로 뛰지만 사무실 직급은 부장급이다. 사무실에 앉아 있는 시간이 없으니까 별 의미는 없다.

김병경이 말을 이었다.

"이건 CIA의 용역을 받아서 일하는 것이나 같습니다. 동아프리카의 중심 국가인 케냐를 빼앗기면 전염병처럼 이웃인 탄자니아, 에티오피아, 우간다 등으로 반미(反美) 국가가 늘어날 테니까요."

"리스타가 CIA 용병회사 노릇을 하는군."

"CIA 덕분에 세력을 넓힌다고 생각하시면 됩니다."

김병경이 웃음 띤 얼굴로 이동욱을 보았다.

김병경은 30대 후반쯤으로 이동욱보다 연상이다. 현장에서 뛰는 이동욱의 직급이 빠른 것이다. 학력이나 경력을 따져보면 김병경이 월등하다.

이동욱이 머리를 끄덕였다.

"맞아. 우리가 CIA를 이용한 적도 있지."

"케냐에 리스타 사업장이 14개나 있습니다. 이번에 부장님은 리스타그룹의 기조실 업무로 출장을 가시는 것입니다."

김병경이 말을 이었다.

"부장님의 조수 역할로 박길성 과장을 보내겠습니다. 나이로비에서 만나시게 될 것입니다."

자, 이제 제자리로 돌아왔다.

나이로비에 도착했을 때는 밤 9시 반이다.

이동욱이 입국장으로 들어서자 동양인 하나가 다가왔다.

박길성이다. 신상 내역을 본 터라 바로 알아본 것이다.

잠자코 고개를 숙여 보인 박길성이 이동욱의 가방을 받아 쥐더니 앞장을 섰다.

30세, 육군 병장 제대, 국정원 4년 근무, 국정원에서 해외 파견 요원이었다가 리스타자원으로 옮겨 온 경우다. 대졸, 영어에 유창하고 장신, 미혼이다.

공항 건물 앞에는 승용차가 대기하고 있었는데 흑인 운전사가 기다리고 있다가 박길성의 짐을 받아 트렁크에 실었다.

차가 출발했을 때 옆자리에 앉은 박길성이 말했다.

"숙소는 2층 저택을 임대했습니다. 집에 하인 넷을 고용했는데 여자 둘, 남자 둘입니다."

박길성이 눈으로 운전사를 가리켰다.

"운전사하고 차까지 준비해놓았습니다."

"수고했어."

"CIA의 현지 요원을 통해서 무기도 준비해놓았습니다."

고개를 끄덕인 이동욱이 뒤를 돌아보았다.

늦은 시간이어서 도로는 한적했고 뒤를 따르는 차량은 없다.

운전사 포함 모두 흑인이다.

검은 피부는 기름을 바른 것처럼 번들거렸고 큰 키에 마른 체격. 여자 둘은 집안일을 맡고 남자 둘은 정원 관리, 경비를 맡고 있다.

운전사 이름은 라비, 경찰 출신이라고 했다.

저택은 아래층에 응접실과 방이 4개, 2층에는 방이 2개와 응접실을 갖춘 구조였는데 이동욱은 2층을 썼다.

2층으로 올라온 이동욱과 박길성이 응접실에 마주 앉았다.

"여기, 카라조프의 내역입니다."

박길성이 이동욱 앞에 서류를 놓았다.

FSB 케냐 지부장 카라조프의 내역이다.

밤, 11시가 되어가고 있어서 주위는 조용하다.

서류를 든 이동욱이 눈을 크게 떴다.

카라조프는 여자였기 때문이다. 미모의 백인이다.

38세, FSB 이집트 지점장을 지내다가 3년 전에 케냐 지부장으로 부임한 후에 움바투와 함께 CIA를 몰아낸 것이다.

그래서 CIA의 1차 목표가 카라조프의 제거다.

마리아 보리스 카라조프, 이것이 카라조프의 풀 네임이다.

FSB 경력은 KGB와 합쳐서 14년. FSB는 KGB의 후신이기 때문이다.

서류를 내려놓은 이동욱이 박길성을 보았다.

"총기는?"

"드라구노프입니다."

박길성이 말을 이었다.

"카라조프의 동선도 조사해놓았습니다."

카라조프의 제거 방법은 저격뿐이다.

FSB는 케냐에 수십 명의 정규 요원과 수백 명의 고용원을 거느리고 있는 것이다.

다음 날 오전 10시, 나이로비 시내 중심부에 위치한 힐튼호텔 1001호실.

특실이어서 응접실에는 셋이 둘러앉아 있다.

카라조프와 마사다, 그리고 케냐 대통령 움바투다.

움바투는 키가 2미터 가까운 거구여서 앉은키도 마사다보다 머리통 하나만큼 크다.

카라조프가 움바투를 올려다보았다.

"각하, 당분간은 반미 발언은 하지 않으시는 것이 유리합니다, 부시가 9·11 이후로 화풀이 대상을 찾고 있으니까요."

"흥."

코웃음부터 친 움바투가 두꺼운 입술을 일그러뜨리며 웃었다.

"여기까지 신경 쓰기에는 부시 손이 10개라도 모자랄 거요."

"테러 단체를 옹호하는 발언은 가급적 하지 마세요."

카라조프가 정색하고 말하자 움바투는 마지못한 표정을 짓고 대답했다.

"알겠소, 카라조프 씨."

오늘은 카라조프가 3자 회동을 요구한 것이다.

그래서 움바투는 밀행해 왔다. 그만큼 카라조프의 위상이 높다는 증거일 것이다.

카라조프의 시선이 마사다에게로 옮겨졌다.

마사다는 52세, 팔레스타인 출신으로 오사마 빈 라덴의 오랜 측근이다.

지금은 빈 라덴과 갈라져 아프리카 지역에서 활동하는 마사다지만 그것은 위장이다. 마사다는 빈 라덴으로부터 지금도 지원을 받고 있는 방계 조직의 수장인 것이다.

"마사다 씨, 정보에 의하면 CIA가 당신이 다르에스살람 폭발의 배후라는 증거를 확보했다는 겁니다. 그러니까 당신도 대외 활동을 줄이고 언론에 노출되지 않도록 신경 써주세요."

"제장."

마사다가 투덜거렸다.

한 달쯤 전에 탄자니아의 수도 다르에스살람의 교회가 폭발해서 25명이 폭사했다. 테러다. 그러나 탄자니아 정부는 폭발물 사고로 발표하고 사건을 덮어버렸다.

그것을 CIA가 조사한 것이다.

그때 움바투가 마사다를 대신해서 말했다.

"알았습니다, 카라조프 씨. 당분간 조심하지요."

"이번 중국의 쿠데타도 CIA가 개입했어요."

카라조프의 갈색 눈동자가 둘을 번갈아 보았다.

"중국이 이제는 절반쯤 자본주의 체제로 변했어요."

"우리가 듣기로는 CIA가 리스타를 앞세워서 상임위 쿠데타를 일으켰다던데."

마사다가 카라조프에게 물었다.

"리스타가 행동대장 역할을 했다는데 맞습니까?"

"합동 작전을 한 것이죠."

"그런데 이곳에도 리스타가 있어요."

움바투가 말했다.

"무역 상사, 제조업체 등을 운영하는데 우리 GDP의 25퍼센트를 차지하고 있어요. 이곳 리스타 지부장은 본사의 부장급이라는데 솔직히 리스타가 떠나면 케냐 경제가 휘청거립니다."

그때 카라조프가 쓴웃음을 지었다.

"리스타 걱정은 안 하셔도 될 겁니다, 우리가 감시하고 있으니까요."

방을 나온 카라조프가 지하 주차장에 대기시킨 차에 올랐을 때 기다리고 있던 보좌관 안토노프가 말했다.

"어젯밤에 리스타 본사 기조실 부장 하나가 입국했습니다."

카라조프는 앞쪽만 보았고 안토노프의 말이 이어졌다.

"기조실 부장 이성규인데 조회해봤더니 자금팀 부장입니다. 오늘 아침에 입국자 명단에서 확인했습니다."

"여권 이름 바꾸고 들어온 건 일도 아냐. 마음만 먹으면 수백 명도 들어와."

카라조프가 혼잣소리처럼 말했다.

"CIA가 케냐를 손볼 때가 되었어."

"……."

"중국도 혁명을 성공시켰겠다, 이젠 알·카에다야."

안토노프가 고개만 끄덕였다.

알·카에다가 꽁꽁 숨어 있다면 마사다는 현재 케냐에서 간판을 내걸고 활보하는 중이다. 마사다가 알·카에다의 지류인 것은 세상 사람들이 아는 것이다.

카라조프가 말을 이었다.

"이번에도 CIA가 리스타를 앞장세울 가능성이 있어, 안토노프."

"알겠습니다."

안토노프가 고개를 끄덕였다.

그래서 오늘 움바투와 마사다에게 경고를 해준 것이다.

차가 현관 앞에서 멈추더니 먼저 앞차에서 경호원들이 내렸다. 곧 벤츠의 뒤쪽 문이 열리면서 카라조프가 내렸다.

이동욱이 망원경 렌즈를 조절해서 얼굴을 클로즈업시켰다.

카라조프의 얼굴이 확대되었다.

이동욱이 숨을 죽였다.

카라조프는 검은 머리칼에 눈동자도 검다. 갸름한 얼굴. 머리칼은 짧아서 목이 드러났다. 회색 바지에 재킷 차림, 단화를 신었다. 어깨에 작은 가방을 메었는데 무겁게 늘어졌다. 안에 권총과 탄창 3개는 들어갈 만하다.

이동욱은 카라조프가 서둘러 현관 안으로 들어서는 모습을 보았다.

거리는 720미터.

이곳은 7층 건물의 6층 사무실 안.

창문을 반쯤 열어놓고 러시아 대사관을 내려다보고 있는 것이다.

이윽고 카라조프가 건물 안으로 사라지자 이동욱이 옆에 엎드린 박길성을 보았다.

"오늘은 운이 좋았어, 기다린 지 두 시간 만에 타깃을 만나다니."

오전 10시 반이다.

8시 반에 이곳에 나와 있었던 것이다.

타깃을 보았다고 바로 저격할 수는 없다.

저격 암살은 사전 조사도 중요하지만 더 중요한 것이 저격 후의 처치다. 자살 테러하고는 다른 것이다.

176

건물을 나오면서 이동욱이 박길성에게 말했다.

"러시아 대사관이 보이는 건물이 모두 몇 곳인지 조사해봐. 그리고 탈출로까지."

"예, 부장님."

"저격하고 2분 내에 빠져나갈 수 있는 곳이 가장 적당하지만 저놈들이 그것을 계산 안 했을 리가 없지."

이동욱의 얼굴에 웃음이 떠올랐다.

"꼬리잡기 게임이야. 나는 저격하는 순간 다음에 이 꼬리잡기가 마음에 들어."

마사다의 거처는 하람베 거리 남쪽 주택가에 위치하고 있었는데 저택 3채를 터서 대원들과 함께 기거했다.

마사다가 전사(戰士)로 부르는 부하들은 모두 125명. 그중 35명은 움바투의 대통령궁에서 대통령 경호를 맡고 있다.

오후 3시 반, 마사다가 가운데에 자리 잡은 저택 응접실에서 간부들을 모아놓고 말했다.

"CIA가 케냐 정권 전복을 노릴 거야. 그러니까 너희들이 긴장해야겠다."

마사다가 번들거리는 눈으로 간부들을 둘러보았다.

"그리고 리스타를 이번에도 앞세울지 모른다는군. 이번 중국에서처럼 말이다."

그때 간부 하나가 물었다.

"리스타 용병단이 온다는 말입니까?"

"그럴 가능성이 있어."

정색한 마사다가 말을 이었다.

"움바투 정권은 우리하고 동고동락하는 정권이다. 리스타를 감시하는 것은 우리 역할이야."

마사다가 이끄는 전사들은 케냐의 정보기관, 군대, 경찰의 협조도 받고 있는 것이다.

리스타 케냐법인 사장은 이필순. 본사의 부장급으로 케냐에 진출한 14개 사업체를 관리하고 있다.

'리스타 법인'의 건물은 케냐타 거리 왼쪽의 7층 빌딩이다.

"어서 오십시오."

사장실에서 기다리고 있던 이필순이 자리에서 일어나 이동욱을 맞는다.

이동욱은 박길성과 동행이다.

"바쁘신데 귀찮게 해드립니다."

악수를 하면서 인사치레로 말했더니 이필순이 눈을 크게 떴다.

"아닙니다. 당연히 해야 할 일인데요. 전혀 그렇지 않습니다."

이필순은 이동욱이 그룹 본부의 기조실 소속 부장으로 현지 법인 시찰을 나온 것으로 아는 것이다.

그룹 본부 기조실장은 사장이 안학태다. 이필순은 '해외법인연합회' 소속으로 '그룹 본부'의 계열사에 속한다. 쉽게 말하면 대통령 비서실 소속 비서관이 경기도 '오산시'에 시찰을 나온 것쯤 된다. 옆에 앉은 박길성은 행정관이고 이필순은 물론 오산 시장이다.

이동욱은 30분 가깝게 이필순한테서 케냐의 리스타 사업장에 대한 브리핑을 듣고 회사를 나왔다.

이것은 '흔적 남기기'다.

케냐에 입국한 것을 다 파악하고 있을 테니 모습을 보여야만 하는 것이다.

우후루 하이웨이 근처에 있는 인터컨티넨탈호텔을 체크인을 해놓았다.

이곳이 이동욱, 박길성의 위장 숙소다.

이동욱이 호텔방으로 들어섰을 때 보고 있었던 것처럼 전화벨이 울렸다.

방으로 따라 들어온 박길성이 먼저 전화기를 들었다.

박길성이 응답을 하더니 송화구를 손으로 막고 이동욱을 보았다.

"보타입니다."

CIA 현지 요원이다.

움바투가 CIA를 철수시켰지만 노출이 안 된 현지 요원 몇 명은 남아 있는 것이다.

전화기를 귀에 붙인 이동욱에게 보타가 서두르듯 말했다.

"회사에서 이곳까지 미행이 따라왔습니다. 지금 둘은 로비에, 둘은 밖에 있습니다."

예상했기 때문에 이동욱이 고개를 끄덕였다.

"그놈들을 미행해."

"알겠습니다."

"연락은 내가 할 테니까."

전화기를 내려놓은 이동욱이 박길성을 보았다.

두 눈이 번들거리고 있다.

"이제 시작되었군."

"인터컨티넨탈 1402호, 1403호입니다."

안토노프가 전화기를 내려놓고 말했다.

"이틀 전에 체크인을 했는데요."

"본사에서 온 놈들인 모양이군."

"그런 것 같습니다."

안토노프가 말을 이었다.

"신원 조회는 하루면 됩니다."

고개를 끄덕인 카라조프의 얼굴에 쓴웃음이 떠올랐다.

"우리가 너무 예민해져 있는지도 몰라."

입국자 명단에 적혀 있던 한국인 이성규의 신원이 확인되었다.

이틀 전에 입국했던 이성규는 리스타 직원이었던 것이다.

밤 11시 반, 방을 나온 이동욱이 엘리베이터를 타고 지하 2층에서 내렸다.

지하 2층은 나이트클럽이다.

클럽 안으로 들어선 이동욱이 곧장 안으로 발을 떼었다.

홀 안은 혼잡하고 소란하다.

사람들을 헤치고 앞으로 다가간 이동욱이 화장실로 들어섰다.

10분쯤 후에 클럽 후문이 열리더니 이동욱이 나왔다.

후문 밖은 어두운 골목이다.

골목 밖으로 나온 이동욱이 앞에서 기다리고 있던 차에 올랐다.

차 안에는 이미 박길성이 기다리고 있다.

밤, 12시 반.

저택 안은 조용하다.

3채의 저택을 사용하고 있어서 대지가 1천 평이 넘는 데다 건평은 6백 평 가깝게 되는 공간에 1백 명 가까운 전사들이 기거하고 있는 것이다.

담장을 넘은 이동욱이 박길성이 따라 넘어오기를 기다렸다가 낮게 말했다.

"경비가 허술하구나."

경비가 앞뒷문에 둘씩 넷뿐이었기 때문이다.

박길성이 쥐고 있던 AK-47을 고쳐 잡으면서 낮게 대답했다.

"인원이 많다고 방심한 겁니다."

이동욱이 발을 떼었고 박길성이 뒤를 따른다.

목표는 가운데 저택.

그곳에 마사다가 있다.

1번 순서가 FSB 지부장 카라조프였지만 이동욱이 순서를 바꿨다.

이동욱이 AK-47의 탄창을 움켜쥐었다.

50미터쯤 전진하는 동안 경비병은 만나지 못했다.

가운데 저택은 2층 벽돌 건물로 아래층은 창문이 8개, 위층은 6개다.

그런데 창문에 불이 켜진 곳은 아래층에 4개, 위층은 3개다.

마사다는 2층에 있을 것이었다.

이윽고 담장에 붙어 선 이동욱이 박길성을 보았다.

"좋아. 난 중앙을 맡기로 하지. 넌 오른쪽 건물을 맡아."

"알겠습니다."

둘은 안쪽 담장에 나란히 붙어 서 있었는데 저택과의 거리는 40미터 정도.

오른쪽 건물은 조금 멀어서 비스듬한 거리로 60미터쯤 되었다.

이동욱이 말을 이었다.

"수류탄 던지고 탄창 2개씩만 비운 후에 돌아간다."

"예."

대답한 박길성이 심호흡을 했다.

이동욱과 박길성은 각각 수류탄을 4발씩 소지하고 있다. 그리고 30발들이 탄창도 3개씩이다.

박길성이 옆쪽 어둠 속으로 묻히자 이동욱이 주머니에서 수류탄을 꺼내 쥐었다.

마사다는 2층 응접실에서 간부 자리트, 카리크나와 함께 자금 문제를 상의 중이었다.

빈 라덴이 비자금을 보내온 것이다.

케냐에 자리 잡고 있지만 대통령 움바투가 재정지원을 해주는 것은 아니다.

마사다가 입을 열었다.

"무기 구입 대금으로 150만 불이 필요해."

마사다가 말을 이었다.

"나머지는 운영 자금으로 쓰자고."

자리트가 고개를 끄덕였다.

"그러지요. 부족하지만 절약해서 쓰겠습니다."

그때다.

유리창 깨지는 소리가 들리더니 옆쪽 바닥으로 돌멩이 하나가 떨어져 굴렀다.

모두의 시선이 그쪽으로 옮겨졌다.

응접실이 컸기 때문에 거리는 5미터쯤 된다.

다음, 순간.

"꽈꽝!"

폭음과 함께 응접실이 무너졌다.

천정이 무너졌기 때문에 마사다는 피할 수도 없다.

그다음에 불길이 일어났지만 마사다는 보고 느끼지 못했다.

"꽈꽝!"

네 번째 던진 수류탄이 아래층 창문을 뚫고 들어가 폭발했다.

이미 2층은 수류탄 두 개가 폭발해서 절반쯤 무너진 상태다.

두 번째 폭발이 일어나면서 밖으로 사내들이 뛰쳐나왔지만 아직 총성은 울리지 않는다.

이미 오른쪽의 건물은 불길에 휩싸여 있다.

이동욱은 이제 AK-47의 손잡이를 쥐었다.

그때다.

오른쪽에서 요란한 총성이 울렸다.

담장 근처다.

박길성이다.

"타타타타타타."

불길에 싸인 오른쪽 저택 근처에서 우왕좌왕하던 사내들이 총탄을 맞고 쓰러졌다.

"타타타타타타타."

이동욱이 쥔 AK-47이 바로 앞쪽의 건물을 향해 발사되었다.

50미터쯤 거리에서 이리저리 뛰던 사내들이 빗발 같은 총탄을 맞고 쓰러졌다.

"타타타타타타."

담장에 바짝 붙으면서 다시 난사.

이동욱이 다음 순간 몸을 날려 담장 위로 뛰어오른다.

담장 높이가 2미터 정도여서 금방 상반신이 걸쳐졌다.

옆쪽에서 요란한 총성이 울렸는데 마사다 부하들이 반격하는 것이다.

"타타타탕."

이쪽에서도 총탄이 쏟아졌다.

담장에 몸을 걸친 이동욱이 다시 총탄을 발사하고는 몸을 날려 밖으로 뛰어 내렸다.

박길성도 뒤쪽 담장으로 뛰어내렸을 것이다.

다음 날, 오전.

카라조프가 안토노프의 보고를 받는다.

러시아 대사관이다.

"마사다는 다행히 팔에 경상만 입고 살아남았습니다."

안토노프가 말을 이었다.

"하지만 같이 있던 심복 자리트와 카리크나는 수류탄에 폭사했습니다."

카라조프가 눈썹만 모았고 안토노프가 메모한 것을 읽는다.

"수류탄 공격을 받았다고 합니다. 그러고는 밖에 나온 사람들에게 소총을 난사해서 사살했다는군요. 모두 24명이 죽고 37명이 부상당했습니다."

"몇 명이 공격했다는 거야?"

"다섯 명에서 일곱 명이라고 합니다."

"카이잘파야?"

다시 카라조프가 묻자 안토노프가 고개를 기울였다.

"담장에 쑥 조각이 붙어 있었지만 그것으로는 확실하지 않습니다."

케냐에는 알·카에다 조직과 적대적인 카이잘파가 남아 있는 것이다.

팔레스타인 출신인 카이잘파는 마사다파가 움바투와 함께 케냐를 장악하기 전에 전(前) 대통령 조지 말리의 후원자였다.

"병신 같은. 단 한 번의 공격에 전력이 절반으로 줄었군."

혼잣말을 한 카라조프가 안토노프를 보았다.

"마사다한테 문병을 다녀와야겠는데."

"예, 지부장님."

"전력을 재정비하려면 아프가니스탄에서 보충을 받아야겠다."

"그래야겠죠."

"본부에 바로 보고하고. 이건 분명히 배후가 있어."

카라조프의 눈썹이 다시 모아졌다.

"움바투가 불안해하기 전에 어떤 놈들이 공격했는지 알아내야 돼."

"아직 혼란 상태일 거야."

리스타빌딩의 6층 상황실에서 이동욱이 박길성에게 말했다.

오전 9시 반.

이동욱과 박길성은 회사에 출근해서 회의를 마치고 상황실에 둘이 남았다.

감시를 의식해서 회사에 출근한 것이다.

어젯밤, 다시 나이트클럽 후문을 통해 호텔로 돌아온 둘은 호텔에서 밤을 지낸 후에 회사로 출근했다.

CIA 현지 요원 보다는 둘이 호텔에서 출근했을 때 러시아 측 감시 요원 둘이 로비에서 기다렸다가 따라왔다고 회사로 바로 연락해주었다.

이동욱과 박길성이 밤에 호텔에서 지냈다는 증거를 놈들에게 남긴 셈이다.

"오늘 카라조프를 없애기로 하지."

이동욱이 말하자 박길성이 풀썩 웃었다.

"전광석화군요."

"정신 못 차릴 때 해치우는 게 낫다. 우린 둘뿐이야."

"제가 부장님 만나긴 전에 소문만 들었는데 소문보다 더 하시군요."

"무슨 소문이냐?"

"리스타자원에서 가장 빠르다는 소문입니다."

"뭐가 빠르다는 거야?"

"행동이 빠르다는 것이겠죠."

이동욱이 창밖을 보는 시늉을 했다.

감시자가 밖에 있을 것이었다.

지하 주차장에서 승합차 한 대가 나와 도로로 들어섰을 때 건너편에 주차된 승용차 안에서 푸코가 말했다.

"저건, 하청 업체 차야."

푸코가 말을 이었다.

"리스타에는 하청 업체가 100개도 넘어."

푸코가 잘난 척을 하는 동안 승합차는 시야에서 사라졌다.

"대단하군."

쓴웃음을 지은 윌슨이 앞에 선 보좌관 유바스를 보았다.

"밤에 한 번의 공격으로 마사다파를 반토막 냈어."

"그것도 둘이 공격했습니다."

유바스의 얼굴에도 웃음이 떠올랐다.

"효율적입니다. 기습은 숫자가 적을수록 이롭거든요."

"갓댐."

이것은 기분이 좋아서 나온 욕이다.

"리스타에 인재가 많아."

"중작본에서도 공을 세웠습니다."

"알아."

고개를 끄덕인 윌슨이 유바스를 보았다.

"케냐에 남은 요원을 총동원해서라도 적극적으로 도와주도록 해."

윌슨의 얼굴에 생기가 떠올랐다.

부시에게 모처럼 생색을 낼 사건이 하나 만들어졌다.

리스타의 업적은 CIA 업적이나 같다, '실패'한 사건은 리스타 몫이고.

오후 3시.

카라조프가 '나이로비병원'의 현관으로 들어섰다.

기다리고 있던 경호원들의 안내를 받으면서 카라조프는 2층 계단을 오른다.

217호실에 마사다가 입원해 있는 것이다.

팔에 수류탄 파편이 박혀서 수술을 마치고 내일 퇴원 할 예정이지만 오늘 문병을 온 것이다.

어젯밤 시내의 '대폭발' 사건은 카이잘파의 난동으로 선전되었다.

언론은 카이잘파가 정부기관을 공격하여 다수의 사상자가 발생했다고 보도했다. 그래서 시내는 경찰의 검문이 강화되고 있다.

217호실로 들어선 카라조프가 병상에 누워 있는 마사다를 보았다.

"어서 오시오."

마사다가 웃음 띤 얼굴로 카라조프를 맞았다.

일그러진 웃음이다.

그때 다가선 카라조프가 주위를 둘러보며 말했다.

"모두 잠깐 자리를 비워줘요."

그러자 마사다가 방 안의 부하들에게 눈짓을 했다.

부하들이 방을 나갔고 안에는 마사다와 카라조프, 둘만 남았다.

카라조프가 마사다의 옆쪽 의자에 앉았다.

"본부에서 연락이 왔어요."

카라조프가 목소리를 낮추고 말을 이었다.

"며칠 전에 입국한 리스타의 이성규란 사람이 리스타자원의 행동대 팀장급 간부입니다."

마사다가 숨을 죽였고 카라조프의 얼굴에 쓴웃음이 떠올랐다.

"어젯밤의 사건도 그놈이 일으킨 것 같습니다, 마사다 씨."

"내가 총성과 폭음만 들었는데 많아야 네댓 명이었어, 카라조프 씨."

"밤에 수류탄을 던지고 총을 쏴대면 많아 보이는 법이죠."

"그렇다면."

마사다가 한쪽 팔로 몸을 바치고 상반신을 일으켰다. 두 눈을 치켜뜨고 있다.

"리스타의 케냐 사업장을 박살내기로 하지."

"그럼 케냐 경제가 끝장나는 거요, 마사다 씨. 움바투 정권도 끝나게 되고."

카라조프가 말을 이었다.

"그것을 CIA가 노리고 있을 거요."

"아니, 그렇다고……."

"그래서 내가 둘이 상의하려고 한 겁니다, 마사다 씨."

"어떻게 말요?"

"내가 여기 오면서 리스타 케냐 법인의 간부 두 명을 납치시켰어요. 그 둘을 당신한테 넘길 테니까 리스타와 협상을 해요."

이제는 마사다가 숨을 죽였고 카라조프의 말이 이어졌다.

"당신들은 이미 세계에 노출된 조직이니까 당당하게 나설 수 있지. 어젯밤 참혹한 사건 내막도 다 알고 있을 테니까, 체면을 만회할 기회가 될 겁니다."

"어떻게 하는 게 좋겠소?"

마침내 마사다가 그렇게 물었다.

188

"역시 녹록한 상대가 아니군."

박길성의 보고를 들은 이동욱이 고개를 끄덕이며 밀했다.

"순발력이 뛰어나."

카라조프에게 한 말이다.

오후 4시.

이동욱은 방금 박길성한테서 리스타의 간부 둘이 도로상에서 납치되었다는 보고를 들은 것이다.

백주에, 그것도 시내에서 운행 중인 차를 막아 세우고 리스타 케냐 법인의 자금부장 메리 토웅가와 영업부장 서종수를 납치해간 것이다.

차를 운전했던 운전사는 놔두었는데 운전사가 바로 신고했다.

이동욱이 분해서 결합하다 만 드라구노프를 다시 쥐면서 말을 이었다.

"카라조프의 솜씨야. 아마 납치한 둘을 마사다한테 넘겼을 거야."

"조금 전에 카라조프가 병원에 입원한 마사다를 찾아갔다고 합니다."

"이제는 내 정체가 밝혀졌다고 봐야 돼."

"그럼 오늘 작전은 어떻게 합니까?"

"보류해야지."

고개를 든 이동욱이 말을 이었다.

"협상하려면 카라조프가 필요해."

이동욱의 눈동자가 흐려졌다.

"어디, 카라조프의 반응을 보자."

이곳은 안가다.

안가로 돌아와 있었던 것이다.

이제부터는 회사에 나가 연극할 필요는 없다.

케냐 법인장 이필순의 보고를 받은 해외법인 본부는 즉각 그룹 본부에 보고를 했다.

리스타 직원의 납치 사건이다.

그룹 본부에는 각 사건의 유형별로 대책반이 조성되어 있다.

즉시 대책반이 가동되었다.

보고한 지 한 시간이 지났을 때 대책반 반장인 그룹 본부 소속 김영식 상무가 이필순에게 전화를 했다.

"현지의 리스타 요원은 전원 즉시 철수할 것. 현지에는 현지 요원만 남겨두도록 할 것."

"알겠습니다."

이필순이 대답하면서 이마의 진땀을 손등으로 닦았다.

케냐에 주재한 리스타 요원은 122명. 그중 한 명이 납치된 상황이다.

납치된 두 명 중 한 명은 현지에서 채용한 간부이기 때문이다.

그때 김영식이 말을 이었다.

"6시간 후에 전용기가 나이로비공항에 착륙할 거야. 그 비행기에 모두 탑승하도록 할 것."

"예, 상무님."

"우리가 움바투 대통령에게 요청할 테니까, 그 결과를 말해주겠네."

"알겠습니다."

통화를 끝낸 이필순이 벌떡 자리에서 일어섰다.

움바투가 리스타의 '해외법인연합회' 사장 진남철의 전화를 받았을 때는 그로부터 한 시간쯤 후다.

움바투는 진남철을 그동안 세 번 만났는데 리스타의 케냐 투자를 요청하기 위해서였다.

리스타는 케냐의 GDP 25퍼센트를 차지하는 기업이다.

리스타가 '삐꺽'하면 케냐는 공무원, 군인 월급도 못 준다.

그럼 어떻게 되느냐구? 움바투는 즉시 도망가야 한다.

전(前) 대통령 조지 말리가 우간다로 도망간 이유는 군인 월급을 못 줬기 때문이다.

그것이 3년 전. 그 당시에는 리스타가 케냐에 진출한 지 1년도 안 되었을 때다.

움바투 정권이 안정된 것은 러시아 FSB, 더구나 마사다파의 경호 때문은 더욱 아니다.

러시아는 재정 능력은커녕 저희들 경제도 어려운 판이다.

마사다? 마사는 FSB에 기생하는 거머리고.

움바투가 전화기를 움켜쥐고 소리쳐 말했다.

"아, 진 사장님. 웬일이십니까?"

그러고는 덧붙였다.

"좋은 소식이겠지요?"

그때 진남철이 말했다.

"각하, 리스타의 간부 2명이 괴한에게 납치당한 것을 알고 계십니까?"

"정말입니까?"

놀란 움바투가 목소리를 높였다.

"언제 말입니까?"

"다섯 시간 전입니다."

진남철이 말을 이었다.

"그래서 일단 리스타 임직원을 철수시키기로 했습니다. 각하께서 도와주셔야겠습니다."

"아니, 철수하다니요?"

"일시적 철수입니다. 약속드리지만 납치된 2명이 돌아오면 즉시 케냐로 귀국시키겠습니다."

움바투는 입을 다물었고 진남철의 말이 이어졌다.

"각하께서 철수를 협조해 주시기 바랍니다. 만일 더 이상의 문제가 생긴다면 저는 내일부터 케냐와의 사업을 전면 중단하겠습니다."

"아니, 사장님."

"현지 법인장한테 이미 통보했고 전용 비행기가 3시간 후에 도착합니다, 대통령 각하."

"……."

"현재 리스타의 케냐 파견 임직원은 122명. 단 한 사람이라도 빠진다면 리스타는 케냐에 있는 모든 사업장을 포기하더라도 케냐 정부와의 인연을 끊겠습니다."

그러고는 진남철이 부드럽게 말을 이었다.

"각하의 선처를 바랍니다."

오후 2시 반.

미술실로 들어선 엘레나에게 미술 선생 종가로가 말했다.

"엘레나, 강당에 붙일 네 그림을 보러 가자."

엘레나의 얼굴에 웃음이 떠올랐다.

강당 위쪽에 자신의 그림이 붙여지는 것이다.

종가로와 함께 미술실을 나온 엘레나가 들뜬 목소리로 물었다.

"2층에 붙여지나요?"

"그래."

"거기, 쥬리의 그림도 있는데 그 옆에 붙여요?"

"아마도."

종가로는 흑인이다.

교사 모퉁이를 지난 종가로가 강당 옆쪽으로 꺾어졌기 때문에 엘레나가 다시 물었다.

"후문으로 가요?"

"그래, 엘레나."

강당 옆쪽은 학생들의 출입이 적기 때문에 한적하다.

강당 뒤쪽으로 꺾어졌을 때다.

종가로가 걸음을 멈췄기 때문에 엘레나가 고개를 들었다. 왜냐고 묻는 표정이다.

그때 옆쪽의 학교 후문의 쪽문이 열리더니 흑인 둘이 들어섰다.

종가로하고는 5미터쯤의 거리다.

오후 4시.

대사관에 있던 카라조프는 앞에 놓인 구내전화 벨 소리를 들었다.

전화기를 들었더니 곧 대사 비서 유니스의 목소리가 울렸다.

"대사께서 부르십니다."

대사 사바스키는 러시아 대통령 푸틴의 비서 출신이다. 심복인 것이다.

자리에서 일어선 카라조프가 서둘러 대사 집무실로 들어섰다.

집무실에는 부대사와 참사관, 영사까지 셋이나 모여 있었는데 카라조프가 들어서자 방 안이 조용해졌다.

그때 고개를 든 사바스키가 카라조프를 보았다.

그러나 얼른 입을 열지는 않는다.

"부르셨습니까?"

다가선 카라조프가 묻자 사바스키가 되물었다.

"어떻게 된 일인가?"

"뭐가 말씀입니까?"

"내 딸, 엘레나가 학교에서 납치되었어."

순간 숨을 죽인 카라조프에게 사바스키가 말을 이었다.

"납치범한테서 방금 전화가 왔는데, 당신하고 상의를 하라는 거야. 당신이 엘레나를 납치한 이유를 잘 아는 사람이라고 하던데……."

사바스키의 흰 얼굴이 붉어졌다.

"엘레나는 미술 선생하고 강당으로 가다가 후문으로 들어온 괴한들에게 납치당했어. 미술 선생은 괴한들한테 머리를 맞아서 기절했다가 우리한테 연락을 했고."

"……."

"그런데 납치범들이 연락을 해왔어, 당신이 납치 이유를 잘 안다고 말야."

사바스키가 번들거리는 눈으로 카라조프를 보았다.

"무슨 일이야?"

"모두 출국시켜."

움바투가 전화기를 귀에 붙이고 말했다.

지금 움바투는 경찰국장하고 통화 중이다.

"모두 출국시키란 말야. 한 명도 빠지면 안 돼."

"예, 각하."

긴장한 경찰국장의 목소리가 울렸다.

"지시대로 하겠습니다."

"지금 공항에 리스타 임직원이 다 있나?"

"예, 버스 3대가 방금 도착했습니다."

경찰국장이 말을 이었다.

"전세기 앞에서 출국 심사를 받고 있습니다, 각하."

"다 출국시키고 나서 나한테 보고해."

"예, 각하."

전화기를 내려놓은 움바투가 길게 숨을 뱉었다.

오후 5시 반이 되었을 때 케냐 주재 러시아 대사 사바스키는 전화를 받았다.

자신을 납치범이라고 신분을 밝힌 사내였다.

납치범은 사바스키와 직접 통화를 원했기 때문에 대역을 시키지 않고 직접 받은 것이다.

대사 집무실 안이다.

방 안에는 부대사, 참사관 등 대사관 간부들이 모여 있었는데 카라조프는 제 방에 있는 상황.

그때 납치범이 말했다.

"대사, 거기에 카라조프 FSB 지부장이 있습니까?"

"없는데, 무슨 일이오?"

사바스키가 거친 목소리로 물었을 때 사내가 말했다.

"카라조프가 들어야 합니다. 불러오시지요."

사바스키가 송화구를 손으로 막고 지시했다.

"카라조프를 데려와."

"서두르시오, 시간이 없으니까."

사내가 재촉했지만 목소리는 느긋했다.

방이 가까웠는데도 2분쯤 후에 카라조프가 방으로 들어섰다.

천천히 다가오는 것은 발신자 추적 시간을 벌려는 것이다. 카라조프는 대사 집무실에서 납치범이 자신을 찾는다는 말을 듣고 일부러 천천히 온 것이다.

"여기, 왔소."

사바스키가 말했을 때 사내가 웃음 띤 목소리로 대답했다.

"대사, 발신지 추적이 되었지요? 난 케냐 밖에서 전화를 하는 거요."

사바스키는 숨만 쉬었을 때 사내의 말이 이어졌다.

"스피커 버튼을 누르시죠, 대사. 같이 듣고 말합시다."

사바스키가 스피커 버튼을 누르고는 전화기를 테이블 위에 올려놓았다.

"됐소."

사바스키가 말하자 곧 사내의 목소리가 방을 울렸다.

"카라조프, 듣고 있나?"

"말해."

카라조프가 대답하자 사내가 짧게 웃었다.

"본론만 말하겠다. 네가 납치한 리스타 직원 둘을 1시간 안에 나이로비공항의 리스타 전세기 앞에 도착시킬 것."

모두의 시선이 카라조프에게 옮겨졌고 사내의 목소리가 다시 울렸다.

"1시간 후에 둘이 도착하지 않으면 엘레나의 시체가 거리에서 발견될 것이다. 난 두말하지 않는다, 카라조프."

그리고는 통화가 끝나버렸다.

"가자."

자리에서 일어선 마사다가 앞장서서 병실을 나왔다.

오후 6시 15분.

마사다의 주위를 7, 8명의 경호원이 둘러싸서 복도를 가득 메우고 있다.

2층 병실을 나온 일행은 곧장 계단을 내려가 로비로 들어섰다.

나이로비병원은 케냐에서 가장 크고 현대식 시설을 갖추고 있다.

마사다는 병원에 누워있기가 좀이 쑤셔서 하루 만에 퇴원하는 것이다.

로비를 휩쓸 듯이 지난 일행은 곧 현관으로 나왔다.

현관 앞에는 이미 벤츠가 기다리고 있다.

마사다의 전용차다.

현관까지의 거리는 575미터, 직선거리다.

이동욱이 드라구노프의 스코프에 눈을 붙이고 있는 이곳은 8층 건물의 6층 방 안.

열린 창문 안쪽에 총신이 숨겨져 있기 때문에 옆쪽 창문에서도 보이지 않는다.

"나왔습니다."

옆에서 망원경을 눈에 붙인 박길성이 말했다.

현관에서 벤츠까지는 10미터 정도.

마사다는 팔을 붕대로 감아 목에 걸고 있어서 표시가 난다.

이동욱은 마사다의 머리를 가늠자 위에 놓았다.

거리가 573미터로 변했다. 이미 풍향 조절, 좌우, 상하 편차 노브는 조절된 상태.

그때 마사다가 벤츠 앞에 섰다. 부하 하나가 문을 열고 기다린다.

멈춰 선 마사다가 힐끗 뒤쪽을 보고는 머리를 돌린 순간.

이동욱이 방아쇠를 부드럽게 당겼다.

일단, 이단, 철컥.

"턱석!"

소음기까지 낀 총신은 130센티가 된다.

발사음이 묵직하게 방 안에 울렸고 똑딱, 똑딱, 2초가 지났을 때다.

이동욱은 마사다의 머리통이 부서지는 것을 보았다.

머리통이 선 채로 폭발했다!

"명중!"

옆에서 박길성이 낮게 외쳤다.

오후 6시 28분.

전세기 안에 앉아 있던 케냐 법인장 이필순에게 비서실장 양윤호가 달려왔다.

두 눈을 치켜떴고 얼굴은 붉게 상기되었다. 가쁜 숨소리까지 들린다.

그때 이필순이 먼저 물었다.

"왔어?"

"예, 도착했습니다!"

다가선 양윤호가 가쁜 숨을 고르더니 말을 잇는다.

"지금 이쪽으로 오고 있습니다!"

납치되었던 리스타의 간부 메리 토웅가, 서종수가 돌아온 것이다.

고개를 끄덕인 이필순이 옆에 선 비서에게 지시했다.

"기장한테 이륙 준비시켜."

"엘레나를 거리에서 발견했습니다."

비서의 보고를 받은 사바스키가 고개만 끄덕였다. 그러나 눈은 치켜뜨고 있다.

"지금 경찰이 대사관으로 데려오고 있습니다."

그때서야 주위의 시선이 카라조프에게로 옮겨졌다.

이제 모두 카라조프가 납치했던 리스타 간부 2명을 풀어주었기 때문에 이렇게 되었다는 것을 안다.

엘레나가 돌아왔다고 카라조프한테 '잘했다'고 할 사람은 없다.

그래서 피하듯이 제 방으로 돌아온 카라조프가 겨우 숨을 돌렸을 때다.

안토노프가 방으로 들어서더니 주춤거리면서 카라조프를 보았다.

"무슨 일이야?"

이맛살을 찌푸린 카라조프가 묻자 안토노프가 다가와 섰다.

"나이로비병원 현관 앞에서 마사다가 저격당했습니다."

"……"

"현장에서 즉사했습니다."

외면한 안토노프가 말을 이었다.

"멀리서 저격을 했기 때문에……"

"그만."

카라조프가 손을 들어 안토노프의 말을 막았다.

"그만해. 됐어."

그놈이다, 리스타 요원.

"뭐라고? 마사다가?"

숨을 들이켠 움바투가 앞에 선 비서실장 로간을 보았다.

"저격을 당했어?"

"예, 각하. 나이로비병원 현관 앞에서 당했습니다."

로간이 말을 이었다.

"차에 타다가 총에 맞았다고 합니다."

"이, 이런."

당황한 움바투의 눈동자가 흔들렸다.

"카라조프에게 연락해."

"예, 각하."

"지금 즉시 나한테 전화를 연결하라고!"

움바투가 소리쳐 말했다.

그러나 카라조프와는 전화가 연결되지 않았다.

직통 전화는 말할 것도 없고 대사관을 통한 전화도 받지를 않았기 때문이다.

무려 20분간이나 통화 시도를 했던 로간이 움바투에게 마침내 카라조프가 전화를 안 받는다고 보고를 했다.

안가로 돌아온 이동욱이 박길성에게 말했다.

"목표 하나만 달성했을 뿐이야. 카라조프와 움바투가 남았어."

박길성이 고개를 끄덕였다.

나머지 둘은 마사다처럼 쉽지가 않다.

하나는 대사관 안에 박혀 있는 데다 막강한 FSB 세력이 배경에 있는 것이다. 그리고 움바투는 대통령이다. 움바투도 대통령 궁에 틀어박혀서 나오지를 않는다.

이동욱이 말을 이었다.

"카라조프의 반응이 궁금하군."

"카라조프."

송화구에서 루트킨의 목소리가 울렸을 때 카라조프는 저절로 숨을 들이켰다.

대사관의 사무실 안.

앞에는 안토노프가 잔뜩 긴장한 채 서 있다.

"예, 국장 동지."

카라조프가 대답했다.

루트킨이 누구인가? FSB 국장이다. 카라조프에게는 최고위 지도자.

지금까지 카라조프는 루트킨과 직접 통화한 적도 없다.

그때 루트킨이 말했다.

"네가 우리 조직의 이미지를 얼마나 깨 놓았는지 모를 거다."

루트킨의 목소리는 낮고 차분했지만 카라조프는 몸이 얼음물 속으로 던져진 느낌을 받는다.

루트킨은 54세, KGB 시절에 푸틴의 직속 부하였다.

루트킨이 말을 잇는다.

"대외 공작도 중요하지만 더 중요한 것은 대내외 신뢰도. 무슨 말인지 이해가 가나?"

"예, 국장 동지."

카라조프가 어금니를 물었다가 풀었다. 갑자기 현기증이 나서 눈도 감았다가 떴다.

안토노프는 외면하고 있다. 옆에서 다 들었을 것이다.

"네 어설픈 작전 때문에 우리가 지금까지 굳혀 놓았던 이미지가 산산조각이 났다. 알았나?"

"예, 국장 동지."

"지금 당장은 놔두겠다. 정국을 수습하도록."

그러고는 전화가 끊겼다.

대사 사바스키가 푸틴 대통령에게 직보를 했기 때문에 이 상황이 되었다.

보타가 찾아왔을 때는 밤 9시 무렵이다.

보타는 흑인 하나와 동행는데 응접실에 들어서자 이동욱에게 소개했다.

"조지 말리 전(前) 대통령의 비서실장 마르칼입니다."

마르칼은 45세, 조지 말리의 친구로 20년 동안 고락을 함께 했다고 했다.

장신에 마른 체구인 마르칼이 이동욱의 손을 쥐더니 허리를 굽혔다. 정중한 자세.

"뵙게 되어서 영광입니다."

"천만에요."

쓴웃음을 지은 이동욱이 마르칼과 악수를 했다.

박길성과도 인사를 나눈 넷이 자리에 앉았을 때 보타가 먼저 말했다.

"말리 대통령은 지금 우간다에 계십니다. 지금 3년째 머물고 계시지요."

이동욱이 고개만 끄덕였다.

보타의 연락을 받기 전에 리스타자원의 김병경으로부터 내용을 들은 것이다.

본사에서는 움바투 이후의 정권을 구상하고 있다.

그때 마르칼이 입을 열었다.

"김 부장님을 만나 대통령 각하와 함께 이야기했습니다. 앞으로 케냐의 미래가 이 부장님께 달려 있는 것이나 같습니다."

"과분한 말씀인데요."

이동욱의 얼굴에 다시 쓴웃음이 번졌다.

김병경은 이번에 손발을 맞춰 카라조프를 공략했다. 우간다에서 러시아 대사관으로 전화를 한 사람이 김병경이다. 기획 요원이 작전에 참여한 것이다.

마르칼이 말을 이었다.

"움바투의 가장 큰 지원 세력은 FSB인데, FSB가 움바투의 경호실을 마사다파로 장악했고 군(軍) 정보부대와 헌병대, 수도방위사단의 지휘관을 매수해놓았기 때문이죠."

한숨을 쉰 마르칼이 이동욱을 보았다.

"FSB는 빈 라덴과 함께 엄청난 자금을 투입해서 움바투를 대통령으로 만든 것입니다."

3년 전, 움바투는 육군 준장으로 헌병대 부사령관이었던 것이다. 그러나 욕심이 커서 FSB의 카라조프와 손잡고 직속상관인 헌병대장, 정보부대장, 수도방위 사단장을 만 하루 사이에 사살하고 군을 장악했다.

물론 FSB가 용병대를 동원해서 지원해 준 덕분이다.

"우리가 자금만 있었다면 정권을 빼앗기지 않았습니다."

"……."

"그러나 이제는 역전되었지요, 우리가 리스타와 손을 잡게 되었으니까요."

그때 이동욱이 고개를 돌려 보타를 보았다

보타는 CIA 요원이다.

"CIA가 배후에서 도와주고 있지 않습니까? 리스타는 기업입니다."

보타는 웃기만 했다.

이번 작전도 리스타가 앞장섰지만 보타는 이동욱이 중국에서 어떤 일을 하고 왔다는 것도 모르는 것이다.

그때 마르칼이 말했다.

"곧 말리 대통령 각하가 부장님을 찾아뵐 것입니다."

이동욱은 눈만 껌벅였다.

대통령이 아니라 황제라도 전(前) 자가 앞에 붙으면 지나간 버스다.

현(現) 대통령 움바투를 죽이는 것이 목표에 들어가 있기는 하지만 전(前) 대통령 조지 말리의 '복귀 작전'에 끼어든다는 이야기는 못 들었다.

이동욱의 분위기를 눈치챈 듯 보타가 말했다.

"오늘은 이것으로 끝냅시다."

"김 부장, 어떻게 된 거야?"

이동욱이 묻자 김병경이 잠깐 우물쭈물했다.

밤 10시 반.

이동욱이 우간다의 캄팔라에 있는 김병경에게 전화를 한 것이다.

이동욱이 그사이에 말을 이었다.

"난 시킨 일만 하는 사람이야. 중국에서도 그랬고, 여기서도 마찬가지야. 자꾸 곁가지를 끼워 넣지 마."

"본부에서는 이 부장님을 중심으로 사업을 벌일 것 같습니다."

김병경이 입을 떼었다.

"전체적인 윤곽은 하나씩 맞추면서 진행하려는 것입니다."

러시아의 도청 기술은 세계 최고다.

김병경이 조심스럽게 말을 이었다.

"중요한 뼈대를 이 부장님이 맡으셨으니 나머지 잔가지를 채우는 건 어렵지가 않겠지요."

"제기랄."

투덜거린 이동욱이 한숨을 쉬었다. 쉽게 끝날 것 같지가 않은 것이다.

"도르만, 당신이 마사다파를 장악하도록 해요, 내가 도와줄 테니까."

카라조프가 말을 이었다.

"빈 라덴의 승인을 기다릴 필요는 없어. 당신이 부하들의 추천을 받으면 되는 거야."

"그건 아는데."

도르만이 찌푸린 얼굴로 카라조프를 보았다.

"하사크가 빈 라덴의 대리인이 온다고 고집을 피우는 거야. 그놈은 빈 라덴이 저를 마사다의 후계자로 지명해주리라고 믿는 것 같아."

"미친놈. 빈 라덴의 경호원 주제에."

카라조프가 짜증을 냈다.

대사관의 접견실 안.

카라조프는 도르만을 마사다의 후계자로 지원하고 있는 것이다.

그러나 마사다파 내부는 지금 도르만파와 하사크파로 갈라져서 내분 중이다.

카라조프가 눈을 치켜뜨고 말했다.

"이봐, 도르만, 지금 우간다 쪽 국경에 카이잘파가 모여 있단 말야. 케냐로 들어올 기회만 엿보고 있다고. 정신 차리지 않으면 마사다파는 흔적도 남지 않고 사라져."

"글쎄, 그걸 누가 모르나? 그 개 같은 하사크가……."

"하사크를 추종하는 놈들은 몇 놈 안 돼."

카라조프가 목소리를 낮췄다.

"내가 하사크를 없애주지. 나한테 맡겨."

도르만이 카라조프의 시선을 받더니 고개를 돌렸다.

"마사다파는 현재 대통령 경호실 소속인 35명을 포함해서 100명가량이 남아 있습니다."

보타가 말을 이었다.

"파키스탄에 마사다의 부대 병력이 약 5백 명 정도가 됩니다. 부대 지휘관은 마사다의 사촌인 하무디입니다."

안가의 응접실 안.

마르칼과 헤어진 셋은 안가에 둘러앉아 있다.

"하지만 지금 케냐의 마사다파는 마사다가 죽고 나서 내분에 빠진 상황입니다. 하사크와 도르만이라는 두 놈이 지금 서로 세력을 모으고 있습니다."

고개를 든 보타가 이동욱을 보았다.

"카라조프는 선봉대 역할을 맡긴 마사다파가 분열되는 것을 보고 당황하겠지요. 하지만 대사 딸 사건까지 겹쳐서 혼란스러운 상태일 겁니다."

"그렇군."

"움바투도 불안하겠지요. 더구나 리스타 임직원들이 모두 케냐를 떠난 상태가 되었으니까요."

마사다의 저격이 정국을 뒤흔들어 놓았다.

그다음 단계는?

"케냐는 단 2명의 요원으로 작전을 진행하고 있습니다."

해밀턴이 밤바다를 향한 채로 말했다.

"CIA는 이번에도 리스타를 앞세운다고 생각하겠지만 천만의 말씀이죠. 중국도 마찬가지지만 경제를 기반으로 진출하게 되면 결국 리스타가 주도권을 쥐게 되는 것입니다."

"CIA도 그쯤은 예상하고 있겠지."

이광이 말하자 해밀턴이 고개를 끄덕였다.

"그렇습니다. 그래서 수단과 방법을 가리지 않고 리스타와 미국과의 유대를 굳혀 놓으려는 시도를 계속하고 있지요."

"벅찰 거야."

그때 해밀턴이 이를 드러내고 웃었다. 소리 없이 활짝 웃는다.

밤이 깊었다. 리스타랜드의 바닷가 별장.

바로 앞쪽이 모래사장인 베란다에는 해밀턴, 이광, 안학태의 순서로 나란히 앉아 있다.

해밀턴이 말을 이었다.

"리스타는 이제 세계 74개국에 법인을 가진 세계 최대 기업입니다. 이곳 리스타랜드는 세계 금융, 상사의 중심이 되었고 수출입 물동량이 세계 최대인 무역항입니다."

해밀턴의 목소리에 열기가 띠어졌다.

"리비아에 본부를 둔 리스타자원의 용병단은 세계 어느 곳에도 출동할 수 있고 리스타가 장악한 국가가 여러 곳입니다."

그렇다. 장악은 아니지만 리스타와 비밀 동맹을 맺은 국가가 여럿이다.

리비아, 이라크, 쿠웨이트, 시에라리온 등. 그리고 미국은 공공연한 비밀 동맹국이며, 한국은 모국(母國)인가? 그러고 보면 북한도 포함이 되겠군. 남북한은 지금 휴전 상태지만 리스타와 북한은 동맹국 수준이다.

그때 안학태가 헛기침을 했다.

"이동욱과 박길성, 둘로 충분하겠어요?"

"CIA 현지 요원들이 도와주고 있습니다."

해밀턴이 말을 이었다.

"필요하면 용병을 파견하면 됩니다."

지금 해밀턴은 케냐 상황을 보고하는 중이다.

이광이 천천히 고개를 끄덕였다.

"이제는 새로운 형태의 전쟁이야. 그래서 케냐는 2명이 전쟁을 일으키는 상황이군."

"전화 받으시지요."

안토노프가 전화기를 내밀면서 말했다.

"사크린 부장입니다."

카라조프가 잠자코 손을 내밀어 전화기를 받는다.

사크린은 FSB의 총무부장이다.

대사관의 집무실 안, 카라조프가 전화기를 귀에 붙였다.

사크린의 이름을 들은 순간 짐작되었기 때문에 저절로 어금니가 악물렸다.

안토노포도 마찬가지겠지, 외면하고 있는 걸 보니까.

"예, 카라조프입니다."

"오, 카라조프 동무."

사크린의 목소리는 부드럽다. 그리고 언제나 웃는 얼굴이다.

그러나 사크린이 지옥으로 보낸 인물은 수천 명이다.

그때 사크린이 말을 이었다.

"동무, 요즘 고생 많지?"

"아닙니다. 괜찮습니다."

"힘들다는 말 들었어."

"……."

"그래서 말인데 조금 휴식이 필요한 것 같네. 에너지를 충전하는 것처럼 말이야."

"……."

"블라디보스토크에 있는 극동연구소로 가. 거기 연구관으로."

"……."

"거기서 당분간 쉬도록 해. 알겠나?"

"예, 부장 동지."

"동무 후임으로 이집트지부 부지부장 몰로토프가 가네. 내일 도착할 테니까,

인수인계를 하도록. 알겠나?"

"예, 부장 동지."

카라조프는 통화가 끝난 것을 확인하고는 전화기를 내려놓았다.

"들었나?"

옆얼굴만 보인 채 서 있는 안토노프에게 카라조프가 물었다.

"예, 들었습니다."

대답한 안토노프가 카라조프를 보았다.

눈동자가 흐려져 있다. 안토노프는 34세, FSB 경력 6년, 케냐에서 카라조프와 3년 가깝게 동고동락해 온 사이다.

"지부장님, 블라디보스토크는 너무한 것 아닙니까?"

"쉬는 데 가장 적당한 곳이지."

"거긴 유형지입니다. 감옥이라고도 한다구요. 퇴직 전의 요원이나 사고를 친 요원들이 가는 곳 아닙니까? 거기서 돌아온 요원은 없다구요."

"……"

"엘레나가 납치되었다가 풀려난 것이 어디 지부장님 책임입니까?"

"그만, 안토노프."

손을 들어 말을 막은 카라조프가 쓴웃음을 지었다.

"그래도 넌 다행이다. 몰로토프가 내 후임으로 온다니 잘 지내도록 해."

눈을 뜬 이동욱이 귀를 기울였다.

벽시계가 오전 7시 45분을 가리키고 있다.

응접실에서 발자국 소리가 난다, 조심스러운 발자국 소리.

이동욱이 반사적으로 몸을 일으키고는 침대 옆 서랍을 열고 베레타를 꺼내 쥐었다.

저택 안은 조용하다.

팬티 차림으로 손에 권총을 쥔 이동욱이 고양이처럼 걸어 문의 손잡이를 쥐었다.

응접실의 발자국 소리가 그쳤다가 다시 울렸다.

이 시간에 하인은 2층으로 올라오지 않는다. 이동욱이 아래층으로 식사하러 내려갔을 때나 오전 10시에서 11시 사이에 청소를 하도록 정해져 있다.

이동욱은 문을 왈칵 열고 권총부터 내밀었다.

"앗!"

놀란 외침은 상대방에게서 터졌다.

하녀 율라다.

24세, 나이로비대학 영문과를 졸업한 미녀. CIA 요원 보타가 집안 하인을 모두 데려왔기 때문에 그렇게만 알고 있다.

이동욱이 권총을 늘어뜨리면서 율라에게 물었다.

율라는 손에 빗자루를 들고 있다.

"오늘은 청소를 일찍 하는구나, 율라."

"죄송합니다. 응접실에 커피를 쏟았다고 박 선생님께서 치우라고 하셨습니다."

어젯밤에 박길성과 응접실에서 이야기를 하다가 이동욱이 커피잔을 떨어뜨렸던 것이다.

고개를 끄덕인 이동욱이 몸을 돌리다가 율라에게 물었다.

"박 선생은 아래층에 있어?"

"잠깐 나갔다 오신다고 했습니다."

고개를 끄덕인 이동욱이 자신이 팬티 차림인 것을 깨닫고는 침실에 들어가 가운을 걸치고 나왔다.

그때 율라는 청소를 마치고 몸을 돌리는 참이었다.

"율라, 잠깐 거기 앉아."

이동욱이 앞쪽 소파를 눈으로 가리키고는 자리에 앉았다.

율라가 자리에 앉았을 때 이동욱이 물었다.

"넌 전에 어느 직장에 다녔지?"

율라에게 처음 이야기를 하는 셈이다.

같이 생활한 지 2주가 넘었지만 이렇게 마주 앉은 적도 없다. 다른 하인들도 마찬가지.

그때 율라가 대답했다.

"이곳이 첫 직장입니다."

"대학은 3년 전에 졸업했다고 들었는데."

"집에 있었습니다."

시선을 내렸던 율라가 이동욱을 보았다.

"정권이 바뀌면서 제 가족이 처형을 당했거든요."

"……"

"저는 외출했다가 살아남았습니다. 그래서 미국 대사관에서 일하는 친지 집에 숨어 있다가 이번에 일을 하게 되었습니다."

"그렇군."

"제가 일에 서툴러서 죄송합니다. 잠에서 깨시지 않게 조용히 일해야 했는데……."

"그건 괜찮아."

겉으로는 아무 일도 없는 것 같지만 모두 사연이 있다.

그것도 피눈물 나는 상처를 품고 있는 사람도 있는 것이다.

이동욱은 조금씩 케냐의 내면에 다가가려고 한다, 그래야 의욕이 일어날 테니까. 그래야 정상이고.

대사관 민원실은 사람들로 붐비고 있다.

러시아 대사관에서 케냐 학생들에게 공급하는 학용품을 타려고 학교 관계자들이 몰려왔기 때문이다.

오전 10시 10분.

박길성이 구내전화기를 들고 버튼을 눌렀다.

민원실 안이 소란해서 한쪽 귀를 손가락으로 막았다.

박길성은 낡은 등산복 차림으로 등에 배낭을 메었고 목에는 카메라를 걸쳤다.

그때 수화구에서 여자 목소리가 울렸다.

"여보세요."

"카라조프 씨."

박길성이 바로 이름을 부르자 카라조프가 주춤했다.

그러더니 묻는다.

"누구죠?"

"상의할 일이 있습니다. 한 시간 후에 대사관 건너편 '스탠리바'에 가 계시면 연락을 하죠. 내가 누군지 짐작하실 겁니다."

그러고는 덧붙였다.

"신상에 관한 문제입니다."

전화기를 내려놓은 박길성이 발을 떼었다.

사람들을 헤치고 민원실을 나온 것은 10초쯤 후다.

박길성은 바로 인도의 행인 사이로 끼어들었다.

민원실은 길가에 위치해 있는 데다 출입할 때 신분증 제시도 요구하지 않는다. 민원 신청을 할 때나 요구한다.

"나 잠깐 나갔다 올게."

10시 50분.

카라조프가 자리에서 일어서며 말했을 때 안토노프가 손목시계를 보는 시늉을 했다.

신임 FSB 지부장 몰로토프가 오후 3시에 도착하는 것이다.

카라조프가 웃음 띤 얼굴로 말을 이었다.

"몰로토프가 오기 전에 돌아올 거야."

"알겠습니다."

"내가 그 자식을 맞으려고 기다릴 필요는 없지만 말야."

"그렇죠."

안토노프의 눈동자가 흔들렸다.

안토노프는 영접하려고 공항에 나가는 것이다.

스탠리바에는 현지인 손님들이 많았다. 주로 장사를 하는 사람들이다.

안으로 들어선 카라조프가 구석 자리에 앉았을 때 종업원이 다가왔다.

"맥주."

주머니에서 5달러 지폐를 꺼내 내민 카라조프가 주문을 하고 나서 손목시계를 보았다.

오전 11시다.

종업원이 가져온 맥주를 병째로 한 모금을 삼켰을 때 종업원이 다가왔다.

"카라조프 씨?"

카라조프가 고개를 끄덕이자 종업원이 말했다.

"카운터에 전화 왔습니다."

전화기를 귀에 붙인 카라조프가 응답했다.

"예, 카라조프입니다."

그때 사내의 목소리가 울렸다.

조금 전하고는 다른 목소리.

"카라조프 씨, 내가 마사다를 죽인 사람이오."

카라조프가 전화기만 고쳐 쥐었고 사내의 목소리가 이어졌다.

"나 때문에 당신이 그런 꼴이 되었지만 내가 당신한테 제의를 하지. 듣겠소?"

카라조프가 심호흡을 했다.

"말해."

"당신이 오케이만 하면 페테르부르크에 있는 당신 어머니 율가하고 아들 고르키를 48시간 안에 스톡홀름으로 옮길 수 있어. 그리고 거기서 미국이나 당신이 원하는 곳으로 옮겨줄 거야."

"……."

"정착자금으로 1천만 불을 줄 거야. 자존심 상하겠지만 제의니까 들어. 자본주의 사회에서 살려면 필요하니까."

"……."

"물론 조건이 있지. 그건 당신이 조금만 협조해 주면 되는 일이야. 어때? 협상하겠나?"

그렇게 물은 이동욱이 심호흡을 했다.

본래 카라조프를 저격총의 가늠자 위에 올려놓기로 되어 있었다.

그런데 작전이 계획대로 진행되지 않는 경우도 있다, 과정 중에 수많은 변수가 일어나니까.

그래서 이런 상황이 되었다.

오후 3시 반.

대사 사바스키에게 인사를 하고 돌아온 몰로토프가 카라조프에게 웃음 띤 얼굴로 말했다.

"대사가 이집트 대사로 영전되었어. 아마 내일쯤 발령이 날 거야."

몰로토프는 45세. KGB에서 FSB로 옮겨 올 때까지 18년간 근무했지만 무능해서 한 번도 큰 작전을 수행한 적이 없는 인물이다.

반면에 카라조프는 3년 전 케냐의 움바투 정권을 탄생시킨 공신이다.

그러나 지금은 사바스키의 보고를 들은 푸틴에게 전격 직위를 박탈당한 처지가 되었다.

그때 카라조프가 말했다.

"몰로토프, 마사다파가 내분에 싸여 있는데 아마 오늘 밤 안에 정리가 될 것 같아."

"오, 그래?"

몰로토프가 가는 눈을 더 가늘게 떴다.

"다행이군. 그렇게 해준다면 고맙지."

"내분이 길어지면 움바투 정권까지 흔들리게 돼."

"도르만과 하사크가 다투고 있다고 들었는데 누가 마사다 뒤를 잇는 거야?"

"하사크."

그때 안토노프가 고개를 돌려 카라조프를 보았지만 입을 열지는 않았다.

몰로토프가 고개를 끄덕였다.

"알았어. 그럼 하사크를 내세워서 움바투를 밀어줘야겠군. 그런데 리스타는 어떻게 처리하고 있나?"

"내가 당신한테 보고하는 건가?"

불쑥 카라조프가 물었기 때문에 몰로토프가 숨을 들이켰다.

당황한 몰로토프의 눈동자가 흔들렸다.

"아니. 보고가 아니라……."

"지금 말투가 그렇잖아?"

"카라조프 씨, 나는……."

"그건 안토노프한테 물어봐."

"그러지."

시선을 내린 몰로토프가 고개를 끄덕였다.

몰로토프는 카라조프가 리스타와 대결했다가 사바스키의 딸, 엘레나를 납치당하는 바람에 이 꼴이 되었다는 것을 알고 있는 것이다.

그때 카라조프가 자리에서 일어섰다.

"난 며칠 쉴 테니까 의문 생기는 일이 있으면 물어 봐."

오후 6시 반.

움바투가 식당 안으로 들어서자 기다리고 있던 지배인이 허리를 꺾어 절을 했다.

"어서 오십시오, 각하."

인터컨티넨탈호텔의 양식당 안이다.

대통령의 방문을 통보받은 식당은 외부 손님을 사절했기 때문에 안은 텅 비었다.

움바투는 마사다파 경호원들에게 둘러싸여 거침없이 안으로 다가갔다.

오늘은 새로 부임한 FSB 지부장 몰로토프와의 만찬이다.

안쪽 밀실로 들어선 움바투를 몰로토프가 맞는다.

"어서 오십시오, 각하."

"축하합니다, 몰로토프 씨."

움바투가 두꺼운 입술을 벌리고 웃었다.

악수를 나눈 둘은 원탁에 앉았고 수행원들은 모두 물러갔다.

그때 물 잔을 든 몰로토프가 웃음 띤 얼굴로 움바투를 보았다.

"마사다파에 대해서 신경 쓰지 않으셔도 됩니다. 앞으로는 저희들이 적극적으로 각하를 보호해 드릴 테니까요."

"그렇게 해주시면 고맙죠."

움바투가 반색했다.

"마사다파가 테러 단체와 연관이 있다는 소문이 나서 내 입장이 조금 난처했습니다."

"이번에 마사다 씨가 피살되면서 케냐 조직 내부에서도 분란이 일어난 상황이어서요."

몰로토프가 아는 체했다.

"그래서 이 기회에 우리가 정리할 계획입니다."

"믿고 있겠습니다."

"리스타는 걱정하지 않으셔도 됩니다. 곧 정상적으로 영업하게 될 테니까요."

그때 종업원이 음식이 담긴 수레를 끌고 들어왔다.

인터컨티넨탈호텔 양식당의 특실은 14층의 왼쪽 끝이다.

창문은 3개. 아래가 나이로비공원이었기 때문에 경관이 좋다.

이동욱이 스코프에 비친 움바투의 얼굴을 조준경의 십자선 위에 올려놓았다.

십자선의 중심이 움바투의 코에 찍혔다.

거리는 818미터, 직선거리다.

이곳은 힐튼호텔의 1501호실. 창가에 책상을 붙여 놓고 해클러 앤 코흐제 PSG-1을 거치해놓았다.

이동욱이 가장 좋아하는 저격총으로 가장 잘 맞는다. 1000미터 거리 안에서는 평균 100발 94중이다.

지금 움바투는 입을 벌리고 새우 살을 집어넣는 중이다.

잘 먹는다. 그것을 보니까 저절로 입 안에 침이 고일 정도다.

그때 옆에 서 있던 박길성이 말했다.

"부장님."

시간이 되었다는 말이다.

이동욱은 숨을 들이켰다.

지금까지 저격만 46번을 했다. 그중 빗나간 적은 단 한 번. 아프간에서 1,425미터 거리, 드라구노프로 쏘았을 때다.

그때 반군 지휘관이 몸을 돌리는 바람에 총탄이 뒷머리를 스치고 지나갔다.

이동욱은 가늠자 위에 놓인 움바투를 보았다.

움바투는 음식을 씹고 있다. 게걸스럽게 먹는다. 코가 번질거리고 입 끝의 침이 흘러내릴 것 같다.

대통령을 저격하는 건 처음이다.

이동욱이 방아쇠에 걸린 손가락에 천천히 힘을 주었다.

일단, 이단, 철컥.

"퍼석!"

발사음이 그렇게 들렸다.

옆에서 망원경을 눈에 붙인 박길성이 숨도 쉬지 않는다.

이동욱은 시간을 재었다.

하나, 둘, 셋, 넷, 다섯.

다음 순간 스코프에 있던 움바투의 얼굴이 산산조각이 났다.

"카라조프가 문제가 좀 있었죠."

몰로토프가 그렇게 말한 순간, 앞에 놓인 식기로 고깃덩이가 떨어졌다.

몰로토프는 마침 스테이크를 나이프로 써는 중이어서 고개를 숙이고 있었다.

고개를 든 몰로토프가 입을 쩍 벌렸지만 외침이 터지지는 않았다.

대신 벌떡 일어서면서 몸을 젖혔다가 의자와 함께 뒤로 넘어졌다.

뒤로 넘어지면서도 앞쪽의 움바투를 향한 시선은 떼어지지 않았다. 머리가 없어진 움바투가 의자에 그냥 앉아 있다.

그리고 두 손으로 포크와 나이프를 여전히 쥐고 있는 것이다.

다음 순간, 몰로토프가 요란하게 소리를 내면서 의자와 함께 뒤로 넘어졌다.

1시간 후, 오후 7시 45분.

사무실에 있던 카라조프가 FSB 국장 루트킨의 전화를 받는다.

카라조프는 루트킨의 전화를 일주일도 안 되는 사이에 두 번 받는 셈이다.

응답한 카라조프에게 루트킨이 서두르듯 말했다.

"대통령 암살이라 세계 톱뉴스가 되었어. 그런데 어느새 FSB 지부장 몰로토프하고 동석하다가 당했다는 뉴스가 미국과 유럽에서 보도되고 있다. 어떻게 된 일이냐?"

"전 모르는 일입니다."

카라조프가 자르듯 말했다.

"업무 인계를 하고 전 짐을 싸고 있던 중입니다."

"몰로토프가 호텔 앞에서 피투성이가 된 채로 사진이 찍혔다는데, 알고 있나?"

"모릅니다."

"그 병신이 기자들을 달고 다닌 것 아냐?"

루트킨이 버럭 소리쳤지만 카라조프의 얼굴에 희미하게 웃음이 떠올랐다.

그때 루트킨이 목소리를 낮췄다.

"카라조프."

"예, 국장 동지."

"조금 전 몰로토프한테 전화했더니 횡설수설하던데. 동무가 당분간 케냐에 남아 있어야겠다."

"……."

"블라디보스토크 연구소 파견은 당분간 보류하도록 하지."

"……."

"동무, 듣고 있나?"

"예, 국장 동지."

"몰로토프는 움바투가 저격당했을 때 현장에 있다는 증거를 잡혔어. 그놈이 연구소로 가야 돼."

"……."

"카라조프, 지금 케냐 정국이 큰일이다. 움바투 후임으로 구카누간 부통령을 세우고 대행시켜."

"……."

"다른 놈들이 끼어들지 못하게 말야. 움바투를 저격 한 놈은 CIA나 리스타 용병이겠지?"

"그럴 가능성이 있습니다."

"마사다파를 수습해서 구카누간 옆에 붙이도록 해. 내가 말 안 해도 움바투를 내세운 경험이 있으니 잘 해내리라고 믿는다, 동무."

통화는 도청방지 장치를 완벽하게 해놓았지만 루트킨이 이렇게 기밀을 통화 상으로 쏟아내는 것은 그만큼 급하다는 의미일 것이다.

통화를 끝낸 카라조프가 자리에서 일어섰다.

8시 반이 되었을 때 이동욱의 안가 응접실로 두 남녀가 들어섰다.

바로 박길성과 카라조프다.

박길성이 카라조프를 안내하고 온 것이다.

자리에서 일어선 이동욱이 카라조프를 맞는다.

"어서 오십시오."

카라조프하고 바에서 통화를 했지만 만나기는 처음이다.

카라조프는 고개만 끄덕이고는 자리에 앉는다.

움바투와 몰로토프와의 회동 장소를 정해준 것이 카라조프다.

카라조프가 안토노프를 시켜 인터컨티넨탈 양식당을 예약한 것이다.

그리고 나서 이동욱에게 정보를 준 것이다.

그때 카라조프가 입을 열었다.

"러시아는 부통령 구카누간을 대통령 대행으로 밀라고 합니다. 서둘러야 될 것 같습니다."

이동욱이 고개만 끄덕였고 카라조프의 말이 이어졌다.

"구카누간은 시킨 대로 하는 인물이지만 군대가 일어나기 전에 서둘러야 될 것 같아요. 마사다파가 구카누간 옆에 붙으면 힘들어집니다."

케냐 정국에 대해서는 카라조프가 선생님이다.

3년 전부터 케냐에 들어가 움바투를 대통령으로 만든 것이다.

카라조프가 주머니에서 쪽지를 꺼내 이동욱에게 내밀었다.

"여기, 마사다파의 남은 세력 중 지금 주도권 싸움을 하고 있는 도르만과 하사크의 안가 위치입니다."

숨을 들이켠 이동욱이 쪽지를 받으며 입을 열었다.

"참, 어머니하고 아들은 조금 전에 스톡홀름에 도착했습니다."

술잔을 든 하사크가 앞에 앉은 부하들을 보았다.

"마사다 시절과는 다를 거다, 내가 너희들 보수를 두 배로 올려 주고 보너스도 챙겨줄 테니까."

밤 10시 반, 응접실 안에는 하사크를 중심으로 10여 명이 둘러앉았다.

하사크를 추종하는 무리다.

앞에는 술과 안주가 가득 놓였고 모두 술에 취한 상태다.

하사크가 말을 이었다.

"움바투가 죽었지만 곧 부통령 구카누간이 승계할 것이고 그때는 우리 영향력이 더 강해질 거야. 그만큼 생기는 것이 많아진다는 뜻이지."

하사크가 눈을 가늘게 뜨고 웃었다.

"움바투는 너무 융통성이 없었지. 우리한테는 더 잘된 일이다."

모두 고개를 끄덕였다.

정국이 혼란해질수록 유리한 것이다.

그때 하사크가 말을 이었다.

"너희들도 알다시피 도르만은 인색한 놈이야. 그놈한테 제대로 밥 한 번 얻어먹은 적 있냐? 제 욕심이나 차리는 놈이다."

몇 명이 동의했고 곧 떠들썩한 잡담이 일어났다.

내일 남은 마사다파 요원들이 투표로 새 지도자를 뽑기로 한 것이다.

그것은 지금 파키스탄에서 은신하고 있는 오사마 빈 라덴이 지시했기 때문이다.

현재 케냐에 남은 마사다파 요원은 72명. 도르만과 하사크 둘의 지지율은 비슷하다.

그래서 하사크는 지지자들을 모아놓고 결속을 강화시키는 중이다.

한 모금에 위스키를 삼킨 하사크가 충혈된 눈으로 요원들을 둘러보았다.

"지도자님의 지지는 내가 받고 있어. 도르만 저놈은 지금까지 지도자님과 식사를 같이 한 적도 없어."

지도자란 빈 라덴이다. 빈 라덴 경호원 출신인 하사크는 물론 여러 번 같이 밥을 먹었다.

그때 방 안으로 돌멩이 하나가 떨어졌지만 그것을 주의 깊게 본 사람은 없다. 돌멩이가 방 가운데 있는 탁자 밑으로 들어갔기 때문이다.

하사크의 바로 옆에 놓인 탁자다.

하사크가 다시 입을 벌렸을 때다.

"꽈꽝!"

폭음과 섬광이 동시에 일어나면서 지붕이 무너져 내렸다.

그리고는 불길이 솟았는데 신음과 비명이 터졌다.

그때다.

"타타타타타타타."

요란한 총성이 울리면서 비명이 더 높아졌다.

5장 아, 아프리카!

구카누간은 장신으로 올해 60세, 움바투에 의해 허수아비 부통령에 임명되었는데 영국에서 박사 학위를 받고 5년 전까지 대학교수였다.

움바투가 무식한 자신의 보완용으로 부통령을 시켰지만 3년 동안 같이 밥을 먹은 적도 없다. 그러다 이번에 움바투가 암살당하면서 자동적으로 내외의 관심을 받고 있다.

오전 8시 반.

구카누간이 부통령 관저로 찾아온 카라조프와 거실에 앉아 있다.

부통령 관저지만 거실은 5평 정도밖에 안 된다.

카라조프의 옆에는 이동욱이 앉아 있었는데 아직 구카누간에게 소개하지 않았다.

그때 카라조프가 입을 열었다.

"각하, 대통령 대행으로 정국을 수습하셔야 됩니다. 하실 일이 많습니다."

"글쎄, 그것이……."

구카누간이 조심스러운 표정으로 카라조프를 보았다.

"마사다파가 따라 줄까요?"

"대통령궁의 마사다파 경호원들은 모두 철수했습니다."

카라조프가 웃음 띤 얼굴로 말을 이었다.

"그리고 어젯밤 마사다파의 2인자 하사크가 추종자들하고 파티를 하다가 폭사했습니다."

구카누간이 숨을 들이켰고 카라조프가 말을 이었다.

"현장에서 17명이 폭사하고 사살되었습니다."

"……."

"아마 경쟁자인 도르만파가 기습을 한 것 같습니다."

카라조프의 시선이 옆에 앉은 이동욱에게 옮겨졌다.

"그래서 여기 리스타의 이 부장이 함께 온 것입니다."

구카누간의 시선을 받은 이동욱이 목례를 했다.

그때 카라조프가 말을 이었다.

"리스타자원의 용병대가 마사다파 대신으로 대통령 경호를 맡게 될 것입니다."

"하지만 내가 갑자기 대통령이 되기에는……."

"우간다 쪽 국경에서 조지 말리 전(前) 대통령이 기다리고 있는 것을 알고 계시죠?"

"내가 그 말을 하려고 했습니다."

구카누간의 표정이 어두워졌다.

"그자가 가만있을 것 같지 않은데, 내가 그자의 타깃이 되는 거 아닙니까?"

카라조프와 이동욱의 시선이 부딪쳤다.

움바투는 무식하고 무모했지만 겁쟁이는 아니었다. 겁쟁이는 대권을 쥐지 못하는 것이다.

그때 이동욱이 입을 열었다.

"수도경비사령관과 헌병사령관이 곧 말리 전(前) 대통령의 귀환을 촉구하는 성명을 발표할 겁니다."

놀란 구카누간이 숨을 들이켰을 때 이동욱이 말을 이었다.

"부통령께서는 말리 씨한테 정권을 자연스럽게 인계해 주시면 됩니다. 그러면 부통령직을 계속 유지할 수 있지요."

그때 카라조프가 거들었다.

"만일 망설이거나 거부하신다면 아주 곤란한 입장이 되십니다."

겁쟁이를 움직이게 하는 방법을 카라조프가 안다.

움바투가 제거된 상황에서 수족 노릇을 했던 수경사령관과 헌병사령관이 선택할 길은 뻔하다.

움바투 자리를 차지하든지 도망치는 것이다.

그러나 둘은 자리를 지키는 방법을 택했다.

그것은 카라조프의 제의에 순순히 따랐기 때문이다.

그 제의가 무엇이냐?

'말리에게 충성하면 현재의 지위를 보장해주겠다는' 제의다.

그것이 부통령 구카누간에게도 먹힌 셈이다.

다만 조지 말리 주변에서는 모두 희희낙락하지는 못했다.

말리에게 거머리처럼 붙어서 기생하고 있던 카이잘파가 그야말로 하룻밤 사이에 집 안에 둔 금고를 도둑맞은 꼴이 되었다.

밤에 조지 말리가 경호원 둘과 함께 사라졌기 때문이다.

물론 조지 말리는 국경을 넘어 케냐로 도망 왔다.

대통령이 되려고 단신으로 도망쳐 온 조지 말리다.

그러니 리스타의 허수아비 노릇을 할 수밖에. 물론 그것도 감수하고 왔겠지만.

그렇게 나흘 동안이 순식간에 지났는데 케냐 국민, TV나 보는 세계의 평범한 인류들은 그렇게 느낄지 몰라도 당사자들한테는 나흘이 4년처럼 길었다. 분초를 다툰 작전이 이어졌기 때문이다.

이곳은 대통령궁 안.

취임 선서를 마친 말리가 대통령 집무실로 돌아와 이동욱과 마주 앉아 있다.

어젯밤까지 약방의 감초처럼 이동욱과 함께 붙어 있던 카라조프는 오늘 아침부터 모든 사람들의 시야에서 사라졌다.

물론 카라조프는 말리의 복귀설이 퍼지던 이틀 전부터 러시아 대사관에서도 사라졌다.

FSB국장 루트킨이 아차했지만 이미 엎질러진 물이었다.

FSB가 재빠르게 페테르부르크의 카라조프 가족을 덮쳤지만 빈집이었다.

루트킨은 뒤통수를 맞았고 그 원인을 제공한 케냐주재 러시아 대사 사바스키를 가만두지 않았다.

말리가 귀국한다는 그 어수선한 케냐 정국을 이용해서 FSB 저격수를 시켜 사바스키를 암살한 것이다.

머리통 반쪽이 날아간 사카스키는 이집트 대사로 부임하기도 전에 죽었는데 루트킨은 이것을 말리 측의 소행으로 몰아붙였다.

정보국의 음모는 대개 이런 수준이다.

"각하, 오후에 취임 첫 행사로 리스타 나이로비 공장을 방문하시지요. 세계에 각하와 리스타의 유대가 선전될 것입니다."

이동욱이 말하자 말리가 고개를 끄덕였다.

"그러지요."

말리는 58세, 미국에서 대학을 나온 친미파였지만 슬슬 반미 정책을 펴다가

3년 전에 FSB를 앞세운 움바투에게 허무하게 무너져 버렸다.

막판에 미국의 구원을 기다렸지만 떠난 미국 측 마음이 금방 돌아오겠는가?

3년간 우간다 쪽 국경에서 하염없이 나이로비 쪽을 쳐다보며 수천 번 뉘우쳤을 것이다.

그러다가 다시 정권을 잡았으니 그 은인인 이동욱에게 고분고분 안 할 수가 없다. 이동욱의 뒤에는 리스타와 CIA가 있는 줄도 안다.

그때 이동욱이 말을 이었다.

"우간다 국경에 있는 칼리프는 걱정하지 않으셔도 됩니다."

말리의 시선을 받은 이동욱이 웃었다.

칼리프가 언론에 대고 복수를 하겠다고 떠들고 있었기 때문이다.

리스타자원에서 용병 1개 대대, 500명이 케냐에 도착했다.

1개 중대 150명을 대통령궁 경호대로, 나머지 3개 중대 병력은 각 군부대의 고문관으로 파견되어 부대를 장악했다.

고문관들은 현지인 병사로 구성된 소대 또는 중대 병력의 기동대를 편성해 놓았다.

순식간에 군을 장악한 셈이다.

모두 리스타의 치밀한 계획대로 움직인 것이다.

밤 10시 반.

이곳은 이동욱의 안가.

응접실에 이동욱과 박길성, 그리고 카라조프가 앉아 있다.

카라조프가 먼저 입을 열었다.

"FSB가 가만있지 않을 겁니다. 그 첫째 방법이 카이잘을 이용해서 정국을 흔드는 것이죠."

이동욱이 시선만 주었고 카라조프의 말이 이어졌다.

"두 번째는 우간다의 가민을 이용해서 케냐 국경을 침범하는 것이죠. 오래전부터 케냐와 우간다는 국경 분쟁을 하고 있었으니까요."

"갓댐. 이젠 전쟁 준비를 해야 하나?"

카라조프하고는 영어로 소통하고 있었기 때문에 이동욱이 투덜거렸다.

그때 카라조프가 고개를 끄덕였다.

"움바투 통치 기간에는 가민에게 회유책을 썼지요. 움바투 대신으로 내가 가민에게 무기 공급을 주선하고 적십자용 식량을 빼돌려 줬는데 지금은 그럴 수가 없게 되었으니까요."

이동욱이 찻잔을 들었다.

우간다는 케냐보다 작은 나라지만 군대가 강하다.

그리고 가민은 영국군 상사 출신이지만 군을 확실하게 통제하고 있다.

10개 사단 14만 명의 육군과 전투기 25대의 전력은 케냐를 압도한다.

케냐는 6개 보병사단, 1개 기갑사단, 그리고 사용 가능한 전투기는 17대였지만 구형이라 우간다에 상대가 안 된다.

그때 박길성이 말했다.

"지금 행복한 사람은 조지 말리 대통령뿐인 것 같습니다."

응접실에서 나온 이동욱이 2층 계단을 올라갈 때 뒤에서 카라조프가 불렀다.

"저 좀 봐요."

이동욱이 계단을 내려와 카라조프와 마주 보고 섰다.

"무슨 일입니까?"

"리스타의 계획이 뭐죠?"

카라조프가 똑바로 이동욱을 보았다.

이번 상황은 리스타가 주도했다. CIA는 거의 드러나지 않은 것이다.

이동욱이 고개부터 저었다.

"난 행동대요. 중국에서도 그랬지만 여기서도 시킨 일만 한 겁니다."

"이곳의 지휘관 아녜요?"

"명령에 따를 뿐입니다."

"재량권은 없어요?"

"어떤 것 말입니까?"

"우간다까지 전복시키는 것."

순간 숨을 멈춘 이동욱이 카라조프를 보았다.

그때 카라조프가 말을 이었다.

"당신이 움바투를 제거한 방식이면 돼요. 가민의 머리통만 날리면 우간다도 전복됩니다."

"……."

"지금까지 FSB도, CIA도 그 생각은 수없이 했겠지만 실행하지는 못했죠."

"리스타니까 가능하다는 겁니까?"

"그래 놓고 CIA 핑계를 댈 수도 있잖아요?"

카라조프가 여전히 정색하고 말했다.

"CIA는 리스타에 넘길 것이고. 그렇게 미루다가 흐지부지되는 거죠."

"……."

"지금까지 그런 일은 부지기수였으니까. 리스타와 CIA 관계를 말하는 건 아닙니다."

"그래서 우간다까지 위성국으로 만든다는 계획입니까?"

"리스타 속령이 되는 거죠."

"갓댐."

"당신은 아프리카 동북의 '밤의 황제'가 되는 것이고요."

"글쎄, 나는 행동대일 뿐이라니까."

쓴웃음을 지은 이동욱이 문득 손목시계를 보는 시늉을 했다.

늦은 시간이었지만 집 안이다.

시간제한은 없다.

"한잔하시겠습니까?"

2층 응접실에서 둘은 위스키 병을 갖다 놓고 소파에 앉았다.

며칠 동안 밤낮으로 만나 작업을 했지만 이렇게 술을 마시는 건 처음이다.

사적인 대화도 나눈 적이 없다.

저택 안은 조용하다.

한 모금 위스키를 삼킨 이동욱이 카라조프를 보았다.

"스톡홀름에 있는 가족은 어떻게 하실 거요? CIA에서 물어보던데."

CIA는 약속대로 1천만 불이 입금된 카라조프의 계좌를 보내주었다.

그때 카라조프가 고개를 들었다.

"리스타랜드에 교육 시설도 있지요?"

"아, 물론."

이동욱이 금방 말뜻을 알아채고 대답했다.

"대학까지 다 갖췄지요. 세계 최고 수준입니다."

"그럼 리스타로 보내주실 수 없을까요?"

"상의해보겠습니다."

"미국보다 리스타가 나을 것 같아요."

"무역과 금융의 중심이 되었지만 관광지로도 낙원이죠."

이동욱의 얼굴에 웃음이 떠올랐다.

"나도 은퇴해서 리스타로 돌아가는 것이 꿈입니다."

"꿈을 꿀 수 있다면 좋은 거죠."

"그런데 할 말이 있습니까?"

이동욱이 불쑥 물었더니 카라조프가 빙그레 웃었다.

"난 당신하고 같이 작전하고 싶어요. 우간다 작전."

"……."

"마무리를 깨끗이 지어야지 이 시점에서 카이잘이나 가민을 놔둘 수는 없으니까요. 아마 상부에서도 내 생각에 동의할 겁니다."

카라조프가 정색하고 이동욱을 보았다.

"내 가족을 리스타로 보내준다면 내가 당신의 보좌역이 되죠."

FSB 케냐 지부장으로 부임했던 몰로토프는 움바투의 피살 현장에서 찍힌 사진이 세계 언론에 보도된 후에 사라졌다. 바로 그다음 날 블라디보스토크의 연구소로 보내진 것이다.

카라조프 대신 연구소로 간 셈인데, 움바투가 살해된 후에 케냐 정국이 나흘 만에 뒤집혔다.

나흘 후에 전(前) 대통령 조지 말리가 다시 대통령으로 취임했기 때문이다. 그렇게 만든 공신이 바로 카라조프다.

그것을 눈뜨고 FSB가 가만있을 리가 있겠는가?

5일 후, 피살된 사바스키 대사 후임으로 이집트 대사가 겸임 대사로 부임해왔고 FSB 본부에서는 케냐 지부장으로 체르넨코를 급파했다.

체르넨코는 아프간 지부장을 지낸 거물이다.

오후 3시 반, 러시아 대사관 안에서 FSB 지부 간부들의 회의가 열렸다.

체르넨코가 간부들을 둘러보며 말했다.

"카라조프가 아직도 케냐에 남아 있어. 리스타 놈들과 함께 있다는 정보를 받았다."

체르넨코는 52세, 귀 한쪽이 폭탄으로 반쯤 찢어져서 머리칼로 덮여 있다. 아프간에서 당한 상처다.

체르넨코가 말을 이었다.

"잡아야 돼. 그놈이 말리 정권을 뒤에서 조종하고 있다고 봐야 한다."

카라조프는 여자지만 체르넨코는 '그놈'이라고 표현했다.

"말리를 없애는 한이 있더라도 이곳을 빼앗길 수는 없어."

체르넨코의 두 눈이 번들거렸다.

FSB 국장 루트킨의 지시를 받고 케냐 대사 사바스키를 제거한 것도 체르넨코다. 체르넨코가 저격수를 데려왔던 것이다.

끝 쪽에 앉아 있던 안토노프가 소리 죽여 숨을 뱉었다.

카라조프가 배신자로 낙인찍힌 후부터 안토노프는 체르넨코 측으로부터 시달리고 있다. 카라조프의 측근이었기 때문이다.

우간다 대통령 찰스 가민이 앞에 선 1군사령관 로버트 메일러에게 물었다.

"로버트, 엘도레트까지 5일이면 되겠지?"

"해보겠습니다."

어깨를 편 메일러가 가민을 보았다.

메일러는 육군 중장, 가민의 심복이다.

"탄자니아에서 원군이 오지는 않겠지요?"

"걱정할 것 없어."

가민의 얼굴에 웃음이 떠올랐다.

"타쿠누는 제 발등의 불부터 꺼야 할 테니까."

탄자니아의 대통령 타쿠누는 움바투와 군사동맹을 맺고 있었던 것이다.

그러나 타쿠누는 남부의 반군 때문에 파병을 할 여유가 없다.

가민이 말을 이었다.

"엘도레트와 키수무만 점령해놓으면 케냐는 먹은 것이나 다름없다. 네가 기갑사단을 이끌고 엘도레트를 점령하면 3사단을 배에 태워 키수무에 상륙시킬테니까."

"알겠습니다, 각하."

메일러가 커다랗게 고개를 끄덕였다.

"준비하겠습니다."

"케냐를 점령하면 널 군정 사령관으로 임명해서 케냐를 통치하게 해주마."

"감사합니다, 각하."

"넌, 내 2인자다. 2인자로 10년만 공부하고 내 뒤를 이어라."

"각하께서 20년은 더 집권하셔야 합니다."

"난 그럴 욕심은 없다, 10년 후에는 내가 자살할 테니까."

"그게 무슨 말씀이십니까?"

놀란 메일러가 고개부터 흔들었다.

"각하께선 건강하십니다. 저는 각하와 생사를 같이 할 것입니다."

"알았다, 로버트."

가민의 표정이 엄숙해졌다.

"나는 너를 믿는다."

마사다파는 마사다에 이어서 하사크가 폭사함으로써 풍비박산이 된 것이나 같다.

파벌의 수장 선거를 앞두고 하사크가 죽었지만 경쟁자인 도르만은 그 소식을 듣자마자 피신을 해야만 했다. 다음 순서가 자신임을 알아챘기 때문이다.

오후 7시, 도르만이 나이로비 북쪽의 공장 지대에 위치한 신발공장 사무실에서 사내 하나와 만나고 있다.

"도르만, 여기서 돌아간다고 해도 갈 곳이 없어. 지금 파키스탄은 현상금이 걸린 지도자를 잡으려고 용병이 가득 차 있다구."

사내가 말을 잇는다.

"차라리 여기서 돈벌이를 하는 게 나아. 도르만, 세상이 어지러울수록 기회가 많다는 말, 알고 있지?"

도르만이 고개만 끄덕였다.

9·11 테러 이후로 빈 라덴은 쫓겨 다니기에 바쁜 상황이다.

이곳까지 영향력을 행사할 여력은 없다.

사무실 밖에는 도르만이 끌고 온 부하 22명이 기다리고 있다.

그때 사내가 도르만을 보았다.

사내의 이름은 무스타파. 지금까지 빈 라덴과 마사다파의 연락을 맡았던 연락책이다.

그때 무스타파가 목소리를 낮췄다.

"도르만, 이제 지도자하고는 인연을 끊는 것이 나아. 그게 당신이나 당신을 따르는 부하들을 위한 길이야. 이렇게 도망만 다니다가는 들개처럼 하나씩 죽어서 없어지게 되네."

"그래서 어쩌란 말야? 우리가 무슨 방법이 있어?"

도르만이 버럭 소리쳤다.

맞는 말이다. 도르만은 지금 사면초가다. FSB의 카라조프하고도 끈이 떨어진 상황이다.

그때 무스타파가 말했다.

"우간다 국경에 아직도 카이잘파가 대기하고 있어."

"……"

"당신이 부하들을 이끌고 가서 카이잘파를 제거하는 거야."

"……"

"리스타가 자금과 무기를 대겠다네."

그때 도르만이 고개를 돌렸다. 눈을 크게 뜨고 있다.

"리스타가?"

"그래."

"리스타 누가 그래?"

"카라조프."

"카라조프?"

다시 놀란 도르만이 목소리를 높였을 때 무스타파가 말을 이었다.

"그래. 리스타와 카라조프가 손을 잡았어."

"……"

"카라조프가 나한테 부탁한 거야."

"……"

"1천만 불을 내겠다는군."

무스타파가 목소리를 낮췄다.

"도르만, 카이잘을 제거하고 케냐에서 기반을 굳히도록 해. 그럼 파키스탄에 있는 마사다의 부하들도 모두 이곳에 와서 합류하면 보상을 받을 테니까."

"우간다의 가민이 출동 준비를 하고 있습니다."

윌슨이 말하자 부시가 눈만 껌벅였다.

백악관의 오벌룸 안, 오전 10시.

236

안에는 국무장관 베이컨, 안보수석 존슨까지 넷이 둘러앉아 있다.

"기갑사단까지 3개 사단이 출동할 것 같은데 케냐는 당해내지 못합니다. 아마 가민은 우간다군을 케냐 요충지인 엘도레트와 빅토리아호 끝에 위치한 키수무를 점령한 후에 여유 있게 진격할 겁니다. 시간이 지날수록 케냐는 무너질 테니까요."

"갓댐."

부시가 이맛살을 찌푸렸다.

"케냐는 군대도 없나? 땅 덩어리도 몇 배나 크잖아?"

"제대로 싸울 만한 사단이 없습니다."

"이번에 리스타가 우리 대신 케냐 정권을 바꿨으니까 리스타더러 나서라고 하면 되지 않나?"

억지소리라는 것을 스스로도 알기 때문에 부시는 한숨을 쉬고 나서 말을 이었다.

"윌슨, 대책 없이 오지는 않았을 거니까 그만 약 올리고 대책을 말해."

"예, 각하."

정색한 윌슨도 한숨을 쉬고 나서 말했다.

"가민의 배후에 러시아가 있습니다."

"당연하지."

"이번에는 가민을 제거해야 될 것 같습니다."

"나는 못 들은 것으로 하지."

"예, 각하."

"국무장관도 못 들은 것으로 해야 돼. 그래야 잘못되었을 때 청문회에서 안 당해."

"알고 있습니다, 각하."

"제거는 누가 하나? CIA인가?"

"이번에도 리스타를 내세울 계획입니다."

"옳지."

부시가 고개를 끄덕였다.

"미국의 리스타 사업장에 세금 감면 혜택을 주기로 하지."

"이 기회에 우간다 정권도 바꿔야 될 것 같습니다."

"옳지."

다시 고개를 끄덕인 부시가 윌슨을 보았다.

"테러 조직과 테러 조직을 옹호하는 국가까지 다 끝장을 내야 돼."

그런데 앞잡이는 안전하게 리스타다.

부시가 말을 이었다.

"그것이 미국 대통령으로서의 내 사명이야."

"도르만이 음발레로 출발했어요."

카라조프가 말했을 때는 오후 8시 반이다.

밖에 나갔다가 온 카라조프가 이층으로 올라와 말한 것이다.

응접실에는 이동욱과 박길성이 기다리고 있었는데 카라조프가 말을 이었다.

"대원은 도르만의 직계 부하 22명에다가 움바투 경호대에서 밀려 나온 34명까지 포함해서 56명입니다."

이동욱이 고개를 끄덕였다.

마사다파를 규합해 전력(戰力)으로 만든다는 계획은 카라조프가 세운 것이다. 이동욱은 물론이고 CIA 측에서도 예상하지 못했다.

하사크 일당을 기습, 치명상을 입힌 것은 이동욱과 박길성이다.

이동욱도 하사크를 죽이고 나서 마사다파 잔당은 그냥 흩어진 것으로 생각했던 것이다.

카라조프가 이동욱에게 물었다.

"가민이 곧 케냐를 침공할 것 같은데, 어떻게 결정되었죠?"

"내가 나가야 될 것 같은데."

이동욱의 얼굴에 쓴웃음이 떠올랐다.

"우간다로 말입니다."

"캄팔라는 내가 잘 알아요."

바로 카라조프가 말했기 때문에 이동욱이 고개를 들었다.

박길성도 긴장한 듯 시선을 준다.

카라조프가 말을 이었다.

"여러 번 가 보았고, 현지인 정보원들도 만들어 놓았죠."

"……."

"내가 우간다까지 관리하고 있었기 때문에."

"소개시켜 주시면 더 좋고……."

"같이 가십시다."

카라조프가 이동욱을 응시한 채 말을 이었다.

"전화나 내 편지를 갖고 가서 될 상황은 아니니까요."

"그렇다면 더 바랄 것이 없죠."

마침내 이동욱이 고개를 끄덕였다.

"상부에서도 좋아할 겁니다."

"다행이다. 네가 여기서 관리를 해."

카라조프가 방을 나갔을 때 이동욱이 박길성에게 말했다.

"내가 카라조프하고 둘이 뛸 테니까."

그때 박길성이 정색하고 이동욱을 보았다.

"부장님."

"뭐냐?"

"괜찮을까요?"

"내가 위험하지 않은 적이 있었냐? 그런 질문이 어디 있어?"

"카라조프 말입니다."

"리스타로 옮겨간 가족하고 어제 통화도 했잖아? 이젠 믿을 만해."

"그것 말고 말입니다."

"뭔데?"

눈썹을 모은 이동욱이 박길성을 보았다.

그러고 나서 3초쯤 지났을 때 이동욱이 어깨를 늘어뜨리며 웃었다.

"야, 카라조프나 나나 전문가다. 영화나 소설처럼 침대에서 사건은 안 일어나."

오늘은 이광이 리스타랜드 중심부에 위치한 리스타빌딩의 상황실에 앉아 있다. 참석자는 리스타연합의 해밀턴, 비서실장 안학태, 그리고 그룹 부회장이 된 정남희다.

정남희가 2인자로 임명된 것이다.

이광과 함께 살고 있는 정남희는 그동안 '해외법인총괄사장'을 맡고 있다가 이번에 부회장이 되었다.

안학태와 해밀턴, 오금동 등이 추천했기 때문이기도 하지만 이광의 신임이 없었다면 불가능한 일이다.

해밀턴이 상황판을 짚으면서 설명을 시작한다.

"케냐를 중심으로 서쪽의 우간다, 르완다, 남쪽의 탄자니아, 북쪽의 에티오피아, 소말리아는 모두 정국이 불안정하고 가난한 나라입니다. 이번에 케냐를 장

240

악했더니 주변국이 덩달아서 흔들리고 있는데. 우리한테는……."

숨을 들이켠 해밀턴이 먼저 쓴웃음부터 지었다.

그것을 본 안학태가 숨을 죽였다.

해밀턴과 수없이 회의를 해온 터라 '자신 없는' 농담을 할 때 저런다는 것을 안다.

해밀턴이 말을 이었다.

"마치 춤추고 싶을 때 땅이 흔들리는 상황이 된 것이나 같습니다."

"지진이 났군."

불쑥 이광이 말을 받더니 해밀턴을 보았다.

"그럼 큰 일 아닌가?"

"그건 아니죠."

당황한 해밀턴이 농담을 수습하려고 다시 입을 벌렸을 때 정남희가 물었다.

"이번에도 우리가 앞장서는 것인가요?"

"예. 미국은 공개적으로 전면에 나서는 것을 피하려고 합니다. 중동 지역만으로도 벅차거든요."

"러시아는 어떻게 나올 것 같습니까?"

정남희가 화제를 돌려주자 해밀턴이 호의에 가득 찬 얼굴로 대답했다.

"카라조프의 배신으로 치명상을 입은 상황이죠. 하지만 계속 우리에게 선수를 빼앗기고 있습니다. 이번에 카라조프가 이동욱과 함께 우간다로 가게 되면 그 결과에 따라서 전세가 결정될 것입니다."

이광의 시선이 벽에 걸린 상황판으로 옮겨졌다.

리스타는 이제 '기업과 전쟁'을 병행하고 있다.

시에라리온은 이미 리스타의 연방이나 다름없는 상황이다.

그렇게 되면 아프리카의 중심을 동과 서로 연결하는 대제국이 만들어 질 수도 있다.

콩고나 수단, 중앙아프리카, 가봉, 카메룬을 훑어보던 이광의 얼굴에 웃음이 떠올랐다.

"수천 년간 빈곤과 질병, 내란으로 고통받는 아프리카 주민들에게 평화나 번영을 가져다줄 수 있을까?"

이광이 혼잣소리처럼 물었을 때 대답은 정남희가 했다.

"리스타라면 가능합니다."

모두 가만있었는데 '시작'에서 가장 중요한 조건이 '자신감'이라는 것을 알기 때문이다.

국경 검문소를 피해 우간다로 들어간 이동욱과 카라조프가 음발레에 도착했을 때는 오후 3시 반이었다.

둘은 여행자 차림이었는데 각각 등에 커다란 배낭을 메었다.

음발레는 큰 마을이어서 시장이 혼잡하다. 시장 안쪽의 잡화 가게로 들어선 카라조프를 보더니 주인이 벌떡 일어섰다.

장신에 마른 체격의 흑인이다.

"어서 오십시오, 카라조프 씨."

"마노, 잘 있었어?"

"기다리고 있었습니다."

사내가 카라조프의 손을 쥐더니 흰자위가 큰 눈으로 이동욱을 보았다.

"내 동료야."

"리요."

이동욱이 손을 내밀면서 인사를 했다.

242

사내는 마노, 카라조프의 개인 정보원인 셈이다. 그래서 FSB는 마노에 대해서 모르고 있다.

마노가 가게 안쪽의 창고로 둘을 안내하더니 마실 것을 가져왔다. 코카콜라다.

셋이 둘러앉았을 때 마노가 먼저 입을 열었다.

"시장에 소문이 다 났습니다. 가민 대통령이 로버트 메일러 사령관을 시켜 케냐를 침공한다고요."

"나도 들었어."

카라조프가 말을 이었다.

"일주일 만에 케냐를 정복하겠다는 말도 있더군."

"미국이 빈 라덴 잡느라고 아프리카에 신경 쓸 시간이 없기 때문이죠."

"그런데 요즘 캄팔라는 자주 가나?"

"어제도 다녀왔습니다."

마노가 바로 대답했다.

"가신다면 제가 모시고 가죠."

캄팔라까지는 차로 3시간 거리다.

마노는 캄팔라에도 가게가 있는 것이다.

마노는 39세, 캄팔라에서 대학을 나온 후에 프랑스 대사관에 통역으로 채용되었다가 3년 만에 해직되고 나서 장사를 시작했다.

장사 수완이 있어서 캄팔라, 음발레에 가게를 6, 7개까지 늘렸는데 지금은 3개로 줄인 상태다. 부인은 2명. 각각 캄팔라, 음발레에 거주했고 자식은 8명이다.

카라조프의 정보원이 된 것은 3년 전. FSB 전(前) 우간다 지부장의 소개를 받은 카라조프가 마노를 '개인' 용도로 이용하면서부터다.

마노가 우간다에서 싸게 산 자수정 광석을 받아 케냐에 비싼 값으로 팔아서 차익을 챙겼기 때문이다.

그것으로 마노는 망해가던 가게를 회생시켰고 카라조프는 부족한 운영 자금을 메우고 페테르부르크의 가족에게도 송금을 한 것이다.

마노가 운전하는 차로 이동욱과 카라조프는 캄팔라로 입성했다.

검문소를 2개나 거쳤지만 자주 오갔던 마노의 안면 덕분으로 둘은 검문도 받지 않았다.

마노의 집에는 부인과 자식 5명이 있었는데 이동욱과 카라조프에게 방 하나가 배정되었다.

본채 옆의 부엌이 딸린 방이다. 침대도 하나였지만 불평을 할 상황이 아니다.

배낭을 내려놓은 이동욱이 카라조프에게 말했다.

"약속이 있어서 나가봐야겠는데."

"같이 가요, 제가 지리를 아니까."

카라조프가 말을 이었다.

"그리고 당신 혼자 가는 것보다 부부 행세를 하고 다니는 것이 나아요."

옷매무새를 고친 카라조프가 외면한 채 말을 이었다.

"마노에게 공작금을 좀 주는 게 낫겠어요."

이동욱이 바로 머리를 끄덕이더니 배낭에서 1만 불 뭉치 1개를 꺼내 내밀었다.

돈뭉치를 받은 카라조프가 쓴웃음을 지었다.

"마노한테는 5천 불만 주고 나머지는 다른 데 쓰죠, 돈 들 데가 있으니까."

"배낭 안에 4만 불이 더 있어요."

이동욱이 눈으로 배낭을 가리켰다.

"필요하면 꺼내 써요."

케냐에서 현금으로 5만 불을 가져온 것이다.

오후 6시 반.

이동욱과 카라조프가 식당 안으로 들어서자 동양인 사내 하나가 서둘러 다가왔다.

이곳은 캄팔라 시내 중심부의 중식당 안.

"허드슨 씨 찾으십니까?"

이동욱이 고개만 끄덕였더니 사내가 몸을 돌리면서 말했다.

"기다리고 계십니다."

온통 붉은색으로 칠해진 내부는 덥다.

손님도 많았는데 드물게 동양인도 끼어 있어서 낯설지가 않다.

캄팔라 유일의 중식당 '베이징'이다.

안쪽 방 앞에 선 사내가 노크를 하더니 이동욱에게 말했다.

"여기 계십니다. 들어가시지요."

이동욱이 방문을 열었다.

"어서 오십시오."

자리에 앉아 있던 흑인이 일어나 이동욱을 맞는다.

이동욱은 처음 보는 얼굴이지만 우간다 주재 CIA 요원 허드슨이다. 물론 비밀주재원이다.

이동욱과 카라조프하고도 악수를 나눈 허드슨이 웃음 띤 얼굴로 말했다.

"말씀하신 무기는 다 준비했습니다."

허드슨은 경찰 간부 겸 CIA의 비밀정보원으로 37세다.

허드슨이 말을 이었다.

"지금 전쟁 준비를 하느라고 정국이 뒤숭숭합니다. 캄팔라 북쪽 황무지에 기갑사단과 보병사단이 집결하고 있는데 그걸 구경하려고 매일 구경꾼들이 모입니다."

종업원이 들어와 주문을 받고 돌아갔다.

입을 다물고 있던 허드슨이 말을 이었다.

"가민은 국민들에게 과시하려는 의도로 구경꾼들을 놔두고 있습니다."

"가민이 군을 보려고 나갑니까?"

"매일 나갑니다."

허드슨이 번들거리는 눈으로 이동욱을 보았다.

"저도 구경을 나갔는데 연단에 앉아서 기갑부대의 연습을 보고 있더군요."

이동욱과 카라조프의 시선이 마주쳤고 허드슨이 말을 이었다.

"무기는 차에 실려 있는데, 식사 끝나고 드리지요."

마노의 집으로 돌아왔을 때는 오후 10시 무렵이다.

마노는 음발레로 돌아갔지만 마노의 아내는 처음 만났을 때보다 훨씬 싹싹해져 있었다.

밥은 먹고 왔다고 했는데도 둥근 쟁반에 삶은 양고기와 차를 담아다 주었다.

이동욱은 문 단속을 하고 나서 커다란 가방에서 꺼낸 무기를 점검했다.

드라구노프 저격총과 AK-47 2정, 30발들이 탄창 6개와 실탄 600발, 소음기 포함 리볼버 권총 2자루, 탄창 4개, 실탄 200발, 망원경, 그리고 수류탄 4발이다.

이동욱이 드라구노프를 분해하고 조립하는 동안 카라조프가 리볼버를 조립하더니 소음기까지 제 몫으로 가져갔다.

내일은 가민이 시찰을 나오는 기갑부대 집결지에 갈 예정이다.

기갑부대는 도착한 상태고 함께 출동할 보병사단을 기다리고 있다는 것이다.

다른 보병사단은 빅토리아호 쪽으로 가 있다고 했다.

밤 11시 반.

방의 불을 꺼 놓았지만 방 안 사물의 윤곽은 선명하게 드러났다.

카라조프는 안쪽 침대에 누웠지만 이동욱은 반대쪽 벽 밑에 모포를 깔고 자리 잡았다.

주위는 조용하다.

방바닥이 흙바닥이었기 때문에 흙냄새가 짙게 맡아졌다.

바닥이 딱딱했기 때문에 모로 누웠던 이동욱이 금세 잠이 들었다.

피곤했기 때문이다.

인기척이 났을 때 이동욱의 첫 반응은 벽에 붙여 놓은 리볼버를 움켜쥔 것이다.

다음 순간, 몸을 일으키면서 이동욱의 가슴이 서늘해졌고 찬바람 같은 후회가 머릿속을 스치고 지나갔다. 방심하고 있었다는 후회다.

인기척은 밖에서 났다.

집은 흙집이었는데 담장도 흙과 돌을 섞어서 만들었다.

그런데 흙이 무너지는 소리가 난 것이다.

몸을 일으킨 이동욱이 침대 쪽을 보았을 때 카라조프도 이미 침대에서 나오는 중이었다.

그때 다시 흙담 무너지는 소리가 들렸다.

"당신은 뒤쪽으로."

서둘러 안쪽 가방에서 AK-47을 꺼내면서 이동욱이 말했다.

방의 출입구는 2개다. 앞쪽 출입구는 마당과 본채 쪽을 향했고 뒤쪽 출입구는 뒷마당이다.

30발들이 탄창을 낀 이동욱이 벽에 등을 붙였다.

이제 소리는 이어지지 않는다.

숨을 고른 이동욱이 뒷문 쪽에 붙어 서 있는 카라조프에게 말했다.

"내가 먼저 나갈 테니까 기다려요."

이동욱이 AK-47을 앞에총 자세로 고쳐 쥐었다.

다음 순간, 이동욱이 문을 박차고 밖으로 뛰쳐나갔다.

몸을 숙인 채 뛰쳐나간 이동욱의 시야에 오른쪽 본채 앞에 서 있는 두 사내가 먼저 잡혔다. 그리고 담 오른쪽 담장 옆에 선 두 사내.

그 순간, 사내들도 일제히 이쪽을 향해 몸을 돌렸다.

"타타타타타타타."

총성이 울렸다.

"타타타. 타타타. 타타탕."

이어서 울리는 발사음.

이동욱이 땅바닥으로 몸을 굴리면서 먼저 쏘았고 그보다 1초의 절반쯤 늦게 세 사내가 응사한 것이다.

거리는 20미터 정도.

"타타타타타."

다시 총성이 울렸다.

이것은 이동욱의 총에서 울린 발사음이다.

넷이다.

처음에 셋을 맞혔고 이번에는 담장에 붙어 서 있던 나머지 한 명을 쏘았다.

"타타탓."

이제 몸을 일으키면서 이동욱이 꿈틀거리는 사내 하나를 향해 쏘았다.

248

그때 뒷문으로 나온 카라조프가 건물을 돌아 나타났다.

"뒤쪽은 비었어요!"

카라조프가 말했을 때 본채에서 아이들의 울음소리가 났다.

마노의 아이들이다. 어린 아이는 다섯 살짜리도 있었기 때문에 놀란 것 같다.

옆집에서도 불이 켜졌고 웅성대는 소음이 들려왔다.

"떠납시다!"

이동욱이 소리치고는 몸을 돌렸다.

"내가 짐 꾸려 나올 테니까 기다려요!"

10분쯤 후에 둘은 각각 배낭과 가방을 메고 든 채 골목길을 달려가고 있다.

마노의 집에서 나온 것이다.

마노의 집, 흙담이 높은 데다 부실했기 때문에 놈들이 담을 넘을 때 일부가 무너졌던 것이다.

사내들은 사복을 입었지만 모두 군화를 신었다. 가민의 친위대인 보안군이다. 보안군 넷이 침입했다가 사살된 것이다.

어떻게 발각되었는가?

아직 그것을 밝힐 여유가 없다.

한 시간 후에 이동욱과 카라조프는 허드슨과 셋이서 방 안에 둘러앉아 있다.

촛불에 비친 방 안은 어수선하다.

이곳은 허드슨의 친척 집이다.

친척인 노인 부부가 별채로 옮겨간 것이다.

"옆집에서 신고를 했을 겁니다."

허드슨이 말을 이었다.

"이곳은 5가구를 묶어서 주민 이동 상황을 신고하도록 되어 있어요. 만일 이상이 있으면 5가구가 모두 책임을 지는 거죠. 그래서 서로 감시합니다."

카라조프가 고개를 끄덕였다.

오는 도중에 음발레에 가 있는 마노한테 연락을 한 것이다.

"방심했어."

이동욱이 혼잣소리로 말했다.

"가민이 눈치채기 전에 서둘러야겠어."

"가족을 고문하면 인상착의도 나올 테니까 조심해야 됩니다."

그때 고개를 든 이동욱이 허드슨을 보았다.

"허드슨 씨, 지금 나하고 기갑부대 주둔지로 같이 갈 수가 있습니까?"

"지금 말입니까?"

놀란 허드슨이 손목시계를 보았다.

"오전 1시 반입니다."

"깊은 밤이니까 오히려 낫지 않겠소?"

"그거야 그렇지만……."

"내가 그곳에서 기다리는 게 나을 것 같은데."

"주둔지에는 갈 수가 없고 그 근처까지는 모셔다 드리지요."

고개를 끄덕인 이동욱이 허드슨을 보았다.

"이틀분 식량과 물을 준비해줘야겠소."

그때 카라조프가 말했다.

"나도 같이 갑시다."

카라조프가 말을 이었다.

"조수 역할을 하려고 왔으니까요."

"좋습니다. 지금 떠나는 것이 낫겠네요."

허드슨이 말을 이었다.

"동양인과 서양인 외모의 여자는 쉽게 눈에 띌 테니까요."

캄팔라 서북쪽 황무지는 3개 사단이 주둔할 만큼 넓었기 때문에 가민은 이곳에서 자주 행사를 치렀다.

가민이 케냐 '진주군'을 황무지에 모으고 먼저 도착한 기갑사단부터 사열 명목으로 훈련을 시키고 있는 것은 과시용이다.

그것을 국민들에게 구경시키면서 대통령의 위상을 보이고 있는 것이다.

오전 7시 반.

이곳은 황무지 왼쪽 사열대에서 1.8킬로 떨어진 암산 위다.

험한 바위로 구성된 해발 50미터 정도의 낮은 암산이었지만 사열대가 시야에 들어온다.

암산 위에 엎드린 이동욱과 카라조프가 각각 드라구노프의 스코프와 망원경으로 사열대를 바라보고 있다.

황무지 가깝게 내린 후에 이곳을 위치로 정한 지 한 시간밖에 되지 않는다.

사열대는 나무로 만들었지만 지상 6, 7미터 높이로 넓이는 가로 10미터, 세로 6, 7미터쯤 되었다. 사열대 위에 의자가 5개 나란히 놓였는데 가운데 의자가 더 높다.

가민의 의자다.

가운데 의자와의 거리가 스코프에 1,812미터로 나타났다.

이동욱의 최장기록은 1,627미터. 그것도 허클러 앤 코흐사 제품인 PSG-1의 신형으로 맞췄다. 드라구노프의 기록은 1,275미터였다.

그때 옆에 엎드려 있던 카라조프가 물었다.

"이 거리에서 맞출 수 있을까요?"

"바람만 없다면."

"지금 바람은 없는 것 같은데."

"불고 있어요."

이동욱이 앞쪽 숲을 눈으로 가리켰다.

앞쪽은 2백 미터쯤 숲이 덮여 있다.

"나뭇잎이 조금씩 흔들리고 있네요."

숲을 본 카라조프가 말했다.

"나은 총을 쏴 보았지만 긴 거리는 경험이 부족해서."

"저격은 게으른 놈들한테 어울리는 직업입니다."

다시 스코프에 눈을 붙인 이동욱이 좌우상하 노브를 조금씩 조절했다.

"나는 목표를 기다린 기록이 56시간인데 어떤 놈은 87시간을 한 자리에서 기다렸다고 하더군요."

"그 시간 동안 발각되지 않은 것이 다행이군요."

"드라구노프 기록이 2.2킬로라고 들은 적이 있어요. 러시아 저격수가 쐈다는데."

"난 못 들었어요."

"저격수 옆의 조수는 풍향, 풍속, 편차까지 알려주는 겁니다."

"난 당신이 졸지 않게나 해드리죠."

스코프에서 시선을 뗀 이동욱이 카라조프를 향해 빙그레 웃었다.

어젯밤 자다가 깬 후로 지금까지 잠을 자지 못했다.

가민이 황무지에 나타났을 때는 오전 11시 반이다.

검정색 벤츠 5대가 장갑차의 호위를 받고 들어오더니 사열대 앞에 멈춰 섰다.

황무지 왼쪽에서 기갑부대 탱크가 사열 준비를 하고 있었기 때문에 이동욱은 긴장하고 있었던 참이다.

벤츠에서 내린 20여 명의 사내가 연단으로 다가갔다.

조금 전에 연단 위로 10여 개의 접이식 의자를 가져가 5개의 고정 의자 뒤쪽에 늘어놓았다.

"가민이 각료들을 다 데려온 것 같네."

망원경을 눈에 붙인 카라조프가 말했다.

"가민은 키가 커서 망원경으로 보지 않아도 가려낼 수 있겠어."

과연 그렇다. 머리통 하나만큼 큰 가민은 금방 표시가 난다.

스코프로 보면서 이동욱이 말을 받았다.

"연단 위에 올라가면 첫 발이 안 맞더라도 3발까지 쏠 여유가 있어요."

"첫 발에 맞춰 봐요."

카라조프가 말을 받았다.

"아프리카 역사를 바꾸는 장면을 보여줘요."

그때 연단에 오른 귀빈들이 제각기 자리를 잡고 앉는다.

가민은 중앙의 큰 의자에 앉아 앞에 선 군인의 이야기를 듣고 있는 중이다.

드라구노프는 이미 중앙 의자에 총구를 고정시켜 놓은 상태다.

이동욱은 숨을 죽이고 기다렸다.

이윽고 가민 앞의 군인이 연단 밑으로 내려갔고 가민의 앞은 비었다.

그때 대기하고 있던 탱크들이 움직이기 시작했다.

가민은 의자에 앉아서 기다리고 있다.

그때 카라조프가 말했다.

"가민 오른쪽에 앉은 놈이 이번에 케냐로 출동할 로버트 메일러 중장이에요."

카라조프가 망원경에 눈을 붙인 채 말을 이었다.

"세 발 쏠 여유가 있다면 그놈까지 맞춰요, 리."

"……."

"왼쪽은 가민의 사촌 동생 하자드. 정보부장인데 가민이 죽으면 정권을 잡을 놈이죠. 더 무식하고 더 잔인한 놈이죠."

이동욱이 스코프에 눈을 붙인 채 소리죽여 숨을 뱉는다.

조수는 풍향, 풍속을 알려주고 거리와 표적 주위의 예상 돌발 사건까지 체크하는 것이 임무다. 그런데 이 조수는 옆에서 우간다의 미래를 강의해 주고 있다. 그러나 머릿속이 환해지는 강의다.

가늠자 위로 가민의 머리통을 올려놓은 이동욱이 탄도의 각도를 예상하고 상하 노브를 다시 확인했다. 풍속은 서풍이 미미하게 불었기 때문에 좌측 노브를 한 클릭 당겼다.

그러고는 숨을 들이켰다가 멈추고는 방아쇠에 건 손가락에 서서히 힘을 주었다.

저격총의 방아쇠는 대부분 예민하다. 방아쇠가 일단에 걸리더니 다시 이단에 걸리면서 격발이 되었다.

"철컥!"

"타앙!"

소음기를 벗어난 총탄이 요란한 총성을 내면서 발사되었다.

1,812미터.

다음 순간 이동욱의 총구가 오른쪽으로 옮겨졌다. 로버트 메일러.

숨도 아직 뱉지 않은 상태. 그리고 아직 첫 발이 날아가는 중.

일단, 이단, 철컥.

"타앙!"

두 번째 발사음이 울렸다.

그 순간이다.

스코프에 가민의 머리통이 산산조각이 되어서 부서졌다.

그것을 보면서도 이동욱이 총구를 이제는 왼쪽으로 겨눴다. 사촌 동생 하자드.

이제는 숨을 뱉고 나서 다시 들이켠 순간 카라조프가 탄성을 뱉었다.

메일러의 머리통이 날아갔다!

"명중!"

첫 번째 가민의 머리통이 날아갔을 때는 숨을 죽이고 있다가 이제는 참지 못한 것이다.

그때 하자드가 벌떡 일어섰기 때문에 이동욱이 숨을 들이켰다가 멈추고는 다시 방아쇠를 당겼다.

"타앙!"

세 번째 총성.

강력한 장약을 장착한 총탄이 날아갔다.

스코프에 비친 하자드는 아직도 그 자리에 서 있다.

나머지 귀빈들은 사방으로 흩어지고 있다.

"앗!"

다시 카라조프가 외침을 뱉었다.

가슴에 주먹만 한 구멍이 뚫린 하자드가 뒤로 넘어지고 있다.

셋 다 맞췄다.

시간은 10초. 총탄이 날아간 시간까지 합쳐서다, 총성이 울린 시간은 6초였으니까.

오후 1시 반.

보병 1사단장 핸슨 소장이 캄팔라 시내의 앰버서더호텔 로비로 들어섰다.

핸슨은 참모장과 동행이었는데 군복 차림에 권총을 찼고 참모장은 AK-47을 등에 둘러메었다.

국가 비상사태인 것이다.

시내는 흥분한 시민들이 이리저리 몰려다녔고 가게 약탈 사건까지 일어나고 있다.

이미 전국에 저격 사건이 퍼져서 무정부 상태가 되어가는 중이다.

경찰이 겨우 질서를 유지하고 있지만 언제 무슨 일이 또 터질지 모른다.

유언비어가 난무해서 CIA 소행이라느니, 빈 라덴이 테러단을 보냈다느니, FSB가 우간다를 장악하기 위해서라느니 수십 가지 소문이 떠도는 중이다.

핸슨이 안쪽 밀실로 들어서자 기다리고 있던 세 남녀가 자리에서 일어섰다.

허드슨과 이동욱, 그리고 카라조프다.

"어서 오시오."

허드슨이 손을 내밀며 핸슨을 맞았다.

허드슨의 직책은 캄팔라 경찰국 정보국장이다.

정색한 허드슨이 이동욱과 카라조프를 소개했다.

"오늘 셋을 사살한 분입니다."

핸슨이 놀라 숨을 들이켰지만 잠자코 이동욱과 카라조프의 손을 잡았다.

모두 자리에 앉았을 때 허드슨이 말을 이었다.

"이대로 혼란이 지속되면 우간다는 내전으로 들어갑니다. 핸슨 씨가 나서야 됩니다. 우리가 도와드리겠습니다."

"내가 준비가 덜 되었는데……"

"서둘지 않으면 파카드에게 뺏깁니다."

카라조프가 말했다.

"파카드가 기갑사단을 이끌고 캄팔라에 진주하면 끝납니다."

파카드는 오늘 열병식을 준비하던 기갑사단장이다.

지금 황무지에서 기갑사단 지휘관과 회의 중이다.

그때 이동욱이 입을 열었다.

"내가 기갑사단장까지 죽여드리지요."

순간 핸슨이 숨을 들이켰고 옆에 앉은 참모장이 이동욱을 보았다.

그때 이동욱이 말을 이었다.

"차려준 밥상에 포크만 들면 되는 일이오. 그것도 못 하겠다면 우리가 다른 지도자를 찾는 수밖에 없어요."

핸슨이 이동욱을 보았지만 눈동자가 흔들렸다.

거구에 제복의 가슴 단추가 튕겨 나갈 것 같은 비만 체격이다.

핸슨은 현지 CIA 요원 허드슨이 공을 들여서 포섭해놓은 군부 내 동조자인 것이다.

그런데 막상 대권을 쥘 순간에 망설이는 것이다.

그때 참모장이 말했다.

"연대장 넷 중 둘이 가민의 감시역입니다. 나머지 둘도 따라올지 확신이 안 섭니다."

"아니, 사단장 명령을 따르지 않는단 말요?"

기가 막힌 허드슨이 꾸짖듯 물었을 때 참모장이 한숨을 쉬었다.

"부식 문제로 문제가 있었습니다."

"부식 문제라니?"

허드슨이 묻자 참모장이 고개를 저었다.

"말씀드릴 수 없습니다."

그때 카라조프가 물었다.

"참모장, 당신한테는 연대장들이 따릅니까?"

"따르지 않으면 쏴 죽이지요."

뱉듯이 말한 참모장이 어깨를 폈다.

"난 연대장 놈들한테 약점 잡힌 일이 없습니다. 바로 장악할 수 있습니다."

"무슨 말이야?"

그때 핸슨이 버럭 소리쳤다. 어깨를 부풀린 핸슨이 참모장을 노려보았다.

"너, 날 모욕하는 거냐?"

"한심해서 말씀드린 겁니다."

"뭐라고?"

"이 절박한 순간에 연대장들을 장악할 수 없는 것이 안타까워서 그럽니다."

"아니, 이놈이."

그때 이동욱이 참모장에게 물었다.

"당신이라면 연대장들을 이끌고 캄팔라를 장악할 수 있겠소?"

"가능합니다. 말 안 들으면 쏴 죽이지요."

참모장이 거침없이 말했을 때다.

이동욱이 바지 혁대에 찔러 넣은 리볼버를 꺼내더니 바로 앞에 앉은 핸슨의 가슴에 대고 쏘았다.

"탕!"

방 안에 요란한 총성이 울렸고 심장을 관통당한 핸슨의 거구가 의자와 함께 뒤로 넘어졌다.

그것을 본 셋의 반응이 제각각이다.

허드슨은 한숨을 쉬었고 카라조프는 고개를 끄덕였으며 참모장은 어깨를 폈다.

참모장의 시선이 똑바로 이동욱에게 향해졌다.

"제가 할까요?"

그렇게 참모장이 묻자 이동욱도 물었다.

"당신 이름은?"

"마르틴 대령입니다."

"좋아, 당신이 사단 병력을 이끌고 캄팔라를 장악하시오."

그때 허드슨이 말을 이었다.

"우리가 뒤를 밀어줄 테니까."

방 안에서 총소리가 났는데도 밖에서는 기척이 없다.

비상시국이라 섣불리 움직이지 않는 것이다.

핸슨의 시체를 그대로 남겨 놓고 넷은 호텔을 나왔다.

마르틴은 부대로, 허드슨은 경찰청으로, 그리고 이동욱과 카라조프는 안가로 향했다.

안가로 돌아오면서 카라조프가 이동욱에게 말했다.

"당신이 핸슨을 쐈을 때 허드슨은 거머리를 뗀 표정을 짓더군요."

시선을 받은 카라조프가 빙그레 웃었다.

"당신은 전시(戰時)에 어울리는 인물이에요, 리."

"난 부패하고 게으른 놈이 싫어."

"거기에다 핸슨은 무능한 놈이었죠."

카라조프가 말을 이었다.

"마르틴이 집권하면 당신은 왕을 지배하는 황제가 되겠네요."

음발레에서는 가민과 메일러, 하자드의 암살 소식이 1시간도 안 되어서 전해졌다.

우간다의 최고 지휘부가 몰사한 것이나 같은 사건이다.

그러나 캄팔라처럼 주민들이 동요하지는 않았다. 국경 근처에 1개 연대 병력이 주둔하고 있었지만 수도권은 정치군(軍)과는 인연이 멀다.

그러나 음발레 교외의 마을에 진을 치고 있던 카이잘파에게는 캄팔라 사건이 엄청난 충격이었다. 가민의 지원을 받고 있었기 때문이다.

캄팔라 사건을 확인한 카이잘이 당장 간부 회의를 소집했다.

케냐에서 움바투가 죽고 조지 말리 정권이 수립된 후에 카이잘은 배신감으로 치를 떨고 있던 참이다.

이제는 움바투보다 말리에 대한 증오심이 카이잘파를 뒤덮고 있다.

그런데 후원자 가민이 죽다니, 카이잘파는 벼랑 끝으로 내몰린 것이나 같다.

"방법은 하나뿐이야. 케냐로 돌아가 말리하고 협상을 하는 거다."

카이잘이 말을 이었다.

"만일 우리를 받아들이지 않는다면 정권을 뒤집는 거야. 지금 케냐도 말리 체제가 굳어지지 않아서 허점이 많아."

그때 간부 하나가 말했다.

"지금 말리 주변에 리스타 용병단이 경호대로 포진하고 있어요. 리스타 용병단을 쳐야 됩니다."

"쳐야지."

눈을 치켜뜬 카이잘이 간부들을 둘러보았다.

"그러고 나서 대통령을 교체하는 거다. 마사다파가 붕괴된 지금 우리가 상대할 적은 리스타 용병단이다."

모두가 고개를 끄덕였다.

"모두 1백 명쯤 됩니다."

정찰하고 돌아온 타이란이 말했다.

"마을에 주민이 30여 명쯤 있지만, 나머지는 모두 카이잘파입니다."

"할 수 없다."

마음을 굳힌 도르만이 말을 이었다.

"마을을 초토화시키기로 하자."

도르만이 이끌고 온 대원은 56명, 무기는 강력하다.

대전차포가 4문, 중기관총 3문, 그리고 모두 AK-47과 수류탄으로 중무장을 한 상태다.

고개를 든 도르만이 부하들을 보았다.

"오늘 밤에 출동이다."

카이잘파의 주둔지는 교외의 마을.

산골짜기에 위치한 마을은 20여 가구가 흩어져 있다. 그중에서 5가구에 주민이 살고 나머지는 카이잘파의 숙소다.

부하들이 흩어졌을 때 도르만이 무스타파에게 말했다.

"이것으로 빈 라덴과의 인연은 끝나는 거야."

빈 라덴의 연락책이었던 무스타파가 길게 숨을 뱉었다.

카이잘파를 전멸시키고 케냐로 돌아가면 양지로 들어가는 셈이다.

오후 3시, 우간다군 제1사단이 캄팔라 시내로 진입했다.

4개 연대 병력 1만 2천 명이 각 연대별, 대대별, 중대별로 흩어져서 정부 기관, 방송국, 관공서를 점령했다. 대통령궁으로 진입한 1개 대대 병력은 저항 없이 투항한 가민의 친위대를 무장해제시키고 구금했다.

그때 케냐 나이로비에서 날아온 리스타 용병단 1개 대대가 도착했다.

공식적으로 이번 쿠데타의 주역인 마르틴 대령이 '초청'한 것이다.

오후 5시가 되었을 때 기갑사단장 케니 파카드 소장이 쿠데타군에 대항하여 캄팔라 외곽의 황무지에서 출진했다. 캄팔라 시내를 향해 진격한 것이다.

캄팔라 주변에 전운이 덮였다.

캄팔라가 전장(戰場)으로 변하고 있다.

황무지를 출발한 기갑사단 선두는 장갑차 3대, 탱크 5대다.

그 뒤를 장갑차 대대가 따랐고 그 뒤는 탱크 연대로 이어졌다.

장관이다.

"속도를 높여라."

장갑차 대대의 뒤를 따르면서 파카드가 무전기에 대고 소리쳤다.

케니는 장갑차에 타고 있다.

"깔아뭉개고 진입해!"

전 부대 간부들에게 지시를 내린 것이다.

이미 각 중대별, 대대별 목표도 정해져 있다.

전력(戰力) 면으로 보면 기갑사단은 월등하다.

보병사단인 1사단장 핸슨보다도 파카드의 서열이 높은 것이다.

그런데 그 핸슨까지 암살당하고 참모장인 마르틴 따위한테 정권을 빼앗기다니.

파카드는 차라리 싸우다 죽을망정 마르틴 치하에서는 살지 않겠다고 결심했다.

파카드가 장갑차 뒤쪽의 작은 창으로 뒤를 따르는 탱크 연대를 보면서 다시 무전기에 대고 소리쳤다.

"오늘 중으로 캄팔라를 탈환한다!"

그 순간이다.

바로 뒤쪽에서 따라오던 탱크의 포신이 슬슬 내려가더니 이쪽을 겨누었다.

파카드는 눈을 껌벅이면서 입을 다물었다.

탱크와의 거리는 50미터 정도다.

"이봐, 지금······."

파카드가 다시 무전기에 대고 입을 열었을 때다.

"꽈광!"

탱크의 포신에서 불꽃이 일어나더니 엄청난 포성이 울렸다.

번쩍!

그 순간 파카드는 세상이 환해지는 느낌을 받으면서 의식이 끊어졌다.

캄팔라의 대통령궁 안.

마르틴과 함께 있던 이동욱, 카라조프가 장교의 보고를 받는다.

리스타 소속 경호대 장교다.

"캄팔라로 진입하던 파카드의 장갑차가 탱크의 포격을 받고 파괴되었습니다."

세 쌍의 시선을 받은 장교가 말을 이었다.

"파카드는 폭사했고 진입하던 기갑사단은 철수했습니다."

"수고했어."

고개를 끄덕인 이동욱이 장교에게 말했다.

"곧 탱크 부대 대대장 알지드 중령이 연락을 해올 거야. 데리고 오도록."

장교가 돌아갔을 때 이동욱이 마르틴을 보았다.

"파카드의 장갑차를 쏜 사람이오. 우리한테 포섭되어 있었소."

카라조프가 포섭한 것이다. 카라조프가 FSB 시절에 만들어 놓은 인맥을 통해 탱크 대대장을 포섭했다.

그때 마르틴이 길게 숨을 뱉었다.

"이제 살았습니다."

오후 9시가 되었을 때 도르만은 마을이 보이는 옆쪽 산비탈에 도착해 있다.

마을과의 거리는 2백 미터 정도.

아래쪽을 내려다보던 도르만이 손목시계를 보았다.

지금 도르만의 부대는 마을의 3면을 포위한 채 대기 중이다.

이윽고 고개를 든 도르만이 무전기에 대고 말했다.

"공격!"

그 순간 마을을 겨누고 있던 대전차포가 발사되었다.

"푸슝!"

후폭풍과 함께 요란한 발사음이 울리면서 탄두가 날아갔다.

"투타타타타타."

아래쪽 바위 위에 거치해놓은 중기관총 캘리버 50이 포성 같은 발사음을 내었다.

"타타타타타타."

도르만은 골짜기의 왼쪽 산 중턱에서 17명의 대원을 이끌고 있다.

대전차포 1문, 중기관총 1문이 배치되었고 오른쪽 산 중턱과 골짜기 아래쪽에도 대전차포, 중기관총이 배치되어 있다.

다음 순간 3면에서 폭풍 같은 공격이 이어졌고 마을은 화염으로 뒤덮였다.

민가가 차례로 대전차포에 맞아 불기둥을 일으켰고 중기관총에 맞은 민가도 과자 조각처럼 부서진다. 조명탄이 솟아올라 마을을 환하게 비추면서 총탄이 빗발처럼 쏟아졌다.

마을이 혼란 상태가 되면서 이쪽으로 총탄도 발사되었다.

그러나 곧 대응 사격도 멈췄다.

집중 포격이 시작된 지 5분이 지났을 때 마을의 민가는 모두 불덩이가 되었다.

조명탄에 비친 마을에 움직이는 생명체가 보이지 않는다.

이것이 도살이다. 우리 속에 갇힌 짐승을 도살하는 것이나 같다.

캄팔라의 대통령궁 옆쪽에 영빈관이 있다.

2층 건물로 국가원수급 귀빈의 숙박 시설로 만든 것이다.

밤 10시 반, 영빈관 2층 응접실에서 이동욱이 전화를 받는다.

음발레에서 온 전화다.

"카이잘파가 몰사했습니다. 마을에서 카이잘의 시신도 확인했습니다."

리스타 측 정보요원이다.

"마을에서 빠져나간 사람은 없습니다."

정보요원의 목소리가 흥분으로 떨렸다.

"도르문은 대원들을 이끌고 케냐로 철수하고 있습니다."

"수고했어."

전화기를 내려놓은 이동욱이 옆에 앉아 있는 카라조프를 보았다.

"칼리프 조직도 끝났어요."

카라조프가 고개를 끄덕였다.

케냐의 새 정부도 후환을 없앤 셈이다.

그 시간에 리스타랜드의 이광 별장에서 이광과 해밀턴, 안학태와 정남희까지 넷이 테라스에 나란히 앉아 있다.

해밀턴은 방금 정보원의 보고를 받고 온 것이다.

"케냐의 말리 정권, 우간다의 마르틴 정권이 새로 수립된 셈입니다."

해밀턴이 말을 이었다.

"모두 이동욱과 카라조프의 공입니다."

이광의 얼굴에 웃음이 떠올랐다.

"이동욱이 동부 아프리카의 밤의 황제가 되었군."

"그래서 이동욱을 동부 아프리카 지역의 책임자로 임명할 예정입니다."

"잘했어."

이광이 고개를 끄덕이며 물었다.

"카라조프의 가족은 데려왔나?"

"예, 지금 리스타랜드에 있습니다."

그때 안학태가 말을 이었다.

"바닷가의 별장을 한 채 제공했습니다."

"그럼 카라조프한테도 일을 주는 것이 낫겠는데."

이광이 말하자 해밀턴이 대답했다.

"예, 지금 이동욱과 같이 있으니까 리스타연합의 부장급으로 발령을 내지요."

"아니, 그보다 리스타 동부 아프리카 지역의 현지 법인 사장과 전무로 임명하는 것이 낫겠어요."

정남희가 말하자 안학태가 동의했다.

"그게 낫겠습니다."

그러자 해밀턴도 고개를 끄덕였다.

"그렇군요. 현지 법인 사장, 전무가 낫겠습니다."

이광이 의자에 등을 붙이면서 말했다.

"둘이 잘해내고 있는 것 같아."

통화를 끝낸 카라조프가 전화기를 내려놓고 소파로 다가왔다.

앞쪽에 앉은 카라조프가 이동욱을 보았다.

"잘 지내고 있다네요."

이동욱의 시선을 받은 카라조프가 얼굴을 펴고 웃었다.

"천국 같다고 해요."

방금 카라조프는 리스타랜드로 옮겨 간 어머니와 아들하고 전화통화를 한 것이다.

카라조프가 말을 이었다.

"이젠 마음 놓고 일할 수 있겠네."

"내일이라도 리스타랜드에 가서 만나고 와도 돼요."

이동욱이 말을 이었다.

"여긴 당분간 나 혼자서 처리해도 될 것 같으니까."

"아니, 지금이 가장 중요한 시기예요."

카라조프가 고개를 저었다.

"조금 더 케냐, 우간다의 기반이 굳어진 후에 가도 돼요. 더구나 탄자니아도 흔들리고 있는데."

"그렇다면 나도 마음이 놓이고."

이동욱이 웃음 띤 얼굴로 말을 이었다.

"당신이 없었다면 이번 케냐 우간다 작전은 성공하지 못했어요."

"과찬이에요."

이동욱이 자리에서 일어나 선반에 놓인 위스키 병을 들고 왔다.

"술 한잔 하십시다."

"그래요. 안주 준비할게요."

카라조프도 일어나 냉장고로 다가갔다.

밝은 표정이다.

다음 날, 아침 식사를 마친 이동욱이 영빈관에서 손님을 맞는다.

허드슨이다.

허드슨은 우간다 경찰청장으로 임명되었다. 하루아침에 경찰의 총수가 된 것이다.

이동욱이 카라조프와 함께 허드슨과 마주 앉았다.

"내일 군 지휘관 회의가 열리는데 마르틴 대통령에 대한 충성 맹세가 있을 겁니다."

알고 있었기 때문에 이동욱이 고개만 끄덕였다.

마르틴은 쿠데타에 성공한 후에 스스로 대통령에 취임했다.

암살당한 가민의 후계자로 자처하면서 대법원장을 시켜 대통령직 승계식을 치른 것이다.

법에도 없는 것이었지만 TV로 전국에 그 장면이 방영되었어도 국민들은 무관심했다.

마르틴은 쿠데타 군인 1사단의 4개 연대장을 모두 준장으로 승진시킨 후에 캄팔라 주변의 사단장으로 임명했다. 사단장 4명을 교체한 것이다. 그리고 자신이 지휘한 1사단장을 심복에게 맡겼다.

그사이에 우간다로 파병된 리스타 용병 1개 대대 병력이 대통령궁 경호대와 각 사단의 참모장과 고문단으로 파견되었기 때문에 안전장치도 만들어졌다.

그때 카라조프가 물었다.

"허드슨 씨, CIA 측에서 연락이 왔어요?"

그때 허드슨이 잠깐 망설이더니 고개를 끄덕였다.

"예, 연락을 받았습니다."

허드슨은 CIA 요원인 것이다.

카라조프가 말을 이었다.

"케냐는 물론이고 우간다도 리스타가 현실적으로 장악하고 있다는 것 아시죠?"

"알고 있습니다."

"전 FSB의 케냐 지부장이었죠. 그리고 지금은 리스타 일을 거들고 있습니다."

"알고 있습니다."

"우리가 허드슨 씨를 경찰청장으로 임명하도록 한 것은 CIA 요원이기 때문이 아니죠."

"……."

"허드슨 씨는 리스타 요원이 되어야 합니다. 무슨 말씀인지 아시죠?"

"……."

"리스타가 지배하는 우간다에서 이제는 CIA가 공작을 할 필요가 없다는 말이죠. CIA는 리스타와 먼저 합의를 하고 리스타가 이것을 집행하면 되는 것입니다."

말을 마친 카라조프가 허드슨을 보았다.

이동욱은 잠자코 듣기만 했다. 카라조프가 대신 말을 해준 것이다.

그때 허드슨이 입을 열었다.

"무슨 말씀인지 알겠습니다. 그럼 앞으로 리스타를 위해 일하지요."

오늘 허드슨을 부른 이유는 이것이다.

허드슨에게 소속감을 심어주려는 것이다.

따라서 허드슨은 이중 스파이가 되겠다.

허드슨과 엇갈려서 김준이 찾아왔다.

김준은 우간다에 파견된 리스타자원 소속의 용병대장. 지금 직책은 대통령 경호실장이다.

오전 10시, 응접실에 들어선 김준이 이동욱과 카라조프를 보더니 웃음 띤 얼굴로 말했다.

"국민들이 새 정부에 대한 기대가 큽니다."

김준이 말을 이었다.

"가민의 억압 정치에 불만이 쌓인 상태였거든요."

"곧 경제가 좋아지면 대통령의 인기가 더 높아지겠지요."

이동욱이 고개를 끄덕였다.

"리스타에서 대통령에게 비서실장과 경제 보좌관을 파견할 겁니다."

허드슨이 오기 전에 이동욱은 리스타 그룹 비서실장 안학태로부터 연락을 받았다.

동부 아프리카 지역 리스타 현지 법인 사장으로 임명되었다는 통보다.

카라조프는 전무이사가 되었고 곧 법인 요원들이 파견될 예정이었다.

앞에 앉은 김준도 모두 현지 법인 소속이 된다.

"빠르네."

윌슨이 감탄했다.

"그야말로 전광석화처럼 장악했어."

"시에라리온도 그렇게 장악해서 통치하고 있지요."

해외작전국장 크린트가 말했다.

CIA 부장실 안.

윌슨과 크린트는 우간다 사태에 대해서 대담 중이다.

그동안 상황실에서 계속 회의를 했지만 둘이 만났을 때도 동부 아프리카에 대한 이야기가 끊이지 않는다.

윌슨의 얼굴에 웃음이 떠올랐다.

"이렇게 되면 아프리카 동서가 이어져서 리스타제국이 실현되겠어."

"일단 장악하고 나서 경제 효과로 민심을 다스리는 것이지요."

크린트 메크럼은 이집트 지부장도 지낸 아프리카통(通)이다.

"아프리카는 민족이 많아서 누가 통치하든 간에 잘 살게만 해주면 따릅니다. 리스타만큼 효율적인 통치를 하는 체제가 없었습니다."

"과연."

고개를 끄덕인 윌슨이 크린트를 보았다.

"리스타가 아프리카를 통일할 수도 있겠어."

크린트는 눈만 껌벅이고 대답하지 않았다.

케냐에 이어서 우간다까지 정권을 전복시킨 주역은 리스타다.

우간다의 가민 대통령과 2인자, 3인자까지 암살하고 단숨에 정권을 교체시킨 것이다.

그리고 숨 돌릴 사이도 없이 리스타 용병을 쏟아부어 군까지 장악하더니 리스타 법인을 세워 경제 계획을 추진했다.

CIA 자체로서는 꿈도 꾸지 못할 방법이다.

윌슨이 혼잣소리처럼 말했다.

"우리는 리스타만 장악하고 있으면 돼."

카라조프와 함께 케냐로 돌아온 이동욱이 도르만을 만났을 때는 오후 6시다.

장소는 힐튼호텔의 로비 라운지.

도르만은 부하 둘과 함께 나와 있었는데 잔뜩 긴장하고 있다.

도른만을 본 카라조프가 웃음 띤 얼굴로 말했다.

"도르만, 수고했어요."

도르만에게 이동욱을 소개하고 다섯이 마주 보고 앉았다.

도르만은 음발레에서 카이잘파를 몰사시킨 후에 나이로비로 돌아와 있던 것이다.

그때 이동욱이 입을 열었다.

"약속한 대로 1천만 불을 이 계좌에 입금했습니다."

이동욱이 도르만 앞에 쪽지를 놓았다.

"언제든지 인출할 수가 있어요."

쪽지를 받은 도르만이 펼쳐보더니 고개를 끄덕였다.

그때 이동욱이 말을 이었다.

"그리고 당신들이 어디를 가든 제지받지 않겠지만 케냐에 남아 있으면 일거리가 생길 겁니다."

"어떤 일 말입니까?"

쪽지를 접어 주머니에 넣은 도르만이 물었다.

도르만의 입장은 끈 떨어진 연이나 같다. 마사다가 죽은 후에 내분이 일어났고 다시 하사크가 동조자들과 함께 몰살당했다. 그러다가 도르만이 남은 부하들을 데리고 음발레에서 카이잘파를 몰살시키고 온 것이다. 용역을 받은 것이다.

그때 이동욱이 말했다.

"리스타 사원이 되는 것이지. 당신들이 할 일이 많아요. 무슨 말인지 알 겁니다."

"압니다."

도르만이 고개를 끄덕이며 웃었다.

"우선 보상금을 찾고 나서 대원들하고 상의해보겠습니다. 아마 반대하는 놈은 없을 것 같습니다."

체르넨코가 앞에 앉은 유리 코프스키에게 말했다.

"주저할 것 없어. 카라조프가 나이로비에 오는 대로 제거해."

"알겠습니다."

유리가 고개를 끄덕였다.

유리는 FSB 기동반 소속으로 조장이다. 직책은 주임이지만 현역 육군 중령. 이번에 체르넨코의 요청으로 본부에서 보내온 '집행자'다.

오전, 10시 반, 러시아 대사관 안이다.

카라조프는 이제 러시아의 배신자다. 카라조프 때문에 케냐, 우간다를 미국의 앞잡이인 리스타에 빼앗긴 것이다.

그때 체르넨코가 말을 이었다.

"탄자니아의 타쿠누 대통령하고 이야기가 되었어. 남쪽의 반군이 지금 주도권 때문에 내분이 일어났어. 그래서 3개 사단 정도를 북쪽으로 이동시킬 수가 있다는 거야."

체르넨코가 고개를 들었을 때 귀를 덮은 머리칼이 걷히면서 반쯤 떼어진 귀가 드러났다.

"움바투는 암살당했지만 케냐와 탄자니아는 동맹국이야. 케냐가 외침을 당한 것이나 같으니까 탄자니아 군(軍)이 정권을 탈환해 주는 것이 당연해."

"그럼 전쟁입니까?"

"케냐군(軍)은 탄자니아군(軍)의 상대가 안 돼."

체르넨코의 얼굴에 쓴웃음이 번졌다.

"기갑사단 하나하고 보병사단 두 개면 나이로비는 10일 안에 함락된다."

"우간다도 케냐로 밀고 내려오려다가 가민 일족이 몰사했지 않습니까?"

"CIA의 저격수야. 리스타의 저격수일 수도 있지."

"이번에도 타쿠누를 노릴지 모릅니다."

"리스타 법인장 놈이 대장이야. 그놈만 없애면 돼."

"법인장입니까?"

"나이로비에 동부 아프리카 지역 리스타 법인이 들어섰어. 그 책임자가 이번 케냐, 우간다 정권을 전복시킨 주역이지. 그놈이 카라조프하고 같이 있어."

"그럼 둘만 없애면 끝나는 일이군요."

"그렇지."

체르넨코가 고개를 끄덕였다.

"판도가 바뀌는 것이지. 그렇게 되면 우리는 탄자니아에서 케냐, 우간다까지 한꺼번에 장악할 수 있어."

9·11 사태로 미국은 중동의 테러단에 전쟁을 선포한 상황이다.

그 첫 번째 타깃이 침략국으로 낙인찍힌 이라크다.

빈 라덴을 잡으려고 모든 신경을 중동 지역에 쏟고 있어서 아프리카 지역까지 관리할 여력이 없다.

그때 유리가 입을 열었다.

"우리가 반격할 차례군요."

"반전시켜야지."

체르넨코가 바로 말을 받는다.

리스타의 진출은 마치 제방이 터진 것 같다. 리스타의 상사, 유통, 투자, 자원의 담당 직원들이 쏟아지듯 나이로비로 몰려 들어왔다.

해외법인 총괄사장이며 부회장인 정남희의 지시로 부사장 해리 워터만이 '동부 아프리카 리스타 법인'의 설립을 맡았다.

해리는 나이로비에 10층 빌딩을 구입하고 각 계열사에서 차출된 직원으로 통합 조직을 갖추고 사업을 개시했다.

사장 이동욱과 전무 카라조프가 아직 캄팔라에 있는 동안 일어난 일이다.

오후 7시 반, 영빈관의 식당에서 저녁을 먹던 카라조프가 문득 고개를 들고 이동욱을 보았다.

캄팔라에 온 지 15일째다.

둘은 영빈관을 제집처럼 이용하고 있었는데 대통령 집무실이 1백 미터 거리였기 때문이다.

하루의 절반은 대통령 마르틴과 함께 보내는 터라 둘이 대통령과 영부인 같았다.

"저 리스타에 다녀와도 되겠죠?"

"아, 물론."

이동욱이 바로 대답했다.

포크를 내려놓은 이동욱이 카라조프를 보았다.

"내가 좀 외롭겠지만 견딜 수 있어요."

이동욱의 시선을 받은 카라조프가 풀썩 웃었다.

"농담을 하시네."

"농담 아닙니다."

"이런 대화는 처음인 것 같은데요."

"다 처음이 있는 법이죠."

"우리가 같은 집에서 산 지 며칠째인지는 알아요?"

"2주일인가?"

"나이로비에서부터 20일이 되었어요."

"그렇군."

냅킨으로 입술을 닦은 카라조프가 이동욱을 보았다.

둘이 이렇게 사적(私的) 대화를 하는 것도 처음이다.

"난 한국 남자를 존경하게 되었어요."

"갑자기 한국 남자는 왜?"

"내가 당신을 보는 눈빛을 보았을 텐데."

이동욱의 시선을 받은 카라조프가 빙그레 웃었다.

"나한테서는 감동이 일어나지 않죠?"

그때 이동욱이 시선을 내렸다.

카라조프는 38세. 이동욱보다 세 살 연상이다. 그러나 맑고 울림이 강한 목소리, 윤기가 흐르는 피부, 검은 눈동자를 보면 몸이 빨려드는 것 같은 느낌이 들 때도 있다.

그때 이동욱이 말했다.

"당신은 나한테 과분한 상대 같아서."

밤 11시가 조금 넘었다.

방을 나온 이동욱이 응접실을 건너가 왼쪽 방문 앞에 섰다.

카라조프의 방이다.

영빈관은 조용하다. 아래층에는 영빈관 근무자들과 경호원들 숙소였고 이층 전체를 이동욱과 카라조프가 사용하고 있는 것이다.

숨을 고른 이동욱이 가볍게 노크를 했다.

응답이 없지만 이동욱은 문을 열었다.

문은 잠가놓지 않았다.

방 안으로 들어선 이동욱은 침대에 앉아 있는 카라조프를 보았다.

카라조프는 상반신에 브래지어만 차고 있어서 어깨와 아랫배가 다 드러났다. 하반신은 시트로 덮여 있다.

그때 이동욱의 시선을 받은 카라조프가 말했다.

"불 꺼요."

다음 날 아침.

눈을 뜬 이동욱은 침대 옆자리가 비어 있는 것을 보았다.

이곳은 카라조프의 방이다.

몸을 일으킨 이동욱이 옷을 주워 입다가 탁자 위에 놓인 쪽지를 보았다.

창밖이 환한 아침이다.

쪽지를 집어 든 이동욱이 읽었다.

"다녀올게요. 랜드 쪽에 내가 간다고 연락이나 해줘요. 행복했어요."

짧은 글이지만 이동욱은 한참이나 쳐다보았다.

오전 11시.

이동욱이 대통령궁에서 마르틴 대통령, 경호실장 김준과 함께 회의를 한다.

이동욱이 입을 열었다.

"오늘 오후에 리스타 사업단이 국가 재건 사업 설명을 할 겁니다. 대통령께선 그것을 국민들에게 발표만 해주시면 됩니다."

마르틴이 고개를 끄덕였다.

리스타 사업단은 사업뿐만 아니라 국가 체제 전반에 대한 운영, 관리를 위임 받았다.

마르틴은 추인만 해주면 된다. 추인 안 받아도 되지만 대통령 체제니까 형식 은 따르는 것이다.

집무실에서 나왔을 때 따라온 김준이 말했다.

"마르틴은 열심히 배우고 있습니다. 모두 우간다를 위하는 일이니 전혀 토를 달지 않습니다."

몰라서도 그렇겠지만 마르틴은 드물게 보는 사심 없는 지도자다.

그러니 우간다의 미래가 밝아 보이는 것이다.

우간다에는 리스타 사업단 50여 명이 파견되어 있었는데 각 계열사에서 선발된 인원이다.

사업단장은 강호영, 시에라리온을 개조한 경험자인 것이다.

강호영은 마르틴으로부터 총리로 임명되어 경제와 내부 관리까지 책임지고 있다.

경호실장 김준은 대통령 경호뿐만이 아니라 군과 경찰까지 통제한다.

케냐도 마찬가지다.

6장 동아프리카 정복

오후 3시가 되었을 때 경찰청장 허드슨이 찾아왔다.

영빈관이 대통령 집무실 같다.

둘이 마주 보고 앉았을 때 허드슨이 말했다.

"탄자니아의 타쿠누가 3개 사단을 아루샤로 집결시키고 있습니다."

이동욱이 고개만 끄덕였고 허드슨이 말을 이었다.

"1개 기갑사단, 2개 보병사단인데 보병사단도 장갑 보병사단이라고 부릅니다. 장갑차로 이동을 해서 기동력이 빠르거든요."

"나도 들었어, 허드슨."

이동욱이 웃음 띤 얼굴로 허드슨을 보았다.

허드슨은 CIA의 정보를 가져온 것이다.

"아루샤에 도착 완료할 시간이 10일 후고, 사령관은 육군 중장 카무룬이라는 것. 국경을 넘고 나서 5일째에 나이로비를 함락시키는 것이 목표라고 하는군."

"들으셨습니까?"

눈을 크게 뜬 허드슨이 묻자 이동욱은 고개를 끄덕였다.

"리스타도 정보력이 있네."

"그건 아닙니다."

"하지만 말해줘서 고맙네."

"그리고 본부에서 연락이 왔습니다."

허드슨이 고개를 들고 이동욱을 보았다.

"FSB가 탄자니아를 강력히 지원하고 있다는 겁니다."

"당연하지. FSB로서는 케냐와 우간다까지 어이없게 빼앗긴 상황일 테니까."

"카라조프 씨에 대한 배신감도 클 테니까요."

그러더니 허드슨이 방 안을 둘러보는 시늉을 했다.

카라조프가 어디 있느냐고 묻는 것 같다.

이동욱이 말을 이었다.

"이번에는 우간다, 케냐 방법이 통하지 않을 거야."

"다 알고 있을 테니까요."

"남부 지역 반란군이 기세가 꺾인 바람에 여유가 생긴 것 같군."

"어쨌든 우간다에 이어서 탄자니아가 들썩입니다."

허드슨이 정색하고 이동욱을 보았다.

"연쇄 반응을 일으키는 것 같습니다."

모두 정국이 불안하기 때문이다.

이동욱이 나이로비에 도착한 것은 다음 날 오전 11시 경이다.

나이로비 중심부에 위치한 리스타 건물로 들어선 이동욱이 사장실에서 바로 손님을 맞는다.

간부 직원들의 인사도 받기 전에 기다리고 있던 손님을 만난 것이다.

방으로 들어선 손님은 셋. 핸더슨, 김석호, 라돈이다.

인사를 마친 셋이 이동욱 앞에 나란히 앉았다.

모두 리스타자원에서 선발된 용병이다.

핸더슨은 남아공 출신, 김석호는 한국인, 라돈은 파키스탄인이다.

먼저 핸더슨이 말을 이었다.

"1백 명을 선발해왔습니다. 30명씩 3개 부대에 10명은 본부로 편성했습니다."

핸더슨이 선임이다.

이동욱이 고개를 끄덕였다.

"본부 10명은 나하고 함께 갈 테니까, 핸더슨이 3개 부대를 이끌고 출발 준비를 해. 물론 떠나기 전에 훈련을 해야겠지."

이동욱이 말을 이었다.

"몸바사에서 배편으로 가는 것이 편리할 거야. 내가 쾌속정을 준비해놓았어."

"알겠습니다."

핸더슨이 고개를 끄덕였다.

"언제 출발할까요?"

"지금 다르에스살람에 은신처를 만들고 있어. 사흘 후에 출발하면 될 거야."

"대장님은 언제 오십니까?"

"본대가 떠나고 이틀 후에."

이동욱이 탁자 위에 지도를 펼쳐놓았다.

다르에스살람 지도다.

붉은색으로 동그라미가 그려진 곳이 대통령궁이다.

이동욱이 연필로 대통령궁을 가리켰다.

"우리가 반군이 되어서 이곳을 초토화시키는 거야."

연필 끝이 붉은색 선 안을 계속해서 두드리고 있다.

세 쌍의 시선이 두드리는 연필 끝을 보았고 이동욱의 말이 이어졌다.

"내일 리스타연합의 정보원이 와서 대통령궁의 모형도를 보면서 진입로와 경비대 위치 등에 대해서 설명해 줄 거야. 그것을 듣고 이곳에서 진입 훈련을 해야 돼."

긴장한 셋이 숨을 죽였고 이동욱의 말이 이어졌다.

"타쿠누를 제거하고 후계자를 세우는 것까지 우리가 조종해야 돼. 그래야 완전하게 끝나는 거야."

"……."

"타쿠누는 스스로 화를 자초한 셈이지. 가만있었으면 이런 일이 일어나지 않았을 것 아닌가? 이것을 자업자득이라고 하지."

핸더슨과 라돈 때문에 이동욱이 자업자득을 영어로 설명하고 나서 고개를 돌려 김석호를 보았다.

"한국말로 이런 표현이 많지?"

한국어로 물었더니 상사 출신의 베테랑 용병 김석호가 한국어로 즉시 대답했다.

"예. 사필귀정, 인과응보도 있습니다."

"그렇군."

거기까지 한국어로 말한 이동욱이 영어로 말을 잇는다.

"작전 기간은 모두 합쳐서 7일, 작전 시간은 5시간 남짓 될 거야. 리스타자원 직원이지만 이번 일은 용병 작전이니까 지휘관 3명에게는 50만 불, 하사관 6명은 30만 불, 대원들은 15만 불씩 수당을 지급한다. 그리고 전사자는 가족이나 상속자에게 1백만 불, 부상자는 경중에 따라서 1백만 불에서 30만 불까지 보상금을 준다."

말을 그친 이동욱의 얼굴에 웃음이 떠올랐다.

"그건 나한테도 해당돼. 나도 당신 셋과 같은 급이야."

"그럼 7일 후에 귀환하는 겁니까?"

라돈이 묻자 이동욱이 고개를 저었다.

"7일 후에는 2급 작전이 되지. 그때는 수당이 적어진다."

모두 얼굴을 펴고 웃었지만 이동욱의 말이 이어졌다.

"그때는 휴가도 갈 수 있을 테니까. 요원들도 보충이 되고."

그리고 실패했을 때는 세상에 없을 테니까 궁금할 필요도 없지.

오후에 케냐 대통령 말리가 이동욱을 찾았다.

경호실장 최영찬을 통해 이동욱이 왔다는 말을 듣고 만나자고 한 것이다.

오후 3시.

이동욱이 대통령궁의 집무실에서 말리와 마주 보고 앉았다.

옆쪽의 배석자는 경호실장 최영찬 하나다.

말리가 정색하고 이동욱을 보았다.

"들으셨지요? 타쿠누가 움바투하고 동맹 맺은 것을 핑계로 케냐를 침공한다는 겁니다."

이동욱은 고개만 끄덕였고 말리가 한숨을 쉬었다.

"이거 어쩌지요?"

힘이 있는 자가 권력자다.

"대통령께 보고를 해야 되지 않겠습니까?"

해외작전국장 크린트 메크럼이 묻자 윌슨이 이맛살을 찌푸렸다.

"글쎄, 이게 성공할지도 알 수 없고 말야."

윌슨이 고개를 들고 크린트를 보았다.

"만일 일이 잘못되면 우리가 실패한 것이 된단 말야."

"그건 그렇습니다."

그때 윌슨이 자리에서 일어섰다.

"우리, 영감한테 가자."

영감이란 바로 후버다.

나이 80이 가까운 후버는 지금 뉴욕의 안가에서 은둔 중이다.

두 시간 후인 오후 6시, 윌슨과 크린트는 브루클린 안가에서 후버와 마주 앉아 있다.

후버는 아예 파이프를 입에 물고 연기를 피워 올리고 있다.

"무슨 일이냐?"

소파에 등을 붙인 후버가 묻자 윌슨이 헛기침부터 했다.

"지금 동부 아프리카가 격변기를 맞고 있는 것 같습니다."

이렇게 운을 뗐을 땐 윌슨이 케냐의 새 정권부터 이야기를 시작했을 때다.

윌슨이 몇 마디를 이어 나가기도 전에 후버가 입에서 파이프를 떼고 손을 들었다.

"그만."

입을 다문 윌슨을 향해 후버가 물었다.

"탄자니아 문제 때문에 왔나?"

"예, 그렇습니다."

쓴웃음을 지은 윌슨이 소파에 등을 붙였다.

그때 후버가 파이프를 빨아들이고는 구름 같은 연기를 내뿜었다.

"진행시켜."

"예?"

"지금 추진하고 있는 작전 말이야."

"무슨 말씀이신지."

"탄자니아 정부 전복 작전 아닌가?"

"……."

"이번에도 리스타를 앞장세우려고 하는 거지?"

윌슨과 크린트가 서로의 얼굴을 보았을 때 후버가 말을 이었다.

"추진시켜. 탄자니아에 이어서 소말리아까지 밀어붙여."

"……."

"그렇게 되면 에티오피아는 그냥 넘어와. 그렇지 않겠나?"

"……."

"지금 리스타의 행동대장 아니, 그 암살대장인가? 거기 있는 놈이 누구지?"

"이동욱입니다."

"모르는 이름인데. 전에는 다른 놈들이 뛰었는데."

"고대형입니까?"

"그놈 이름을 들은 것 같고. 정 누군가 있었는데."

"정재국이군요."

"맞아. 그놈들 다 죽었나?"

"다 살아 있습니다. 지금은 경영자 급이 되었다고 하더군요."

"그럼 이 아무개가 움바투와 가민을 죽였나?"

"그렇습니다."

"그놈이 영웅이군."

"예, 직접 죽였으니까요."

"선 오브 비치."

"그런데 지금……."

"뭐가 문제야?"

"대통령께 보고를 해야 될까요?"

"하지 마."

윌슨이 숨을 들이켰고 후버가 다 꺼진 파이프를 놋쇠 재떨이에 두드렸다.

"그것이 대통령을 위한 길이기도 하니까. 리스타의 암살자한테 맡겨놔."

"……."

"리스타를 적극 지원하되 공은 빼앗을 생각도 하지 마. 그럼 배신을 당할 테니까."

"……."

"다 쏟아주면 리스타가 자연스럽게 심복하게 될 테니까."

"자연스럽게 말입니까?"

"리스타는 우리한테 따르게 되어 있으니까 욕심만 부리지 마."

"욕심 말입니까?"

"성공에 대한 욕심."

후버가 지그시 윌슨을 보았다.

"부시한테 네 공을 내세우지 않아도 돼. 윌슨, 리스타에 맡기고 기다려."

그때 윌슨이 길게 숨을 뱉었다.

감기가 떨어진 것 같은 느낌이다.

"숙소를 찾았습니다."

알렉세이가 앞에 서서 보고했다.

"하일레 셀라시에 거리 근처의 2층 저택입니다."

"됐다."

자리에서 일어선 유리가 손목시계를 보았다.

오후 6시 20분.

알렉세이는 리스타의 법인 사장 이동욱의 숙소를 찾은 것이다.

"집합시켜."

대사관의 영사실 안이다.

286

FSB 지부장 체르넨코에게 먼저 보고할 필요는 없다.

알렉세이가 서둘러 방을 나갔을 때 유리는 이것이 행운의 징조인 것 같다는 생각을 했다.

작전 직전에 예감을 느끼게 된 지 꽤 오래되었다.

대부분 성공으로 끝났기 때문에 이렇게 살아남은 것이지만 성공했을 때는 분명히 이렇게 전조 현상이 있었다. 갑자기 가슴이 뛰고 얼굴에 열기가 오르는 등의 현상이다.

지금이 그렇다. 심장 박동이 빨라져서 마치 누가 안에서 두드리는 것 같다.

길조다.

"저요."

수화구에서 카라조프의 목소리가 울린 순간 이동욱의 얼굴에 저절로 웃음이 덮였다.

한마디지만 밝은 목소리.

"아, 카라조프 씨."

"리."

카라조프가 불렀다.

카라조프는 지금 리스타랜드에서 전화를 한다.

"예, 말해요."

"내 이름이 마리아 보리스 카라조프예요."

"예, 꽤 긴 이름이죠."

"마리아라고 불러요."

"마리아."

"예, 당신은 뭐라고 불러요?"

"우가."

"우가."

따라 말한 카라조프가 짧게 웃었다.

"천국 같아요, 우가."

"당연하지."

"파도 소리 들려요?"

들리지 않았지만 이동욱이 대답했다.

"들리는데."

"바닷가 별장이에요."

"좋지."

"베란다에서 바로 모래사장으로 나갈 수 있어요."

"방은 몇 개나 돼요?"

"다섯 개. 안에 풀장도 있어요."

"우와."

"집이 커서 하인이 셋이나 돼요."

"당연하지."

전화기를 고쳐 쥔 이동욱이 말을 이었다.

"마리아, 당분간 거기서 쉬어요. 여기는 별일 없으니까."

"괜찮아요?"

"괜찮아요. 그러니까 마음 놓고 푹 쉬어요."

"그럼 쉴게요."

"내가 사장이니까 사장 지시대로 해요. 내 지시가 있을 때까지 거기서 쉬어요."

그러고는 이동욱이 전화기를 내려놓았다.

288

리스타연합 소속의 로닌은 흑인이다.

미육군에서 8년을 근무한 후에 리스타에 채용되었다. 군에서 정보업무를 맡은 경력을 인정받은 것이다. 이제 리스타 경력 5년까지 포함해서 로닌은 '동부 아프리카 법인' 소속의 부장이 되었다.

직책은 업무 3부장이지만 실제 업무는 정보업무다. 업무 2부가 용병 관련 업무이다.

로닌이 저택에 왔을 때는 오후 6시 반이다. 갑자기 찾아왔기 때문에 이동욱이 응접실로 맞았다.

"무슨 일 있어?"

"사장님, FSB에서 기동반 소속 조장이 나이로비에 와 있습니다."

로닌이 흰자위가 많은 눈으로 이동욱을 보았다.

"이름은 유리 코프스키, 암살 전문인데 지금까지 수십 번의 암살을 성공시켰습니다."

"……."

"지금 대사관에 있는데 요원이 5명쯤 됩니다."

고개를 든 로닌이 이동욱을 보았다.

"놈들의 목표는 뻔합니다."

"나하고 카라조프겠군."

"그렇습니다."

"그렇다면 조심해야 되겠는데."

정색한 이동욱이 말을 이었다.

"사흘 후에는 내가 떠나야 되니까 말야."

로닌도 이동욱의 탄자니아행을 알고 있는 것이다.

로닌이 고개를 끄덕였다.

"이곳에 대역을 세워 놓으시고 피해야 됩니다."

밤. 프린스호텔의 11층 룸에서 야간용 스코프로 앞쪽을 보던 가가린이 무전기에 대고 말했다.

"승합차가 나갑니다."

스코프에는 저택을 나오는 승합차가 비치고 있다.

승합차가 들어간 것은 30분쯤 전. 승합차에는 둘이 타고 있었다. 흑인 하나와 백인 하나.

스코프에 앞쪽 자리에 나란히 앉아 있는 둘이 보였다.

"둘, 맞아?"

수신기에서 유리 코프스키의 목소리가 울렸다.

"예, 둘입니다."

야간용 스코프에 차 안의 둘이 분명하게 드러나 있다.

거리는 575미터.

그때 승합차가 저택 정문을 나가면서 시야에서 사라졌다.

가가린의 감시 범위는 벗어난 것이다.

승합차가 나타나자 유리가 드라구노프의 스코프를 조절했다.

거리는 615미터.

유리는 다른 지점에서 저택을 겨누고 있었던 것이다.

저택 정문에서 4차선 도로까지 나오는 2차선 도로다.

유리는 지금 상가 건물의 5층 방 안에서 엎드려 있는데 승합차를 정면으로 보는 위치다.

그래서 거리가 급하게 단축되고 있다.

금세 550이 되더니 500, 450.

앞쪽 자리에 나란히 앉은 두 사내의 윤곽이 점점 선명해진다.

유리 옆에 엎드린 레오니드가 낮게 말했다.

"거리 400. 아까 들어간 놈, 둘 맞는데요."

거리가 350, 300, 250이 되었을 때 유리가 스코프에서 눈을 떼고 말했다.

"내일 아침에 그놈이 회사에 나가겠지."

그 시간에 이동욱은 저택을 나와 반대편 길가의 승용차에 오르는 중이다.

밖에서는 보이지 않는 저택 옆쪽 쪽문을 통해 옆집 마당으로 나온 후에 옆집 뒷문으로 나온 것이다.

"공항으로 가겠습니다."

운전석에 앉은 업무 3부 직원이 말했다.

차 안에는 핸더슨과 김석호가 타고 있다.

이동욱이 고개를 끄덕이자 승용차는 속력을 내었다.

밤 10시 반이다.

공항에는 비행기가 기다리고 있다.

비행기 안에서 이동욱은 대원들과 인사를 나누게 되었다.

100명의 대원은 한국인이 30여 명밖에 되지 않았다. 나머지는 리스타자원에서 선발된 흑인, 아랍계 대원들이다. 탄자니아에서 활동하기 위해서는 흑인 대원이 필요한 것이다. 모두 군 출신으로 전투 경험이 풍부한 용병이다.

일일이 악수를 하고 난 이동욱의 얼굴도 상기 되었다.

대원들의 사기가 전염된 것이다.

대통령궁 안.

응접실에서 대통령 타쿠누와 기동군 사령관 카무룬이 앉아 있다.

오전 9시 반.

배석자는 경호실장 우베 중장이다.

카무룬이 입을 열었다.

"계획대로 국경 지역에서 총격전을 유발한 후에 진격하겠습니다."

"뻔한 수작이지만."

타쿠누가 쓴웃음을 짓고 말을 잇는다.

"핑계 거리는 만들어야 되니까 말야. 아군 사상자 수를 10명쯤 잡아."

"군 형무소에 수감된 30명을 끌고 가서 사상자로 만들 작정입니다."

"그렇지."

타쿠누가 고개를 끄덕였다.

"좋은 방법이야."

"미리 준비했다는 표시를 안 내려고 기갑사단은 아루샤 남방에서 훈련을 시키도록 하겠습니다."

"알았어. 우리가 군을 동원하고 있는 것을 케냐 측에서도 눈치챘을 테니까 작전이 시작되면 전속력으로 진격하도록."

"예, 각하."

"미국의 사주를 받은 리스타 놈들이 케냐, 우간다의 대통령을 차례로 암살하고 '리스타제국'을 건설한 상황이야."

타쿠누의 두 눈이 번들거렸고 목소리가 높아졌다.

"용납할 수 없는 만행이다. 우리는 전(全) 아프리카 국가들의 지지를 받을 거다."

그리고 FSB는 이미 적극적인 지원을 해주고 있다.

그때 자리에서 일어선 타쿠누가 카무룬에게 손을 내밀면서 말했다.

"장군, 신의 가호가 있기를."

"각하께 영광을 드리지요."

악수를 나눈 카무룬이 힘차게 경례를 올려붙였다.

카무룬이 집무실을 나갔을 때 배웅하고 돌아온 경호실장 우베가 타쿠누에게 말했다.

"카무룬 옆에 부관 둘을 붙여 놓았습니다."

감시역이다.

타쿠누는 아무도 믿지 않는다. 그래서 카무룬 측근에 감시역을 붙여 놓은 것이다.

고개를 끄덕인 타쿠누가 입을 열었다.

"카무룬이 나이로비에 입성하면 네가 3사단을 이끌고 가도록 해."

"알겠습니다."

우베가 고개를 끄덕였다.

카무룬이 케냐를 장악하게 놔둘 수는 없는 것이다.

몸바사를 출발한 쾌속선이 잔지바르섬의 북단에 도착한 것은 오전 1시 무렵이다.

정박 시설이 협소했지만 부두는 텅 비었다.

그러나 이곳은 탄자니아의 다르에스살람과 가까운 셈인 데다 경비가 허술하다.

한 시간 동안 휴식을 취한 쾌속선은 다시 출발했다.

2백 톤급 쾌속선에는 1백 명의 특전대가 탑승하고 있다.

오전 4시. 다르에스살람 서북쪽 12킬로 지점의 어항에 쾌속선이 소리 없이 다가가 접안했다.

깊은 밤, 곧 쾌속선에서 부교가 내려지더니 등에 배낭을 멘 사내들이 내렸다.

사내들은 모두 간편한 작업복 차림이지만 제각기 무기를 소지했다. 대전차포를 멘 사내도 있고 M2 기관포를 어깨에 가로로 짊어진 사내도 보인다.

사내들은 곧 어항 밖에서 대기하고 있던 7대의 차량에 분승했다.

컨테이너 트럭 2대와 트럭 2대, 그리고 승합차 3대다.

어둠 속으로 차량이 사라졌을 때는 쾌속선이 접안한 지 30분도 안 되었다.

승합차 안에서 이동욱이 옆에 앉은 윤철에게 말했다.

"난 잘 테니까 도착하면 깨워."

"예, 사장님."

윤철은 33세, 이동욱에게 배속된 지휘부 요원이다.

차는 지금 다르에스살람을 향해 달려가고 있다.

탄자니아 대통령 타쿠누는 55세, 집권 12년째다.

12년 전, 수도경비사령관이었던 타쿠누가 쿠데타를 일으켜 정권을 탈취한 것이다.

타쿠누가 경호실장 우베를 불러들였을 때는 오전 10시.

둘은 집무실에서 마주 보고 있다.

"우베, 카무룬한테서 연락이 왔다. 케냐군 1개 사단이 나망가 북쪽 4킬로 지점에 도착했다는 거다."

타쿠누가 웃음 띤 얼굴로 말을 이었다.

"케냐 남부군 소속인데 근처에서 이동해온 것이다."

"케냐 측에 정보가 갔겠지요. CIA나 리스타가 전해줬을 테니까요."

우베의 얼굴에도 웃음이 떠올랐다.

"리스타 놈들이 우간다까지 전복시키고 나서 기고만장하다가 긴장할 것입니다."

"그놈들이 가만있을 리가 없어."

"그래서 경호 병력을 2배로 늘렸습니다, 각하."

"움바투도, 가민도 암살을 당했어. 조심해야 돼."

이제는 타쿠누가 정색하고 말했다.

"내가 전략을 바꿨다. 카무룬한테 나이로비로 직진하라고 명령을 할 작정이야. 그리고, 우베."

타쿠누가 우베를 보았다.

"네가 3사단, 5사단을 이끌고 카무룬의 뒤를 따라 나이로비에 입성해."

"나이로비를 점령합니까?"

긴장한 우베가 묻자 타쿠누가 고개를 끄덕였다.

"카무룬의 지원군으로 진입한다. 일단 카무룬 휘하에서 지휘를 받다가 나이로비에 입성하면 네가 계엄사령관을 맡아라."

"진주군 사령관 카무룬 휘하의 계엄사령관이란 말씀입니까?"

"그렇다. 네가 군을 장악하는 것이지."

"카무룬이 가만있을까요?"

"카무룬에게는 케냐 총독을 시킬 테니까."

"아, 과연."

"탄자니아 제국의 케냐 총독이 되는 거야."

"카무룬이 만족할까요?"

"카무룬 부관과 직할 경비대에 심복을 심어 놓았다. 너처럼 내 친척이야."

"과연."

감동한 우베가 고개를 끄덕였다.

우베는 타쿠누의 처족이다. 즉, 2번째 부인의 남동생인 것이다.

카무룬 휘하에 심어놓은 심복도 그런 부류다.

그 시간에 카무룬 중장이 둘러앉은 지휘관에게 말했다.

"준비는 다 되었어. 지금 즉시 부대로 돌아가 계획대로 진격한다. 그대로 국경을 돌파한다."

3개 사단이 동시에 출진하는 것이다.

기갑사단 뒤로 기갑보병사단이 따른다.

카무룬이 말을 이었다.

"국경을 돌파하고 곧장 나이로비로 진격하는 거야. 그리고."

숨을 고른 카무룬이 고개를 들었다.

"우베 중장이 이끄는 보병 2개 사단이 바로 우리 뒤를 따라올 것이다."

지휘관들이 술렁거렸다.

뒤에서 지원군이 받쳐주는 것이다.

"자, 출동 준비."

참모장이 소리치자 모두 서둘러 자리에서 일어섰다.

모두 집무실을 빠져나가고 안에 둘이 남았다.

카무룬과 참모장 후산 준장이다.

후산은 카무룬과 동고동락해 온 심복이다. 카무룬이 제1기갑사단장이었을 때부터 참모장으로 함께 근무하다가 이번에 합동군 참모장이 되었다.

주위를 둘러본 후산이 목소리를 낮췄다.

"각하, 우베를 지원군으로 보내는 이유를 아시지요?"

"할 수 없지."

카무룬이 쓴웃음을 지었다.

"부관 사하드 중령하고 경호대장 유탄 중령이 대통령이 심어놓은 놈들이야."

"우리가 알고 있는 것이 다행입니다."

주위를 둘러본 후산이 말을 이었다.

"조치하겠습니다."

오후 1시.

케냐 대통령 조지 말리가 육군 참모총장 사일로의 보고를 받는다.

"각하, 3개 사단이 국경으로 북상하고 있습니다."

말리는 고개만 끄덕였고 사일로의 말이 이어졌다.

"제1기갑사단과 2개 기갑보병사단입니다."

"마침내 침략해오는군."

말리가 사일로을 보았다.

"나망가에 방어선을 쳐 놓았지?"

"예, 하지만……."

사일로가 어깨를 늘어뜨렸다.

"제13사단은 방어 준비를 하고 있지만, 전력이 약한 데다……."

"알고 있어."

말리가 고개를 끄덕였다.

이미 탄자니아군의 준비 상황은 수시로 보고 받고 있는 것이다.

외교부를 통해 미국 측에 연락도 했고 말리가 직접 미국무장관 존슨에게 통화도 했다.

297

최근 사흘 동안 말리는 외국 방송사 3개를 만나 탄자니아의 침략 가능성을 말해주기도 했다. 그것이 세계 각국으로 보도되었던 것이다.

그러나 진전된 일이 없다.

미국과 영국, 독일 정부가 침략 전쟁은 있어서는 안 된다는 짤막한 성명만 발표한 것으로 끝이다. 탄자니아 측은 침략 기도를 전면 부인하면서 국경 지역의 기동 훈련이라고 둘러대었다.

말리가 고개를 돌려 경호실장 최영찬을 보았다.

"연락 오지 않았나?"

"예, 각하."

최영찬이 짧게 대답했다.

말리는 리스타가 어떤 행동을 하는지 아직 모른다.

그러나 의지하고 있는 것이다.

오전 10시부터 탄자니아의 정예군인 3개 사단이 은밀히 아루샤로 출발했다.

기갑사단을 선두로 한 3개 기동사단이 케냐 국경의 도시 나망가를 향해 출발한 것이다.

그것을 세계 각국의 언론이 보도했다.

탄자니아 측은 마지막 순간까지 극력 부인하고 있지만 기동사단이 출발한 순간에 정부 대변인이 각국 기자들에게 선언했다.

"탄자니아는 케냐의 동맹국입니다. 케냐의 민주정권 지도자였던 움바투 대통령과 탄자니아의 타쿠누 대통령은 상호 방위 동맹을 맺었고 상대국의 외침이 있을 경우에 즉각 군을 파견하여 동맹국을 지원하겠다는 서약을 했습니다. 이에 탄자니아는 케냐의 국권 회복을 위해 지원군을 파견할 것입니다."

대변인의 성명은 세계로 생중계되었다.

298

이어서 서약서가 TV 화면에 펼쳐졌다.

"명분이 충분해."

이곳은 케냐 나이로비의 러시아 대사관 앞.

FSB 지부장 체르넨코가 웃음 띤 얼굴로 TV를 보면서 말했다.

오후 5시 반.

"기동군은 오후 6시면 나망가를 돌파할 겁니다."

옆에 선 보좌관이 말했다.

"6시에 나망가를 돌파하면 내일 오전 중에는 케냐군을 격파하고 이틀 후에 나이로비로 입성할 수 있을 것 같습니다."

이미 타쿠누 측으로부터 침략 정보를 받고 있었기 때문에 탄자니아군의 침공 스케줄을 알고 있는 것이다.

그때 체르넨코가 물었다.

"그놈 행적은 아직 찾지 못했나?"

"예, 집 밖으로 나가는 것을 아직 보지 못했습니다."

보좌관이 말을 이었다.

"유리가 지금도 대기하고 있습니다."

저격병 유리 코프스키다.

유리가 아직도 저격 준비를 하고 있는 것이다.

벌써 이틀째다.

오후 7시가 되었을 때 타쿠누가 보고를 받았다.

이곳은 대통령 집무실 안.

집무실이 상황실로 변경되어 있다.

보고자는 케냐로 진격 중인 카무룬 중장.

"현재 케냐군과 교전 중이지만 이미 기갑사단은 전선을 돌파했습니다."

카무룬의 무선 통신이 스피커를 울린다.

"케냐군은 출구를 터놓고 후퇴하는 중입니다."

"아군 피해는?"

"케냐군이 앞길을 텄기 때문에 부상자 10여 명이 났을 뿐입니다."

카무룬의 목소리가 이어졌다.

"케냐군은 아군의 집중 포격을 받고 상당한 피해를 입었을 것입니다."

케냐군은 변변한 대항도 하지 않고 물러나는 것이다.

전의(戰意)를 잃은 군대다.

"그렇다면 나이로비까지는 예정대로 진군하겠군."

"예, 각하. 내일 오전까지는 나이로비 근처까지 선발대가 도착할 것입니다."

"수고했어."

타쿠누가 말을 이었다.

"곧 우베가 이끄는 2개 사단이 뒤를 밀어줄 거네. 명분 있는 전쟁이니까 거침없이 밀고 들어가도록."

"예, 각하."

통신을 끝낸 타쿠누가 어깨를 폈다.

계획대로 진행되고 있는 것이다.

오후 8시 반.

타쿠누 대통령의 경호대부대령 하루단이 식당으로 들어섰다.

경호대 소속의 식당이다. 늦은 시간이어서 식당은 텅 비었다.

직원이 서둘러 하루단 앞에 물 잔을 내려놓더니 돌아갔다.

하루단은 육군 대령, 우베가 케냐 침공 지원군의 사령관이 되어 출정했기 때문에 하루단은 경비 총책이 되어 있다.

"스테이크를 드릴까요?"

하루단이 육류를 좋아했기 때문에 지배인이 다가와 물었다.

"아, 그래. 먼저 포도주부터 가져와."

거구의 하루단이 뒤에 선 부관에게 말했다.

"나 여기서 저녁 먹을 테니까, 넌 상황실로 가 있어."

부관이 물러갔을 때 종업원이 먼저 포도주를 가져왔다.

만족한 하루단이 고개를 끄덕였다.

그때다.

식당 안으로 사내 둘이 들어섰다.

둘은 제각기 AK-47을 들고 있었는데 하루단이 술잔을 들다가 움직임을 멈췄다.

그 순간이다.

두 사내의 총구가 하루단에게 옮겨졌다.

"타타타타타타."

하루단과 거리는 10미터. 두 정의 AK-47에서 발사된 총탄이 한 발도 빗나가지 않고 하루단의 거구에 명중되었다.

같은 순간.

"꽝!"

대통령궁 본관 2층의 대통령 집무실이 폭발했다.

대전차포탄에 명중한 것이다.

케냐 진주군의 상황실을 겸하고 있었기 때문에 안에는 10여 명의 장군, 비서

들이 모여 있었다.

불길과 함께 잔해가 사방으로 흩어졌다.

"타타타타타타타타."

사방에서 총성이 울렸다.

워낙 총성이 요란해서 천지가 폭음과 총성으로 뒤덮인 것 같다.

"꽝! 꽝! 꽝! 꽝!"

대전차포탄과 수류탄이 사방에서 폭발하는 중이다.

순식간에 대통령궁은 폭음과 총성으로 뒤덮였다.

사방의 건물이 폭파되어 불타올랐고 경비병들이 사살되고 있다.

앞장선 핸더슨이 어른거리는 경비병 하나를 향해 AK-47을 쏘았다.

"타타타타타."

경비병이 사지를 뒤틀면서 넘어졌다.

핸더슨이 계단을 뛰어올랐고 뒤를 대원들이 따른다. 대통령궁 2층 집무실로 달려가는 것이다.

이미 대통령궁은 불길에 뒤덮여 있다.

대통령 타쿠누는 집무실 옆쪽의 휴게실에서 누워 있다가 벼락을 맞았다.

집무실이 대전차포탄을 맞아 무너지는 바람에 휴게실의 벽도 허물어졌다.

"누구 있느냐!"

반대쪽 벽에 붙어 선 채 고래고래 소리를 질렀지만 아무도 들어오지 않는다.

그동안 폭음과 총성은 더욱 격렬해졌다.

첫 총성과 함께 집무실이 폭파된 것이다.

"누구 있어? 나 여기 있다!"

밖으로는 나가지 못하고 타쿠누가 다시 악을 썼다.

자신이 옆방에 있는 거 다 알면서도 아무도 찾아오지 않는 것을 보면 다 죽었는가?

총성이 그치지 않고 더 가까워진 것 같다. 그래서 타쿠누는 무서워서 밖으로 나가지 못했다.

2층 집무실로 제일 먼저 진입한 대원은 핸더슨조(組)다.

핸더슨조 30명은 대통령궁 서쪽에서 진입했지만 다른 조보다 진격 속도가 빨랐다.

대통령궁과 2백 미터 거리였는데 앞쪽 경비병 막사를 대전차포와 수류탄으로 폭발시켰다.

순식간에 1개 중대 병력을 몰사시킨 후에 본관으로 진격한 것이다.

동쪽과 남쪽에서 진입한 김석호조와 라돈조보다 빠른 이유는 본관의 계단이 서쪽으로 향해져 있기 때문이다.

"꽝!"

이미 무너진 집무실을 향해 던진 수류탄이 다시 폭발했다.

집무실로 달려가면서 핸더슨이 소리쳤다.

"타쿠누를 찾아라!"

이제 반격하는 경비병은 보이지 않는다. 이쪽의 일방적인 총성만 일어나고 있다.

그때다.

앞장서서 건물을 뒤지던 대원 하나가 소리쳤다.

"여기 있다!"

반쯤 허물어진 옆방으로 들어갔던 대원이다.

그때 비대한 체격의 흑인이 두 손을 들고 나타났다.

"나다! 쏘지 마라! 내가 타쿠누다!"

핸더슨이 그쪽으로 총구를 겨눴다.

"타타탕."

핸더슨의 AK-47이 발사되었다.

타쿠누와의 거리는 10미터 정도. 총탄이 모조리 타쿠누의 몸통에 적중되었다.

타쿠누의 비대한 몸이 뒤로 벌떡 넘어졌을 때 옆쪽에 서 있던 대원 서너 명이 타쿠누를 향해 일제히 총을 발사했다.

"타타타타타."

타쿠누의 몸이 누운 채로 꿈틀거린 것은 총격의 반응 때문이지 살아 있기 때문은 아니다.

그때 이동욱이 나타났다.

힐끗 타쿠누의 시체를 본 이동욱이 소리쳤다.

"철수!"

오후 9시 반.

나이로비를 향해 진격하던 카무룬이 무선 연락을 받는다.

다르에스살람의 사령부에서 온 무선 연락이다.

상대자는 사령부의 당직사령 만크 소장.

"장군, 쿠데타입니다!"

소리치듯 만크가 말했을 때 카무룬이 수신기를 고쳐 쥐었다.

카무룬이 소리쳐 물었다.

"뭐라고? 무슨 말이야?"

"쿠데타입니다!"

만크가 악을 썼다.

"반란군이 대통령궁을 습격해서 대통령을 사살했습니다! 피살되었단 말입니다!"

기갑사단의 지휘 차 안이다.

안에 있던 부관이 놀라 카무룬을 보았다.

"그게 정말이냐?"

"예, 경호대에서 도망쳐 나온 경호대원이 보고했습니다!"

"반란군이 누구야?"

"그건 모릅니다!"

"이, 이런."

당황한 카무룬이 버럭 소리쳤다.

"전군 진군 중지!"

카무룬이 무전기를 내동댕이치고 나서 부관에게 소리쳤다.

"전군 돌아간다!"

카무룬이 고래고래 소리쳤다.

"철수! 철수다!"

같은 시간에 우베도 사령부의 연락을 받았다.

우베가 이끄는 2개 사단이 막 케냐 국경을 돌파했을 때다.

놀란 우베도 병력을 회군시켰는데 역시 병력을 다르에스살람으로 돌렸다.

"속력을 내라!"

우베가 선두에 선 연대장에게 지시했다.

우베의 2개 사단은 카무룬의 뒤를 잇고 있었기 때문에 뒤로 돌아가게 되는 터라 이제는 앞장을 선 상황이다.

우베의 두 눈이 번들거렸다.

"우리가 먼저 다르에스살람에 도착해야 된다!"

우베는 지금까지 모시고 있던 대통령이 피살당했다는 보고를 5분 전에 들었지만, 이미 다 잊었다.

우베가 소리쳤다.

"카무룬보다 먼저 도착해야 돼!"

"타쿠누가 피살되었습니다."

윌슨이 보고하자 부시는 가만있었다.

오후 4시, 워싱턴 시간이다.

윌슨의 목소리가 수화구를 울렸다.

"탄자니아 시간으로 30분 전인 오후 8시 반에 반군이 대통령궁을 기습해서 타쿠누를 사살했습니다."

"반군이?"

부시가 전화기를 고쳐 쥐었다.

"사살했단 말야?"

"예, 경호대 대부분도 사살되었습니다."

"갓댐. 그럼 지금 케냐로 들어간 탄자니아군은 어떻게 된 거야?"

"철수하고 있습니다."

"갓댐."

"5개 사단이 돌아가고 있습니다."

"그럼 탄자니아는 어떻게 되나?"

"카무룬과 우베의 권력 다툼이 될 것 같습니다."

"반군은?"

부시가 묻자 윌슨이 잠깐 망설이다가 대답했다.

"두고 봐야 될 것 같습니다."

"반군이 맞아?"

체르넨코가 묻자 마라코프가 대답했다.

"반군의 깃발이 대통령궁에 걸려 있었습니다. 우리 정보원이 보았다고 합니다."

"이런."

혀를 찬 체르넨코가 다시 물었다.

"지금 다르에스살람 분위기는?"

"수도 경비군이 1개 사단이지만 공황 상태입니다."

"사단장이 능력 있는 놈인가?"

"존재감이 없는 놈입니다."

"……."

"지금 우베와 카무룬이 병력을 이끌고 다르에스살람으로 오는 중입니다."

"반란군은?"

"철수했습니다."

"어디로?"

"그건 모릅니다."

"병력이 얼마나 된다고 했지?"

"살아남은 대통령궁 경비대원 말로는 1개 연대 병력이라고도 하고, 1개 사단이라고도 합니다."

"그럼 다르에스살람 근처에 있겠군."

지금 체르넨코는 탄자니아 주재 FSB 지부 요원 마라코프의 보고를 받는 중이다.

체르넨코가 말을 이었다.

"카무룬과 우베가 오면 3각 전쟁이 일어날 것인가?"

마라코프는 대답하지 못했다.

이동욱이 둘러앉은 조장들에게 말했다.

"이곳까지 오려면 20시간 정도가 걸릴 거야. 헬기로 오면 2시간이면 도착하겠지만 그렇게 오지는 않을 테니까."

모두 고개만 끄덕였다.

대통령 타쿠누가 없어진 이상 수도인 다르에스살람을 장악하는 것이 관건인 것이다. 따라서 헬기로 소규모 부대를 파견하는 것은 의미가 없다.

그때 핸더슨이 물었다.

"대장, 누구를 세우실 예정입니까?"

탄자니아의 지도자를 말하는 것이다.

이동욱의 얼굴에 웃음이 떠올랐다.

"그것은 모두 다르에스살람에 집결했을 때 결정될 거야."

"카무룬과 우베 중 하나입니까?"

"카무룬이야."

정색한 이동욱이 말을 이었다.

"하지만 변수가 있어."

"변수가 뭡니까?"

"아직 카무룬한테 말하지 않았어."

모두 숨을 죽였고 이동욱의 말이 이어졌다.

"여기서 협상을 할 거야."

"우리가 말입니까?"

이동욱이 고개를 저었다.

"당연히 리스타지."

모두 숨을 들이켰다.

미국도, 러시아 정부도 아니고 CIA, FSB도 아닌 것이다.

리스타다. 리스타가 국제무대의 전면에 나선 것이다.

리스타가 중재자 역할로 당당하게 이름을 드러내게 되었다.

그때, 이동욱이 말을 이었다.

"리스타연합의 해밀턴 사장이 중재자로 특사를 보낼 거야."

"연합의 부사장 장형규를 보내겠습니다."

해밀턴이 이광에게 보고했다.

"외무장관에게 통보를 했습니다."

리스타랜드의 바닷가 별장 안.

베란다에 이광과 안학태, 정남희, 해밀턴까지 넷이 나란히 앉아 있다.

케냐 시간은 밤 12시, 리스타는 오후 8시다.

바다를 응시한 채 말을 이었다.

"장형규가 탄자니아의 새 지도자를 만나게 되겠지요."

"새 지도자는 누구죠?"

정남희가 묻자 해밀턴이 정색했다.

"카무룬이지만 상황을 봐야 합니다."

모두 고개를 끄덕였다.

카무룬이 야전식을 먹으면서 말했다.

"우베가 우리보다 50킬로 앞이란 말이지? 언제 앞지를 수 있나?"

"그쪽도 전속력으로 달려가는 중입니다, 각하."

참모장 후산이 말했다.

이곳은 다르에스살람에서 3백 킬로 지점이다.

우베가 이끄는 2개 사단은 250킬로 지점까지 접근했다는 것이다.

이제 카무룬은 기갑사단을 앞세우고 가는 중이고 지금은 잠깐 휴식 중이다.

후산이 말을 이었다.

"시간 차는 5시간 정도밖에 안 됩니다, 각하. 5시간 동안 우베는 할 일이 없습니다."

"대통령궁을 점거한다고 해도 빈 집을 지키는 셈이 될 테니까."

쓴웃음을 지은 카무룬이 고개를 끄덕였다.

"우베가 전쟁을 할 작정은 아니겠지."

"수도 경비군을 흡수하면 3개 사단이 되겠지만, 우리한테는 안 됩니다."

밤 12시 반이다.

길가에 쳐 놓은 막사 안에 둘이 마주 앉아 있다.

예상했던 대로 우베는 50킬로 앞쪽에서 다르에스살람의 수도 방위군 사단장 조이트에게 전화를 하고 있다. 조이트의 관사로 유선전화를 한 것이다.

"조이트, 나야."

"예, 실장님."

긴장한 조이트가 물었다.

"지금 어디십니까?"

"나, 코로궤에 와 있어."

"아, 그러십니까? 다 오셨군요."

"시내 상황은 이상 없지?"

"없습니다, 실장님."

"카무룬한테서 연락 안 왔어?"

"연락 안 왔습니다, 실장님."

"대통령궁은 지금 어떤 상태인가?"

"두 시간쯤 전에 국방장관하고 내무장관이 대통령궁에 와서 대통령 시신을 국립병원에 안치하고 돌아갔습니다."

"이봐, 조이트."

"예,. 실장님."

"너도 내 휘하에 편입하도록. 알았나?"

"예, 실장님."

"반란군의 행적은 찾지 못했나?"

"예. 시내에 검문소를 14개나 세웠지만 아직 찾지 못했습니다."

"알았어. 내일 오전 11시까지는 도착할 거야."

전화기를 내려놓은 우베가 옆에 선 부관에게 말했다.

"이놈도 믿을 수 없어. 나한테 한 소리를 카무룬한테도 할 놈이야."

육참총장 차이튼은 권력 서열상 대통령, 국방장관 다음이지만 실권이 없다.

실권은 곧 무력(武力)을 말한다.

국방장관 요르테와 마찬가지로 차이튼은 지휘하는 병력이 없는 것이다.

그러나 대통령 타쿠누의 피살 소식을 듣자마자 지방에 주둔한 사단장들에게 연락을 했다.

수도 방위군 사단장 조이트에게 연락하지 않았는데 카무룬과 우베를 의식했기 때문이다.

차이튼은 사단장 출신으로 죽은 타쿠누의 심복이다. 그래서 타쿠누의 성격을 알고 있는 터라 의심할 만한 행동을 하지 않고 지내왔다. 차이튼이 육참총장으로 5년이나 버티고 있는 것도 그 때문이다. 권력 경쟁에서 멀리 떨어져 후배인 카무룬이나 우베에게 수모를 당하면서도 지내왔던 것이다.

그러나 타쿠누가 죽자마자 기민하게 움직였다.

탄자니아에는 12개 사단이 있다. 그중 6개 사단이 국경 지역의 경비 사단이다. 그리고 그 사단장들은 수도권의 6개 사단장보다 권력 서열에서 밀린 처지다.

차이튼은 카무룬과 우베가 케냐 침공에서 회군해 오는 것을 들으면서 6개 사단장을 차례로 설득했다.

"이제는 우리가 일어나야 할 때다."

"타쿠누의 총애를 받았던 카무룬과 우베 일당에게 탄자니아를 맡길 수 있겠나?"

"우리가 단결하면 단숨에 놈들을 밀어낼 수 있다."

"우리가 새 지도자가 되어야 한다."

이렇게 설득한 후에 마지막에는 주의를 주었다.

"이제 곧 두 세력이 다르에스살람에서 부딪친다. 그러고는 하나가 남을 거다. 우리는 그 하나 남은 놈을 없애면 된다. 그럴 때까지 모른 척 기다리면 돼."

탄자니아의 상황이 이렇게 급박하게 움직이고 있다.

오전 3시 반.

다르에스살람이 180킬로 남은 지점.

카무룬이 사령관 진막 안에서 회의를 마치고는 지시했다.

"오전 8시 반까지 5시간 휴식이다."

강행군을 해왔기 때문에 휴식이다.

지휘관들이 밖으로 나가고 안에는 참모장 후산과 부관, 경호대장만 남았다.

그때 후산이 부관 사하드에게 물었다.

"중령, 어떻게 생각하나?"

"뭐, 말씀입니까?"

"대통령이 죽었으니까 보고할 대상이 없어진 것 아닌가?"

그 순간 사하드의 얼굴이 굳어졌다.

그때 후산이 허리에 찬 권총을 빼들어 사하드를 겨눴다.

"네가 우리 사령관께 충성할 수 있겠나?"

"합니다."

사하드가 초점이 흐려진 눈으로 후산을 보았다.

"어쩔 수 없었습니다."

"탕!"

그 순간 총성이 울리면서 사하드가 가슴을 움켜쥐고 쓰러졌다.

"탕!"

또 한 발의 총성이 울렸다.

옆쪽에 서 있던 경호대장 유탄이 옆머리를 총에 맞고 넘어진 것이다.

그것을 본 카무룬이 입맛을 다셨다.

"놔두어도 배신은 못 할 놈들이지만, 어쩔 수 없지."

대통령 타쿠누가 카무룬의 감시역으로 붙여 놓은 밀정들이다. 미리 처단해 버린 것이다.

그때 천막 안으로 몰려온 경호원들에게 시체를 끌고 가라고 지시한 후산이 카무룬에게 말했다.

"이놈들이 우베나 차이튼한테 넘어갈 가능성도 있었습니다."

카무룬이 고개를 끄덕였다.

우베도 이제는 휴식이다.

카무룬과의 거리는 60킬로 정도가 되어 있었는데 2개 사단이 평원에서 숙영 중이다.

그러나 우베는 진막 안에서 육참총장 차이튼과 통화를 시도했다.

새벽인데도 차이튼이 육본 상황실에서 전화를 받는다.

"나, 우베올시다."

"아, 우베 중장, 지금 어디요?"

차이튼이 소리쳐 물었다.

타쿠누가 살아있을 때 우베는 차이튼하고 이야기한 적이 드물다. 무시했기 때문이다.

그때 우베가 대답했다.

"예, 난 지금 파이단 평원에서 숙영 중이오."

"오, 가깝게 오셨군요. 내일 오전 중에는 이곳에 도착하겠소."

"총장님, 내 뒤에 카무룬군(軍)이 따라오고 있는데, 그 이유를 아시겠소?"

"글쎄요. 나는……."

"나는 각하의 유고를 듣고 귀환하는 길이지만, 카무룬은 서둘러 수도로 진격하는 이유가 궁금합니다."

그러더니 덧붙였다.

"총장님, 나하고 같이 탄자니아를 새롭게 건설하십시다. 어떻습니까?"

"좋습니다."

차이튼이 선선히 승낙했다.

"같이 일합시다."

"내가 수도에 입성하면 공동으로 통치를 하십시다. 카무룬 같은 인간에게 국가를 맡기면 안 됩니다."

314

"알겠습니다."

"내일 오전에 내가 입성합니다. 그때 만납시다."

"기다리지요."

전화기를 내려놓은 우베가 앞에 선 부관에게 말했다.

"이놈이 카무룬한테도 약속했을지도 몰라."

우베의 얼굴에 쓴웃음이 떠올랐다.

"어쨌든 잡아 놓은 거다."

"아무래도 수상해."

체르넨코가 유리에게 말했다.

"탄자니아 사건 말이다."

"뭐가 말입니까?"

"그놈이 잠적한 것과 관계가 있다는 생각이 들어."

"......"

"탄자니아 대통령궁을 습격한 건 반군이 아니라는 소문이 있어."

"반군의 선전문이 찍힌 광고와 반군 모자들이 나왔습니다."

"그건 얼마든지 조작할 수 있어."

고개를 든 유리가 체르넨코를 보았다.

"그럼 그놈들 끌어들이죠."

"어떻게 말인가?"

"리스타의 동부 아프리카 법인 부사장이 나이로비에 있습니다."

유리가 말을 이었다.

"부사장을 없애지요."

"그렇군."

"리스타가 배후에서 움직이는 건 분명합니다. 그러니까 드러나 있는 리스타 지도부를 건드리면 동요할 것입니다."

"좋아."

"그놈이 나타날 것입니다."

고개를 끄덕인 체르넨코가 유리를 보았다.

"맡기겠어."

오전 9시 출진 준비를 하고 있던 카무룬이 전화를 받는다.

부관이 다르에스살람 군사령부에서 온 전화를 연결시켜 준 것이다.

카무룬이 전화기를 귀에 붙였다.

육참총장 차이튼은 비상시국에서 계엄사령관 행세를 하고 있다.

"사령관, 나 차이튼이오."

차이튼이 말을 이었다.

"언제 도착합니까?"

"지금 출발합니다."

카무룬이 힐끗 옆에 선 후산을 보았다.

그때 차이튼이 말을 이었다.

"우베 중장이 먼저 도착할 것 같습니다."

"그렇겠지요."

"시내 여론이 뒤숭숭합니다. 그래서 말씀드리는데요……."

차이튼이 말을 이었다.

"우베군(軍)은 대통령궁을 중심으로 시내에 포진한다고 합니다. 그래서 장군의 군대는 그 반대편인 서쪽 교외에 주둔하면 좋겠습니다."

"장군, 그건 누구 지시오?"

카무룬이 거칠게 묻자 차이튼이 당황한 목소리로 대답했다.

"내 생각입니다. 충돌을 막아 보겠다는 뜻입니다. 오해하지 마십시오."

"우베한테 전하시오."

"예, 장군. 뭐라고 전할까요?"

"나는 다르에스살람에 진입하자마자 우베군을 공격할 거요. 대통령궁에 포진하고 있다면 대통령궁을 잿더미로 만들어 놓을 겁니다."

"……."

"그러니까 항복하라고 전해요. 항복하면 살려주겠다고. 외국으로 도피할 시간을 준다고 전해요. 내일까지 시간을 주겠소."

"……."

"내일 오전 10시까지 항복하지 않으면 몰사시키겠다고 전해요."

그러고는 카무룬이 먼저 통신을 끊었다.

"차이튼이 우베와 제휴했어."

통신을 끝낸 카무룬이 후산에게 말했다.

"우베가 가만있을 놈이 아니야."

"차이튼도 가만있을 사람이 아닙니다."

후산이 쓴웃음을 짓고 카무룬을 보았다.

"지방의 사단장들에게 연락해 놓았을 것입니다."

"당연하지."

지휘 차에 오르면서 카무룬도 따라 웃었다.

"나하고 우베와의 전쟁이 끝나기를 기다렸다가 등을 치려고 할 거다."

오후 4시 반.

우베의 2개 사단 병력이 다르에스살람에 입성했다.

수백 대의 트럭에 탄 병력이 대통령궁을 중심으로 포진하는 동안 시내는 조용했다.

수도 방위군이 차량 통행을 차단했기 때문에 트럭은 거침없이 진입할 수 있었다.

우베는 대통령궁 안에 설치된 참호에 지휘부를 설치하고 임전 태세를 갖췄다.

카무룬군(軍)과의 일전을 겨루려는 것이다.

수도 경비군을 재빨리 편성하여 전면에 내세웠기 때문에 우베의 전력은 3개 사단이다.

또한 각 기관, 방송국까지 장악해서 요란하게 '선전'을 시작했다.

'타쿠누 대통령의 후계자 우베가 권력 찬탈을 시도하는 카무룬을 격파하고 탄자니아의 번영을 이루겠다'는 내용이다.

오후 9시에 카무룬의 3개 사단은 다르에스살람의 동쪽 황무지에 도착했다.

시내에서 4킬로쯤 떨어진 지점이다.

기갑사단을 전면에 포진시킨 군단은 양쪽에 보병사단을 길게 벌려 놓았다.

기갑사단의 위용은 압도적이다.

부대를 시찰하고 돌아온 카무룬이 만족한 얼굴로 참모장 후산에게 말했다.

"우베, 그놈하고의 전투는 한 시간이면 끝난다."

우베가 사단장 셋을 불러 모았을 때는 오후 10시 반이다.

이곳은 대통령궁 안의 지하 벙커 안.

벙커 안에는 사단장 셋과 부관, 참모장까지 10여 명의 장군이 둘러앉아 있다.

그때 우베가 입을 열었다.

"카무룬은 자신만만하지만 천만의 말씀이다. 전쟁이 시작되면 다르에스살람이 전장(戰場)으로 변하고 시가전은 몇 달이 갈 거다."

우베의 얼굴에 웃음이 떠올랐다.

"시가전은 돌아가신 대통령님과 내가 연구해놓은 작전이야. 빌딩 몇 채만 폭파시키면 기갑사단은 보병의 먹이가 된다."

모두 고개를 끄덕였다.

카무룬의 기갑사단은 전차, 장갑차 중심의 중무장 사단이다.

도심에서는 행동력이 반감된다. 숨어 있는 보병의 공격에 먹이가 되는 것이다.

그때 사단장 에오겔이 고개를 들었다.

에오겔은 우베의 친위 2개 사단 중 선임 사단장이다.

"각하, 시민들을 먼저 대피시키는 것이 낫지 않겠습니까?"

"놔둬라."

우베가 고개를 저었다.

"시민들을 방패로 쓰는 거야. 그래야 카무룬의 기갑사단 활동이 더 제한될 것 아닌가?"

"그렇습니다."

사단장 쥬람이 맞장구를 쳤다.

"시민이 없으면 우리가 불리합니다."

그때 우베가 말을 맺는다.

"시민들을 짓밟으면서 진군해 오는 카무룬의 기갑사단이 국민들의 원성을 듣게 될 테니까, 시민들을 놔두는 게 낫다."

이동욱에게 다가간 김석호가 전화기를 내밀었다.

오전 10시, 교외의 안가 안이다.

이동욱의 주위에는 핸더슨, 라돈, 간부들이 둘러앉아 있다.

이동욱이 전화기를 귀에 붙이더니 대뜸 말했다.

"카무룬 중장, 리스타와 연합하시지요."

"누구요?"

거친 목소리로 카무룬이 물었다.

"난 리스타 법인장입니다. 탄자니아의 미래에 대해서 장군하고 상의하려는 것입니다."

"난 그럴 의사가 없어."

카무룬이 웃음 섞인 목소리로 말했다.

"리스타가 케냐, 우간다에 영향력을 행사한다고 들었지만 여기는 달라."

"그렇습니까?"

"갑자기 끼어들어서 무슨 수작이야?"

카무룬의 목소리가 높아졌다.

"그만 전화 끊어!"

통화가 끊겼을 때 이동욱이 고개를 끄덕이면서 전화기를 내려놓았다.

"카무룬하고는 인연이 없네."

전화기를 내동댕이치듯 내려놓은 카무룬이 참모장 후산을 나무랐다.

"앞으로 이런 놈 전화 바꿔주지 마."

"예, 각하."

후산이 고개를 끄덕였다.

"리스타 동부 아프리카 지역 법인장이라고 해서요."

"아프리카 전체 아니, 리스타 회장 이광이라도 전화 받지 않겠다."

"알겠습니다, 각하."

"우베한테 최후통첩을 보내라."

카무룬이 본론을 꺼냈다.

"오늘 오후 5시까지 항복하지 않으면 공격한다고 해."

"알겠습니다."

상황실이 분주하게 움직이기 시작했다.

주도권을 쥔 쪽은 전력이 강한 카무룬 군단인 것이다.

"시가전 준비를 하고 있습니다."

다르에스살람 주재 미국 대사관 안.

영사 맥킨지가 대사 리빙스턴에게 보고했다.

"대통령궁으로 향하는 모든 도로에 장애물을 설치하고 건물에 대전차포를 배치해 놓아서 카무룬의 기갑사단이 돌파하려면 건물을 모조리 포격해서 초토화해야 될 겁니다."

"선 오브 비치."

점잖은 리빙스턴이 욕을 했다.

"역시 이놈들은 아직 멀었어."

"대사님, 교외로 피신하셔야겠습니다."

부대사가 말하자 리빙스턴이 자리에서 일어서면서 물었다.

"리스타는 지금 어떻게 하고 있나?"

"아직 연락이 없습니다."

맥킨지가 말을 이었다.

"아직 작전은 끝나지 않았습니다, 대사님."

맥킨지는 CIA 탄자니아 지부장이다. 그래서 리빙스턴도 대통령궁 습격이 반군 소행이 아니고 '리스타 용병단'의 작전이라는 것을 알고 있다.

리스타는 CIA를 대신해서 나서고 있다.

"최후통첩이 왔습니다."

부관이 말하자 우베가 헛웃음을 지었다.

"시간은 우리 편이야. 남부의 2개 사단이 올라오면 카무룬은 앞뒤에 적을 맞는 상황이 될 거다."

오후 2시 반.

우베는 지방의 2개 사단장과 연락을 해서 아군이 되겠다는 약속을 받은 것이다. 물론 그 대가로 그들에게 각각 육군 참모총장과 내무장관직을 약속했다.

지금 우베는 3개 사단으로 시내 각 기관을 장악하고 국무위원들까지 인질로 잡아 놓은 상태다.

기선을 쥐고 있는 것이다.

육참총장 차이튼도 지금 지휘부의 구석방에 연금된 상태다.

그때 선임 사단장 에오겔이 부관과 함께 들어섰다.

"각하, 시내에 매복병 배치를 끝냈습니다."

에오겔이 보고했다.

"미국 대사관에서 차량 23대가 시외로 빠져나갔을 뿐, 모든 차량의 통행을 금지시켰습니다."

우베가 고개만 끄덕였다.

이미 다른 대사관들은 모두 시내에서 빠져나간 것이다.

미국 대사관이 마지막에 나간 셈이다.

에오겔이 고개를 들고 우베를 보았다.

"각하, 만일 카무룬의 기갑사단이 진입해오면 도로 주변에서 시민들의 엄청난 피해가 일어날 것입니다."

"내가 그걸 기대한 거야."

우베가 웃음 띤 얼굴로 말을 이었다.

"피해가 클수록 카무룬이 비난을 받을 테니까 말야. 모두 카무룬 책임이다."

"……"

"시민들 피해 생각할 것 없다. 에오겔, 알았나?"

"알겠습니다."

대답한 에오겔이 허리에 찬 베레타를 꺼내 들었기 때문에 우베가 고개를 들었다.

그때 에오겔 옆의 부관도 권총을 빼 들었다.

"탕탕탕탕."

에오겔의 총구에서 총성과 함께 총탄이 발사되었다.

우베가 총탄 네 발을 머리와 가슴에 그대로 맞고는 쓰러졌다.

"탕탕탕탕탕."

부관이 쏜 총탄은 지휘부 안에 있던 우베의 참모장, 부관, 사단장 쥬람에게도 쏟아졌다.

"탕탕탕탕탕."

우베를 쓰러뜨린 에오겔의 총구가 아직도 허둥거리는 지휘부의 장교들에게도 쏟아졌다.

"탕탕탕탕탕."

부관도 마찬가지다. 베레타 92-F의 탄창에는 14발이 장전되어 있다.

두 명이 28발을 다 쏘았을 때는 지휘부에 들어와 있던 10명 가까운 지휘관급 장교가 다 쓰러져 있다.

30분 후인 오후 3시.

카무룬이 우베군의 사단장 에오겔의 전화를 받는다.

"오, 에오겔, 이제 결정을 했나?"

카무룬이 대뜸 물었다.

항복 결정을 했느냐고 묻는 것이다.

우베가 에오겔을 시켜 항복 통보를 하는 것으로 기대한 것 같다.

그때 에오겔이 말했다.

"장군, 내가 우베를 죽이고 군을 장악했습니다. 이제 전쟁은 끝냅시다."

놀란 카무룬이 숨을 삼켰고 에오겔이 말을 이었다.

"시내에 배치했던 매복병을 모두 철수시키고 있습니다. 시민들의 피해가 없도록 폭발물도 제거하는 중입니다."

"그렇군."

그때서야 카무룬의 입이 열렸다.

"쥬람, 조이트는 어떻게 되었나?"

나머지 사단장 둘이다.

에오겔이 말을 이었다.

"둘 다 죽었습니다. 내가 직접 사살했지요."

"참모총장 차이튼은?"

"지방 사단장들과 연합을 했느니 어쩌느니 헛소리를 하길래 내가 쏴 죽였습니다."

"……."

"장군, 이제 전쟁은 없습니다."

"수고했어, 에오겔."

어깨를 늘어뜨린 카무룬이 말을 이었다.

"내가 장군을 참모총장으로 아니, 부통령으로 임명하겠네."

"……."

"장군은 2인자가 되는 거네."

카무룬의 목소리는 열기에 떠 있다.

전화기를 내려놓은 카무룬이 옆에 선 후산을 보았다.

"끝났다."

카무룬의 얼굴에 웃음이 떠올랐다.

"병신 같은 우베 놈이 휘하 사단장한테 사살되었어."

사령관실 안에는 부관까지 셋뿐이다.

어깨를 편 카무룬이 말을 이었다.

"이제 내전은 끝났다."

그때 후산이 고개를 들고 카무룬을 보았다.

"각하, 이곳도 정리가 되어야 할 것 같습니다."

"뭔데?"

고개를 들었던 카무룬의 얼굴이 굳어졌다.

어느새 후산이 권총을 빼 들고 있었기 때문이다.

"아니, 이런."

"리스타의 제의를 받아들였어야지."

권총을 카무룬의 가슴에 겨눈 후산의 얼굴에 쓴웃음이 떠올랐다.

"타쿠누를 죽인 건 리스타 용병대야."

"이, 이런……."

카무룬이 고개를 돌려 부관을 보았다.

"대령, 이, 이놈을……."

그러자 대령이 풀썩 웃더니 후산 옆으로 다가가 섰다.

그러고는 권총을 꺼내 카무룬을 겨눴다.

그때 후산이 말했다.

"없애."

그 순간 총성이 울렸다.

1시간 후.

시내 중심부에 위치한 힐튼호텔 라운지의 밀실 안.

원탁에 세 사내가 둘러앉았다.

이동욱과 후산, 에오겔이다.

이동욱이 입을 열었다.

"이대로만 집행하면 됩니다."

이제 후산은 혁명 정부의 대통령, 에오겔은 국방장관이 되었다.

둘을 번갈아 본 이동욱이 서류를 탁자 위에 놓았다.

후산과 에오겔과 미리 합의한 인사 명단이다.

이동욱이 말을 이었다.

"미국 정부가 혁명 정부를 인정하는 성명을 발표할 것이고, 러시아도 어쩔 수 없이 따라야 할 겁니다."

그리고 오늘부터 리스타 요원 375명이 대통령 직속 '혁명정부 추진위원회'에서 근무하게 될 것이다.

카무룬과 우베가 다르에스살람으로 달려오는 동안 리스타 정부 요원들은 각국에서 날아와 대기하고 있었다.

"이런."

FSB 탄자니아 지부장 마라코프는 3시간 동안에 일어난 정세의 극적 반전에 그야말로 정신을 차리지 못했다.

오후 3시부터 6시까지 일어난 사건들이다.

오후 6시에 탄자니아 국영 방송국의 TV 화면에 카무룬의 참모장 후산이 대장 견장을 붙인 모습으로 나타났다. 그리고 '혁명 정부' 수립을 발표하는 것을 본 순간, 이게 꿈을 꾸는 것이 아닐까 하고 허벅지를 꼬집어 보고 싶은 충동까지 일어났다.

어쨌든 현실이다.

오후 3시에 우베가 휘하 사단장 에오겔에게 사살되었다는 보도가 나더니 곧 그것이 사실로 밝혀졌다. TV로 보도되었기 때문이다. 우베의 시체도 공개되었다.

그러더니 이번에는 카무룬이 참모장 후산에게 사살된 것이 아닌가. 이것도 TV에서 우베처럼 같은 방식으로 보도되었다.

그러고는 에오겔과 후산의 전격 비밀 회동 후에 '혁명 정부 수립'이 발표되었으니 정신이 나갈 만했다.

"리스타야."

마라코프가 악문 잇새로 말했다.

후산의 '혁명정부 추진위원회'의 각 분과별로 수백 명의 리스타 직원들이 배속된 것이다.

도대체 어디서 나타난 놈들이란 말인가? 언론도 그것까지는 발표하지 않았다.

마라코프는 전화기를 들었다.케냐의 체르넨코에게 알려주려는 것이다.

"대단하군."

윌슨의 보고를 받은 부시가 감탄했다.

백악관의 오벌룸 안.

부시와 안보수석 존슨, 국무장관 베이컨이 둘러앉아 있다.

부시가 말을 이었다.

"그럼 탄자니아가 우리 수중에 들어왔단 말이지?"

"우리 수중이라기보다도……."

입맛을 다신 윌슨이 부시를 보았다.

"미국의 우방국이 된 것으로 보시면 됩니다."

"리스타가 장악하고 있단 말인가?"

"예. '혁명정부 추진위원회'는 리스타 요원들이 운영하고 있으니까요."

"옳지."

"정부 각 부처의 차관, 주요 실무 국장은 리스타 요원들이 차지하고 특히 군 (軍)의 보좌관과 헌병, 감찰대를 리스타에서 장악하게 되었습니다."

"기가 막히는군."

"케냐와 우간다에서 경험해서 이번에는 전광석화처럼 해치웠습니다."

"그렇지."

부시가 커다랗게 고개를 끄덕였다.

"국민들 반응은 어때?"

"환호하고 있습니다. 첫째, 리스타가 국가를 관리하면 경제가 파격적으로 좋아지거든요. 시내에서는 시민들이 몰려나와 축제 분위기입니다."

"우리 미국이 점령했다면 저럴까?"

"그건……"

말을 그친 윌슨이 쓴웃음을 지었다.

"리스타는 국가가 아니어서 거부 반응이 없는 것 같습니다."

그때 베이컨이 말했다.

"리스타나 미국이나 마찬가지입니다. 우리가 리스타를 앞장세운 것이나 같으니까요."

"미국 국민들이 그걸 알고 있지?"

"세계인들이 다 알고 있는 일입니다."

"잘된 일이야."

부시가 소파에 등을 붙였다.

"9·11로 화가 나고 위축되어온 국민들이 이 일로 기운을 냈으면 좋겠는데……"

베이컨이 고개를 끄덕였다.

"언론에 선전을 하라고 슬쩍 언질을 주지요. 동부 아프리카에 친미 카르텔이 형성된 셈이니까요."

해리 워터만은 48세. 리스타 상사에서 15년 동안 근무하다가 리스타연합에서 5년을 근무했다. 그러다 카이로 현지 법인 사장을 지낸 후에 이번에 나이로비로 옮겨 왔다.

그래서 동부 아프리카 리스타 법인의 실무는 해리 워터만에 의해서 추진되는 셈이다.

이동욱은 저격수, 암살자 출신의 사장이다. 그리고 실무는 부사장에게 맡기고 대국(大局)만 결정하는 역할을 해왔다.

오전 10시 반.

해리가 탄 승용차가 힐튼호텔 앞에 멈춰 섰다.

오늘은 우간다에서 온 경제 장관 일행과 상담이 있는 것이다.

차에서 내린 해리가 호텔 현관으로 다가가다가 앞으로 넘어졌다.

옆에서 걷던 법인의 업무부장 피터슨이 미끄러진 줄 알고 굽어보았다가 비명을 질렀다.

"악!"

해리의 머리 반쪽이 부서져 있기 때문이다.

흰 뇌수가 쏟아져 나왔고 바닥은 피투성이다.

이동욱이 해리의 피살 보고를 받았을 때는 그로부터 30분 후다.

다르에스살람의 리스타 사무실에 있던 이동욱이 어금니를 물었다.

FSB의 저격자다.

자신을 노리다가 대신 해리를 사살한 것이다.

이것은 공공연한 도전이다.

'다 알고 있다.'

'대신 부사장을 처단한다.'

'누구 소행인지 다 밝히는 거야.'

이런 의미다.

그리고 또 있다.

'알더라도 너희들이 당당하게 밝힐 수는 없겠지.'

이런 비웃음도 포함되어 있는 것이다.

이동욱이 옆에 서 있는 김석호에게 지시했다.

"오늘 밤, 러시아 대사관을 기습해서 건물을 폭파시켜."

놀란 김석호가 숨을 죽였을 때 이동욱이 말을 이었다.

"대사관 직원들을 사살할 필요는 없다. 건물만 철저히 파괴하도록."

"알겠습니다."

해리가 피살된 것을 아는 터라 김석호가 자리에서 일어섰다.

이것도 시위다.

'다 알고 있지만, 일단 이 정도로 해두겠다.'라는 의미인 것을 당사자는 짐작
할 것이었다.

다음 날 오전.

나이로비의 러시아 대사관의 대사 집무실 안.

대사 시콜스키가 앞에 선 체르넨코에게 말했다.

"어젯밤, 탄자니아의 우리 대사관이 괴한들의 습격을 받아 건물이 전소되고 다섯 명이 부상을 당했어. 알고 있지?"

"예, 대사님."

체르넨코가 시콜스키를 외면한 채 대답했다.

괴한들은 수류탄을 수십 발이나 던져 대사관 창고까지 전소시켰다.

혼비백산한 탄자니아 대사와 가족들은 지금 호텔에서 피신 중이다.

그때 시콜스키가 다시 물었다.

"왜 그랬는지 이유를 아나?"

"모르겠습니다, 대사님."

시콜스키도 푸틴 대통령과 친구 관계다.

KGB 시절에 동료 관계였던 사이라 체르넨코에게는 새까만 선배뻘이 된다.

그때 시콜스키가 말을 이었다.

"내 전임 사바스키도 암살을 당한 곳이라 찜찜했는데 설마 나한테 그런 일이 일어나지는 않겠지?"

"그럴 리가 있겠습니까?"

"엊그제 리스타 법인 부사장이 저격을 당했어. 설마, 그 일에 우리가 연관되지는 않았겠지?"

"그럴 리가 있겠습니까?"

체르넨코가 고개를 저었다.

"리스타는 적이 많습니다, 대사님."

"일 벌이려면 다른 곳에서 해, 체르넨코."

마침내 시콜스키가 본론을 꺼냈다.

"내가 다른 곳으로 보내줄 테니까."

이동욱이 며칠간 다르에스살람에 머물렀다.

'혁명정부'에 리스타 전문가들이 대거 투입되었지만, 최고 관리자로서 상황 판단과 지시를 할 일이 많았기 때문이다.

이것이 '동부 아프리카 법인장'의 임무다.

6일째 되는 날 오후, 이동욱이 집무실에서 손님을 맞는다.

리스타랜드에서 돌아온 카라조프다.

지금까지 리스타랜드에 머물던 카라조프를 이동욱이 부른 것이다.

"내가 일을 거들었어야 했는데."

자리에 앉자마자 카라조프가 불평했다.

"랜드에서 뉴스만 보니까 답답했어."

"당신이 도와줄 일이 있어."

정색한 이동욱이 카라조프를 보았다.

"내가 여기를 떠나야 할 테니까, 당신이 이곳에 남아서 관리를 해줘. 그리고 당신의 자문을 받을 일이 있어."

카라조프가 고개를 끄덕였다.

"난 이제 마음 놓고 일할 수 있어."

가족이 리스타랜드에 안착했기 때문일 것이다.

이제 케냐, 우간다, 탄자니아는 동부 아프리카 리스타 법인의 영역에 속하는 국가다.

리스타는 '경제'를 우선으로 하는 대그룹이다. 3국 주민들의 분위기는 순식간에 달라졌다.

부패하고 억압하던 지도자들이 사라지고 희망이 확연하게 보였기 때문이다.

그날 밤, 숙소 안.

332

이동욱과 카라조프가 응접실에서 둘이 마주 앉았다.

탁자 위에는 술병과 안주가 놓여 있다.

술잔을 든 이동욱이 카라조프를 보았다.

"내가 소말리아로 가야 돼."

"그럴 줄 알았어."

카라조프가 정색하고 말했다.

"하지만 거긴 어려울 거야."

이동욱이 고개를 끄덕였다.

소말리아는 모가디슈에 우디시 정권이 자리 잡고 있지만, 전국은 무정부 상태다.

모가디슈에 주둔했던 미군이 철수하고 다국적군 2개 연대가 왔다가 다시 철수해서 지금은 내전 상태다.

12개 부족이 제각기 군을 이끌고 있는데 이합집산을 되풀이하는 바람에 적과 아군 구별이 안 된다. 어제의 동맹이 오늘은 적이 되는 경우가 비일비재하기 때문이다.

그러나 중심 세력은 4개 부족이다.

우디시가 족장인 하위야족, 이샥족, 다로드족, 라한웨인족이다.

이동욱이 탁자 위에 서류를 내려놓았다.

"이것이 CIA에서 준 소말리아 자료야."

카라조프의 시선을 받은 이동욱이 빙그레 웃었다.

"소말리아는 전쟁으로 해결이 안 되는 나라야. 은밀하게 움직여야 돼."

카라조프가 고개를 끄덕였다.

"우리도 그렇게 생각하고 있었어."

우리란 FSB를 말한다.

미군과 다국적군은 기갑부대를 움직여 전쟁으로 제압하려다가 소말리아 각 부족의 게릴라 전술에 휘말렸던 것이다. 그래서 시간만 끄는 소모전을 치르고 나서 손을 들었다.

카라조프가 말을 이었다.

"거긴 소규모 정예부대가 필요해. 적을수록 유리해."

술잔을 든 카라조프가 이동욱을 보았다.

"모가디슈에 있는 FSB 요원들의 목록을 줄게. CIA 요원들도 있겠지만, FSB도 요긴하게 이용할 수 있을 거야."

"소말리아가 나한테 어울리는 곳이야."

소파에 등을 붙인 이동욱이 한 모금에 위스키를 삼켰다.

"법인에 새 부사장이 오겠지만, 그동안 당신이 내 대신 관리해줘."

부사장 역할은 '행정 관리'이고, 카라조프는 '실무'다.

용병을 관리하는 것이다.

밤, 주위는 조용하다.

침대에 누운 이동욱이 카라조프의 어깨를 당겨 안으면서 말했다.

"케냐에 있던 체르넨코는 이집트로 옮겨 갔더군."

"그건 케냐 주재 러시아 대사 시콜스키가 내보냈기 때문이야."

카라조프가 이동욱의 가슴에 더운 숨을 뱉으면서 말을 이었다.

"해리 워터만을 암살한 것을 시콜스키가 알기 때문이야. 그 보복으로 이곳 러시아 대사관이 폭파된 것도 알았고. 그래서 모스크바에 연락해서 체르넨코를 좌천시켰어."

"그놈이 이곳 전문가인데. 잘되었어."

"하지만 가만있지는 않을 거야. 체르넨코가 FSB 국장 루트킨이 신임하는 놈이거든."

그때 이동욱이 카라조프의 허리를 당겨 안았다.

"FSB는 당신이 막아."

고개를 끄덕인 카라조프의 사지가 이동욱에게 엉켜졌다.

오전 10시 반.

별장 테라스에서 이광이 비서실장 안학태의 보고를 받는다.

"이동욱이 내일 소말리아로 들어갑니다."

이광이 시선만 주었고 안학태의 말이 이어졌다.

"CIA의 적극적인 협조를 받고 있지만, 극비로 추진되는 중입니다."

고개를 든 이광이 안학태를 보았다.

"소말리아를 평정하면 아프리카를 평정한 것이나 같아."

이광의 눈빛이 흐려졌다.

"두말 않고 소말리아로 들어가는 이동욱이 존경스럽다."

<3권에 계속>